高嶋哲夫

Takashima Tetsuo

EV《イブ》

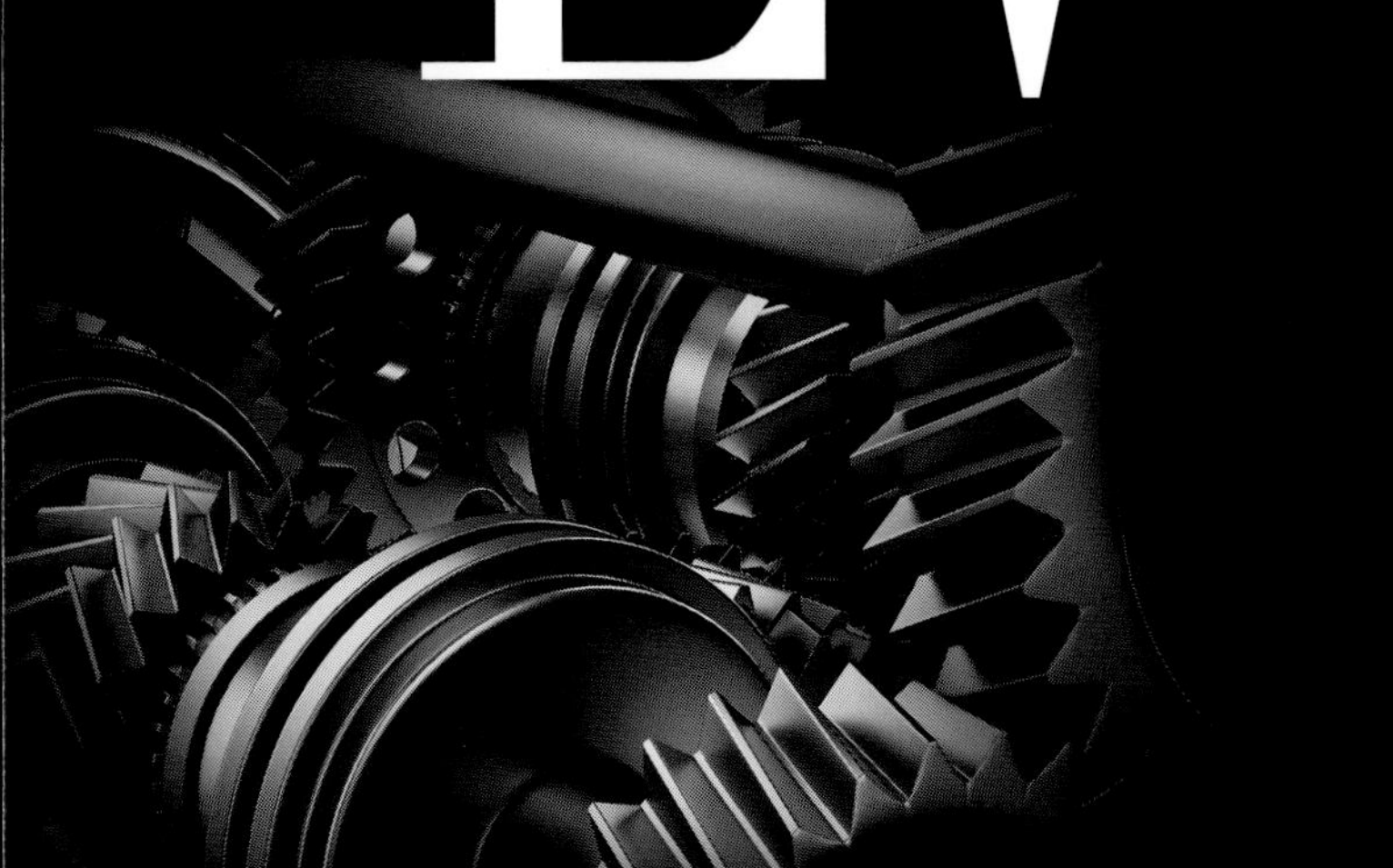

角川春樹事務所

EV《イブ》

装幀　鈴木大輔（ソウルデザイン）

写真　Wachirawut Saicounkeiy / iStock / Getty Images Plus

プロローグ

さほど広いとは言えない部屋に五人の男が座っていた。

黒みを帯びた天然木で統一された内装は、落ち着きのある深みを醸し出している。

中央のソファーに初老の男、彼を取り囲むように左右二人ずつ男たちが座っていた。全員が真剣な表情で初老の男を見つめている。五人がこの部屋に入って、すでに一時間がたとうとしていた。だがこれまでに発せられた言葉はわずかでしかない。

「予定通りに進めましょう」

初老の男の右側に座っている中年の男が、決断を求めるように言う。

考え込んでいた初老の男が顔を上げた。

「時期が早いのではないか。まだコロナが終息して間もない。依然として感染者が出続けている国もある」

「我が国もダメージを受けました。失業者も多く出ています。救済の意味もあります」

「欧米のメディアは、我が国の大気汚染がコロナ前より、さらに悪化していると騒いでいます」

初老の男が憂鬱《ゆううつ》そうな顔をさらに曇らせた。

「たしかにそうだ。どの程度の失業者対策になる」

「一万か二万人程度です。関連企業を含めると、その十倍です。それより、国民の意識の転換になるでしょう。我が国が世界の自動車産業のトップに躍り出る。新型コロナウイルスの後遺症で国中が沈んでいます。新しい時代が始まるという意識が芽生えます」

「新しい時代か。そうだな」

初老の男は迷いを振り払うように背筋を伸ばし、一度大きく息を吸って吐いた。

「分かった。予定通りに始めよう」

部屋の空気に緊張が漂った。二年前、新型コロナウイルスが世界に蔓延《まんえん》した。二億人を超える人が感染し、五百万人が亡くなった。その数はまだ増えるだろう。

中国の一都市からの発生だったが、封じ込めようとしている間に国内に広がり、数か月で世界に蔓延してしまった。欧米は責任を追及してきたが、なんとか乗り切った。

「世界は総力を挙げて、対抗してくるでしょう。党は断固跳ね返さなければなりません。飴《あめ》と鞭《むち》を使って」

「地球温暖化防止対策、環境保護を前面に打ち出せば、表立っての反対はできないだろう」

「しかし、裏から締め付けてくるでしょう。世界の自動車産業を敵に回すことになるのですから」

「ギリギリまで伏せておけば問題ない。これはあくまで我が国の事情、国内問題だ。外国が干渉すべき問題ではない。ただし海外へのワクチン援助はさらに増やすべきだな」

それより、と言って中でも最も若く見える男に目を止めた。

彼は国務院交通運輸部長で、まだ四十歳になったばかりだ。

「買収の話はどうなっている」

「難しいですが進んでいます。時価総額では、六千億ドル、現為替レートで約三兆六千億元です。世界第一の自動車メーカーです」

「生産台数でいえば、世界二十位の企業がか。一位の十分の一にも満たない。明らかに過大評価だな。世界は我々と価値観が違うようだな」

「それが資本主義なのです。おまけに民主主義を崇拝しています。誰《だれ》の強制でもなく、実体のない評価がまかり通る世界です」

「遅延なく、プロジェクトを進めてくれ」

ただし、と言って周囲の者たちを一人ひとり見ていく。

「すべての状況報告、決定は私を通すように」

周浩宇《チョウハオユー》主席が立ち上がった。他の四人も慌てて立ち上がる。


「これは司法取引であるとともに、超法規的措置なんだ。隠すことなく、すべてを正直に話した方があなたのためになる」

二人の刑事の前には一人の男が座っていた。

男は四十歳くらい、端整な顔つきだが神経質そうな雰囲気を感じさせる。

スーツにノーネクタイ、憔悴《しょうすい》し切った表情をしていた。任意同行と言われて連れて来られたが、すでに十時間をすぎていた。

「知っていることは、すべて話しました。これ以上、何を話せと言うんです」

「あなたが中国で所属していたのは、北京《ペキン》工業大学の電子工学の研究室だ。ハイブリッド車を研究していたんでしょ」

「そうだと言ってます。私の研究はあくまで基礎研究で、それがどう応用されているかは考えませんでした」

「北京工業大学は国防七大学の一つとして、軍とのつながりも強い。あなたの研究が軍事につながるとは考えなかったのですか」

対面する男はわざと国防七大学を強調して言った。

中国は軍民一体となって技術開発を進める、軍民融合政策をとっている。官民問わず、学術、研究の各機関を含めて、あらゆる技術を軍事産業に提供する義務がある。

中でも、国防七大学は、国防産業を統括する工業情報化部が管轄し、機密度の高い兵器や軍用品などの開発、製造を行っている。

「考えなかったと言ったらウソになります。しかし、現在ではどのような基礎研究も、少なからぬ部分で軍事研究とつながります」

「日本の学者さんたちの主張に反しませんか」

刑事の言葉に、男は両手で顔を覆った。かなりまいっている。倒れられたら面倒だ。すでに、必要なことは聞き出している。横の同僚はこの程度にしておこうと、一時間も前から合図を送ってきている。日本の機密保持とはしょせんこの程度のものなのだ。

「あなたは日本の科研費で行った研究を中国の大学で引き続きやった。間違いはないですね」

科研費とは科学研究費の略称で、文科省の外郭団体が国内の重要な基礎研究などに提供する競争的資金のことだ。戦前に始まり、現在の年間補助額は二千六百億円を超える。

「何度も話したように、その科研費が打ち切られたので、研究を完成させるために中国に行きました」

「年俸三千二百万。一年契約でしたね。翌年にはさらに上がっている。その間に、日本で行った研究成果をすべて中国側に伝授した」

男は下を向いたまま答えない。

「あなたは東都《とうと》大学時代に五年間で三億七千万円の科研費を得ている。その成果をすべて中国に披露した」

「間違いありません。しかし、私には——」

「その結果、中国自動車メーカー〈天津汽車《てんしん》〉が作るハイブリッド車の性能は向上した。間違いないですね」

刑事は男の顔を覗《のぞ》き見るように、身体《からだ》を心持ち前に倒した。

黙ったままの男に刑事は続けた。

「一年半の中国滞在での感じでは、中国のハイブリッド車の技術の発達は著しい。分野においてはすでに世界トップレベルの部門もある。近い将来、すべての部門で世界トップレベルに近づく。間違いないですよね」

刑事は淡々とした口調で調書を読み上げると、もう一度、男の顔を見た。

「中国の車産業の動向はこの数年で大きく変わる可能性がある。特にハイブリッド車は期待されている。これもいいですか」

「あくまで私の個人的な考えです。これ以上、私に何を言えと言うんです」

「以上です。今後も、何かあれば教えてください」

刑事は慇懃《いんぎん》な口調で言って頭を下げた。

男とは、定期的に会う必要がある。中国は当分、男と連絡を取り続けるだろう。その時には、できる限り情報収集するよう約束させている。だが、期待はできないだろう。中国はそれも計算ずくなのだ。

「もう、お帰りになって結構です。ここでの話は内密に。これはあなたのためでもあります」

刑事はもう一度、念を押すように言った。

経済産業省大臣室のソファーには、三人の男が座っていた。

阪口《さかぐち》経産大臣と小笠原《おがさわら》事務次官、製造産業局自動車課の平間《ひらま》課長だ。

「確かな情報なのか。世界はまだコロナ禍から抜け出してはいない」

小笠原の説明を聞いた後、阪口がテーブルを見つめたまま低い声を出した。

テーブルにはファイルが置いてある。タイトルは「中国自動車市場の成長と、EV動向の実態」。中国が二〇三〇年を目処《めど》に、国内の新車販売をすべて環境対応車に変更するというのだ。環境対応車というのは、環境に与える影響が少ない車、二酸化炭素の排出が少ない車を指している。電気自動車や、燃料電池車に加えて、ハイブリッド車なども入る。従来のエンジン車に対しては、環境税を課す。

「中国が動くのは二〇三五年ではなかったのか。五年前倒しにするというのは意味があるのか」

「中国も成長速度は鈍っています。国民を鼓舞するための新規計画なのでは。そのための予算規模は一兆円です。しかし、それだけで済むはずがありません」

小笠原が無言なので平間が言った。

金額を聞いても最近はピンと来ない。今も続いている新型コロナウイルスに関係する予算額からしたら、この十倍の金額でも驚かない。

中国は自国の感染を初期に抑え込み、経済損失を最小限にとどめた。GDP五パーセントの成長を達成している。しかし、貿易の世界的縮小には大きなダメージを受けているはずだ。

ほぼ二年間の自粛期間で日本経済は大きく後退した。特に運輸、宿泊、観光産業が大きな打撃を受けた。GDPは通年で五パーセント下がった。だがこれは、世界のほとんどすべての国での状況だ。

「中国らしいです。いや、中国だからできる賢いやり方です。国民に新しい目標を与える。それに世界の目も逸《そ》らせます。コロナどころではなくなります」

平間が続ける。

世界でコロナ騒ぎが落ち着くにつれて、コロナ発生源となったこと、初期情報の隠蔽《いんぺい》に対して、中国への非難、賠償問題などが起き始めている。

「五年の前倒しか」

阪口がぽつりと言って続けた。

「前面に押し出しているのは、二酸化炭素排出防止と環境保護だ。前者は世界に向けて。後者は国内と世界の両方に向けての宣伝だ。中国政府は世界と国内に向けて、勇気ある偉大な決断をした。そういうことになる。特に欧米からは歓迎される。コロナの失敗を挽回《ばんかい》する意味合いも考えてのことだ」

「問題はこの環境対応車という言葉です。現在のところは、ハイブリッド車を含めています。しかし、今後どうなるか分かりません」

黙って聞いていた小笠原が言った。

「私は中国はハイブリッド車の生産を続けると理解しているが」

阪口が意外そうな顔で小笠原を見た。

アメリカの一部の州とヨーロッパ各国は、遅くとも二〇三五年までにエンジン車の新車販売は規制すると明言している。規制対象には、エンジン車に加えてハイブリッド車とプラグインハイブリッド車も入っている。新車販売を認めるのは電気自動車と燃料電池車など電気のみで動く車だ。しかし、燃料電池車は価格、走行距離、水素ステーションの不足などの理由で、ほとんど普及していない。事実上、新車販売は電気自動車に限るということだ。だが、中国は環境対応車として、ハイブリッド車の生産を続ける意向だ。

「EVは価格、走行距離、周辺インフラの整備などで、まだ問題が多いと聞いている。産業界もまだ十分な準備ができていない。欧米もいずれ計画を変更するだろうと」

「中国がハイブリッド車の生産を続けるなら、インドや東南アジア、アフリカ諸国も新車販売を続けるでしょう。そうであればいいのですが」

小笠原の最後の言葉は願うような響きがある。

中国はコロナ禍でフィリピン、インドネシアなど東南アジア、さらにヨーロッパ諸国にも医療品を中心に援助を続けた。パンデミック最盛期には、数百人規模の医療団を送り込んでいる。当然、今後の展開を考え、影響力を強めるためだ。

「中国の動向を見極める必要がある。我が国の基幹産業の存続に関《かか》わる問題だ。慎重に進めてくれ」

大臣は分かったな、という風に二人に目を向けた後、ファイルを手に取ってパラパラとめくった。

「自動車関連就業人口は五百三十四万人、日本の全就業人口の八・三パーセントにあたる。全体で約五十四兆円の業界だ。そのうち、エンジン製造、ガソリンスタンドなどに関わる者たち、百万人近くの仕事がなくなる。その他、修理工場、保険会社などを考えると、影響は計り知れない——か」

大臣は拾い読みして、顔を上げた。

「このレポートをまとめたのは誰だ」

「うちの若手です」

「近いうちにぜひ会いたい」

そう言って立ち上がった。

大統領執務室は静まり返っていた。

重厚感のあるチーク材の壁。白い革張りのソファーセット。これは大統領就任前に夫人と共に探して購入したものだ。窓を背にして大型のデスクが置かれている。ここで長年にわたって、世界の歴史が作られてきたのだ。

世界最強を誇る国を率いる人物と、その側近三名が難しい顔をしてソファーに座っていた。

アメリカは、いち早くワクチンの開発に成功し、史上最大の復興予算を付けて対処しているが、まだ完全にはコロナ禍の影響から抜け出してはいない。感染者四千万人、死者百万人、世界最大のダメージを受けたのだ。他国の中には、神の罰を受けたと言いふらす者までいる。

「二〇三〇年だというのか。早急すぎるのではないか」

「誰もがそう思っていました。しかし、確かな情報です」

大統領補佐官が言った。

「我が国の自動車の対中国輸出はどのくらいだ」

「約百四十億ドルです。金額、台数的には大したことはありません。しかし、世界に与える影響は計り知れません。世界の自動車産業の方向性が決まるのですから」

「大げさすぎないか。たかが車だ」

「そう言って、世界は中国に蔽《おお》い尽くされていくのです。たかが電話だ、たかが情報だ。たかが電化製品だ。五十年前はメイド・イン・ジャパン。今度はメイド・イン・チャイナ。我が国の名の付くものは、ＧＡＦＡ《ガーファ》とマネーだけです」

「それで十分ではないのか」

「それも危ういでしょう。中国の技術革新は著しい。いずれ5Gと仮想通貨の時代が来ます。そうなると――。せめて我が国の伝統産業である車はなんとか死守すべきです」

「できるのか。日本には敗北した」

「ステラがありますから。一時は自動車関係の企業で株式総額世界一になりました」

「私はあのCEOは好きではない。尊大なゴリラ並みだ。好みではない」

大統領、あんたの好みを聞いてるんじゃない。この国の将来が心配なんだ。大統領補佐官は決して出すことのない言葉を飲み込んだ。

「しかし、中国の技術進歩は侮れません。EVの技術はさほど難しくはありません。後は、蓄電池と法律の問題だけとも言えます」

「まだ、我が国に有利な状況なんだろう」

「蓄電池に関しては。しかし、それも時間の問題でしょう。ニッケル、カドミウム、リチウムなど希少金属の多くは中国で採れます。その囲い込みを図っています。世界の批判や国民の声など関係のない国です。党が法律です」

「ベストな方法はないのか」

「どこか適当な国と組むことでしょう」

「ドイツか。しかし――」

「私もワーゲンはさほど好きではありません。もっと適当な国を探すべきです。従順で、扱いやすい国を」

大統領はすでに決めているのだろう。ドイツでないとすれば、日本か。我が国の自動車産業をコケにした国だが、そんなことは過去の話だ。今度は、せいぜい利用させていただく。

「いずれ向こうから何か言ってくるだろう」

大統領は低い声で言うと立ち上がった。

第一章　二〇三〇年

（1）

〈今、世界は二年以上続いたコロナの被害から、ついに脱出しようとしています。都市や国がロックダウンされた、あの閉ざされた時から、やっと抜け出すことができました。しかし、残念なことに我々の地球には、次なる危機が迫っています。我々が直面している地球温暖化は、コロナの恐怖とつながるところがあります。見えないところで暗黒の時代が迫っているのです。それは、地球に住む人間が一致団結し、協力していかなければ、解決できない問題なのです。この会議で決める二酸化炭素削減目標を断固守るべき努力を――〉

中国代表の演説は続いている。

第二十八回地球温暖化防止会議が、三年ぶりに東京で開かれていた。去年、一昨年はコロナ禍のために、各国代表者によるオンライン会議だった。

まだ世界の一部の国では残り火のように感染は存在するが、ワクチンが行き渡るにつれ、終息は時間の問題となった。地球温暖化防止のワクチンがあればいいのに、という会議の出席者が呟《つぶや》いたとされる言葉が標語のように世界に広まっている。

「よく言うよ、白々しい。今までさんざん足を引っ張っていたのは、あんたら中国じゃないのか。恥ずかしくないのかね」

隣のカナダ代表の席から声が聞こえる。

〈こういう時代だからこそ、できることをやっていきましょう。二酸化炭素削減は、地球上すべての国に課せられた義務なのです。私たち中国は国を挙げて取り組んでいきます〉

イヤホンから聞こえてくる同時通訳の声が、頭の中を流れていく。

「たしかに白々しいですよね。中国がもっと迅速に、適切な手を打っていれば、世界はここまでダメージを受けなかったんだ。二酸化炭素にしてもコロナにしても」

近藤隆己《こんどうたかき》の言葉に、瀬戸崎《せとざき》は出かかった欠伸《あくび》を飲み込むようにしてなんとかこらえた。

瀬戸崎啓介《けいすけ》、三十二歳。理系出身だが、修士課程二年のとき、公務員試験に合格して経産省の官僚になった。現在は、製造産業局自動車課にいる。実家が自動車修理工場で、大学、大学院時代は電気自動車の研究室にいた。近藤は瀬戸崎の二歳年下の部下だ。

中国の次は当てつけのように、アメリカ代表の演説が始まった。

〈アメリカの立場を述べさせていただきます。我が国はコロナで大きな損害を受けました。未《いま》だ経験したことのない、ダメージです。そのため、失業者はかつて例がないほどに増え、多くの企業もダメージから未だ回復していません。求められている温室効果ガスの排出基準には、到底達することができません。コロナウイルスによるダメージの回復に全力を傾けている最中です。発生源の特定を含めて我が国は――〉

アメリカ代表の演説は続いている。いつも通りの毒にも薬にもならない演説だ。

世界経済はまだ、コロナが広まる前の二〇一九年の水準には、ほど遠い状態だった。コロナ対策で行った財政出動のツケが重くのしかかっている。

そのとき突然、背後で女性の悲鳴が上がった。同時に、爆竹のはじける音が会議場内に轟《とどろ》く。様々なものがぶつかり合う音がした。

「ここにいる奴《やつ》らが地球を汚してるんだ。ジェット機で集まって、ステーキを食って、専用車で移動する。二酸化炭素をまき散らしてる」

英語と日本語の声が響いた。

「外に出なさい。すぐに警察が来ます」

瀬戸崎が声の方を見ると、複数の警備員が男女の二人組に飛び掛かっている。

会場の者たちの半数が立ち上がり、背後の騒ぎを見ている。

入口付近で別の怒鳴り声と、何かが激しくぶつかる音がしたが、すぐに静かになった。

「皆さん、慌てないでください。暴漢が爆竹を鳴らしましたが、直ちに警備員に取り押さえられて場内から出されました」

落ち着いた声のアナウンスがあった。

「このまま会議を続けます。もう、危険はありません」

入口付近に立つ警備員の数が著しく増えている。

「地球と人々を守ろうという会議なんですがね。ところで、彼らが叫んでいたステーキと二酸化炭素ってどういう関係なんですか」

「牛肉一キロを作るのに、十六キロの二酸化炭素を出してるって話だ。餌《えさ》とか水とかが必要だからな。それに、牛のゲップにはメタンが含まれてる」

メタンは二酸化炭素の二十一倍の温室効果がある。シベリアの永久凍土にはメタンが含まれていて、近年、凍土が溶け始め、それが大気に放出されている。

「思い出しました。牛のせいじゃないのに」

近藤が言って、同時通訳のイヤホンを耳に戻した。

次の登壇者はフランスだった。欧州は二〇三〇年からは、新車は電気自動車しか販売を許可しないことを強調した。

二〇三〇年が大きな区切りになる。気候変動での平均気温上昇を一・五度以内に抑えることができなければ、地球温暖化は制御できなくなり、温度は上がり続けるという論文を気候学者が出している。それを踏まえて、欧米を中心に世界は三〇年に向けての様々な方策を打ち出している。新車販売を電気自動車に限定するというのも、その一環だ。

「口で言うほど簡単な話じゃない。特に日本では」

日本は気候変動問題に無関心すぎる、という言葉を瀬戸崎は飲み込んだ。

「そういえば、ＥＶをイブと呼んだ女性大臣がいましたね。電気自動車、エレクトリック・ビークルのＥＶなのに」

「僕はいい呼び名だと感心した。なんとなく、未来を感じないか。神さまが初めて作った女性もイブだ」

「そういう言い訳もしてましたね。ＩＴをイットと読んだのは、単なる無知だとしても」

ミトコンドリア・イブ、クリスマス・イブ、そしてアダムとイブ。その女性大臣は、イブという言葉には未来を感じるというのだ。何かワクワクすることが起こる前。屁理屈《へりくつ》には違いないが、瀬戸崎は不思議と違和感を覚えなかった。それどころか、いいネーミングだと感心したのを覚えている。

「現状での目標達成は、どの国も無理だ。せめて、あと二十年の猶予は必要だ」

瀬戸崎は身体《からだ》を傾けて、近藤に小声で言った。

「元気なのは中国だけですか。だが、ウイルスの発生源となった国だけというのは、問題ですよ」

「カラ元気だって話もある。内情はガタガタだという話も」

「なんで二〇五〇年カーボンニュートラルに、中国が賛成に回ったんですかね。今まで、全国土的に見れば、自国は発展途上国だと主張して、二酸化炭素削減には断固賛成しなかったんですが」

「何か裏があることは確実だな」

「削減目標についても、もう少し上げるべきだと言っています。しかし、本気度は低い感じです」

「石炭使用の火力発電所も減らすか、設備を新しくするか。そういう話も聞いていない」

「大きな二酸化炭素削減の手があるのですかね。それとも言葉だけなのか」

瀬戸崎は考え込んでいる。

「世界中が経済低迷にあえいでいる。その中で、中国だけが淡々と独自路線を歩んでいる。やはり何かあるだろう」

「たしかにそうです。コロナ禍の中でも、香港《ホンコン》の国家安全維持法を成立させ、ウイグル自治区弾圧への国際批判にも耳を貸さず、南シナ海への進出を行っていた。何をやるか分からない国ですから」

「それを見越して対処すれば、問題はない。先々月のパリモーターショーにも出展しなかったな」

「出展するほどの車がないというのが名目ですが、百名を超す団体を送り込んでいます。全員がかなり熱心に各社を回っていたという話です。特に、ハイブリッド車とＥＶを中心にね。いよいよ反撃に転じるかと、各社戦々恐々の面持ちで見てたらしいです」

「メンバーの構成は？」

「政府半分、メーカー半分というところでしょうか」

「先月のロサンゼルスオートショーはどうだった」

「やはり出展企業はゼロで、八十名の団体で行ってます」

アメリカを筆頭に欧米諸国のコロナ期のＧＤＰの落ち込みは、史上最大級だった。ワクチンの普及により感染拡大を食い止めた先進諸国は、Ｖ字回復を狙《ねら》って大々的なイベントを行っている。

その中で、中国は一時ほどの派手な海外進出はなく、堅調な貿易を行っていた。それがかえって不気味さを感じさせる。

「メンバーは同じようなものか」

「そうです。官民半々。何かあるんですか」

瀬戸崎は答えず、考え込んでいる。

二時間後、瀬戸崎と近藤はそろって、会場を出た。

建物の外では、百人ほどの男女が手作りのプラカードや横断幕を持って、大声を出していた。

「地球を護《まも》れ。カーボンゼロの日を」

「温暖化で感染症は増える。繰り返すな、パンデミック」

「化石燃料は過去の遺物。循環型エネルギーの普及を」

拡声器から日本語と英語の入り混じった声が聞こえてくる。

環境保護団体がデモを行っているが、コロナ前の会場で見られた迫力はない。集まっている人数も、数分の一だ。その周りを取り囲んでいる警官たちも、どこかのんびりしているように見える。

「我々も地球温暖化防止を目標に掲げてるんですがね」

「パフォーマンスも必要だ。静かな国際会議はマスコミが取り上げない。いつも、忘れられている」

瀬戸崎が皮肉交じりに答える。

「でも、世界も地球温暖化どころじゃない、というのが本音のようです」

デモ隊も、自国というより世界の状況をわきまえているのか、元気がない。コロナの二年間で、Ｇ

ＤＰは日本は五パーセント、アメリカは三・五パーセント、ＥＵは六・八パーセントの下落だ。半年たった今でもまだ影響は計り知れない。

瀬戸崎は寄るところがあるという近藤と別れて、経産省に戻るため地下鉄の駅に向かって歩いた。

頭の中には中国代表の演説がまだ残っていた。

〈我が国は世界の先頭に立って、地球温暖化の防止に邁進《まいしん》していくつもりです〉

「どうやって、目標値を達成するというんだ」

無意識のうちに呟いていた。

コロナで北京をロックダウンした時には、大気の状態は驚くほど良くなった。しかし、ロックダウンが解かれると、すぐに元に戻った。そして今は、前よりひどい状態になっている。経済復興を急ぎすぎた反動だろう。

ポケットでスマホが鳴っている。

〈平間だが、すぐに帰ってこい〉

それだけ言うと、瀬戸崎の言葉を待たずに切れた。

平間健一《けんいち》は経産省製造産業局自動車課の課長、瀬戸崎の直属の上司にあたる。瀬戸崎より一回り年上の四十四歳だ。

経済産業省の総合庁舎は、霞《かすみ》ケ関《せき》駅を出てすぐの場所にある。

桜田《さくらだ》通りをはさんで財務省、国会通りをはさんで農林水産省がある。はす向かいに外務省、日比谷《ひびや》公園、さらにその向こうには皇居の森が広がっている。

瀬戸崎が経産省の部屋に戻ると、女性職員がすぐに大臣室に行くように告げた。

大臣室に行くと阪口経産大臣、小笠原次官、平間課長、さらに見知らぬ中年の男がいた。

「EV担当の瀬戸崎君です」

平間が瀬戸崎を阪口に紹介した。何度も会ったことはあるが、正式に紹介されたのは初めてだった。中年の男は小笠原の友人と名乗り、所属は言わなかった。阪口とは面識があるようだった。

「きみのレポートが現実味を帯びてきた」

阪口の視線の先を追うと、テーブルにファイルが置いてある。瀬戸崎が半年ほど前に提出したものだ。タイトルは「中国自動車市場の成長と、EV動向の実態」。

中国の自動車産業を所管する省庁である工業和信息化部が、国内の新車をすべて電気自動車にする計画を進めているというものだ。

経産省では車を電動車とエンジン車に分けている。電動車には、電気自動車、ハイブリッド車、プラグインハイブリッド車、燃料電池車が含まれる。電気自動車は、モーターと蓄電池で構成され、純粋に電気だけで動く。ハイブリッド車はエンジンとモーターを組み合わせた自動車だ。エンジンとモーターを使い分けて走行し、エンジン走行時に蓄電池を充電するものをはじめとして、いくつかのタイプがある。プラグインハイブリッド車は、充電プラグ付きのハイブリッド車だ。燃料電池車は燃料電池と水素タンクを積み、水素を燃料として発電し、モーターを動かして走行する。値段を含めてまだ問題が多く、次世代の車と言われている。エンジン車にはガソリンエンジン車とディーゼルエンジン車がある。

「現実味を帯びてきた、というと、どこからの情報ですか」

「きみは知らない方が――」

「いや、すべてを話した上で動いてもらいたい。これは国際上の商取引を超えたものだ。今後の世界情勢にも関係する重大事項だ」

阪口が平間の言葉を遮った。

「中国のＥＶ化が早まりそうなのですか」

「その通りだ。しかし、それだけじゃない。ハイブリッド車にも興味を示している。中国の北京工業大学に一年半いた研究者からの情報だ」

「千人計画の科学者ですか。元大学准教授の山田氏《やまだし》ですね」

中年の男は意外そうな顔を瀬戸崎に向けた。瀬戸崎の口から山田の名が出たのに驚いたようだ。

「ハイブリッド車の研究をしていた先生です。彼はかなり中国事情に精通しているはずです」

「自動車技術研究の拠点大学に日本人は四、五名いたそうです。他にアメリカ人を中心に欧米人が十名あまり。他分野の科学者、エンジニアは、数十名見かけたと言っています」

男が瀬戸崎の言葉を補って言う。

「山田氏以外の人の研究テーマは分かりますか」

「ハイブリッド車全般だと言ってました。学生たちは、かなり初歩的な技術も熱心に学んでいたそうです。知識の確認と、それから何かを得ようという気概も感じられたとか。とにかく、全員が熱心だったようです」

「盗人猛々《ぬすっとたけだけ》しいとはこのことですかね」

平間の言葉に、誰《だれ》も反応を示さない。

「中国は本気で、ハイブリッド車を軸にして大量生産を計画しているのでしょうか」

瀬戸崎は疑問を含んだ目を阪口に向けた。

「元准教授の話だとそうらしいな。中国がその気になったのは、ヤマト自動車がハイブリッド車の特許をすべて公開したからじゃないのか」

　二〇一九年、日本最大手のヤマト自動車は、二万件以上におよぶハイブリッド技術を無償提供すると発表した。しかもただ公開するのではなく、有償で技術協力も行い、そのノウハウも開示した。もちろん、公開するのはすでに製造されているハイブリッド車の技術だ。ヤマト自身は次世代の開発へ向かっているから、競争力は失われないと強調している。

「初めはバカなと思いましたが、賢明な選択でした。それでハイブリッド車は世界の注目を浴び、ヤマトの業績は伸び続けています」

　平間が阪口に説明する。

　違う、と瀬戸崎は叫びたかった。ヤマトがとった苦渋の選択だ。ハイブリッド車が少しでも長く生き延びるための。

「中国は、本格的なEVの開発にはまだ時間がかかると踏んだんじゃないか。そのつなぎとして、ハイブリッド車は必要だと決心した」

　平間が続ける。

「現在、世界を走っている自動車は約十四億台強。うちEVは約一千万台だ。去年、世界で売り出された新車は、ハイブリッド車も含めてエンジン車が約九千万台。EVはわずか三百二十万台。二〇三〇年までに新車販売をすべてEVにするんだ。できると思うか」

　平間が瀬戸崎を見つめている。瀬戸崎は答えることができなかった。

　平間はさらに続けた。

「中国を走っている車は約三億台だ。このうちEVは約五百万台。残りをすべてEVに置き換えることは、数的にも中国の電力需要を考えても、無理がある。だからワンクッション、おこうとしているのではないか。まずはハイブリッド車」

瀬戸崎も反論できない。ガソリンでまかなっていたエネルギーがすべて電力になるのだ。中国の電力需要はますます高まる。同時に発電所が排出する二酸化炭素の量も増える。

「自動車で減らした二酸化炭素を発電で増やせば意味がないだろう」

阪口が言う。

瀬戸崎は阪口大臣の言葉を聞きながら、考えていた。たしかに、そうかもしれない。中国はEUとは違って現実路線を選んだ。しかし、周主席のやり方とは違う。消極的すぎる。彼はもっと攻めの政策をとるはずだ。中国に何かが起こったのか。

「その元准教授は他に何か言っていなかったのですか」

「他にとは」

「彼らも単に、電気で動く自動車を作ろうとしているわけでもないでしょう。それだけなら、すでに世界に肩を並べるほどにはなっています。プラスアルファがなければ、世界トップにはなれません。彼らも、それを求めているはずです」

「自動運転技術かね」

「それもあります。すでに彼らは世界のトップレベルに行きついています」

「きみのレポートは読んだよ。個人的にはよくできていると思う。しかし、政府と企業を納得させるのは難しい。すべて、推測の域を出ない」

「イノベーションの速度は加速度的です。それに、中国を含め欧米はすでに、EVに舵《かじ》を切っています。日本はエンジン車、ハイブリッド車に関しては他国に抜きん出ています。他国はそれを知っていて、追いかけることを諦《あきら》め、新しいルールで自動車業界をリニューアルしようとしているのです」

「それがＥＶか。いずれは日本もエンジン車を切り捨てなければならない。ハイブリッド車も含めてだ。問題はその時期だ」

「今でも遅すぎる状況です。ステラはＥＶ一本で突き進み、それに他の欧米諸国と中国が追随するという構図です。日本は完全に出遅れています」

ステラは電気自動車では世界一のシェアを誇る。とはいえ生産数では百万台未満で、エンジン車に遥《はる》かに及ばない。しかしその将来性を買われ、株式の時価総額では世界一の企業にもなった。

「その元准教授の言葉では、大学の研究所の技術部門は細かなブロックに分かれていて、外国人は、他ブロックの研究者とは交流が禁じられていたらしい。技術の流出に気を配っていたんだろう。彼がまた中国に行くことはないのか」

阪口が男に聞く。

「すでに中国にとって、彼は用済みです。すべての技術は中国に吸収されています。声がかかることはないでしょう」

「今後の世界の自動車産業の動向について、きみの意見を言ってくれ」

阪口が瀬戸崎を見た。

「中国を含めて、他国の自動車産業の情勢把握が重要です。自動車は下請けを含めて、すそ野が膨大な産業分野です。まず、そのすそ野の部分の把握が必要です」

瀬戸崎が納得を求めるように小笠原を見た。小笠原が頷《うなず》く。

「自動車産業は、我が国の最重要産業の一つです。就業人口も膨大です。サプライチェーン改革を進めながらの計画でなければなりません」

自動車産業はすそ野が広い。車の製造部門を中心に、利用部門、関連部門、資材部門、販売・整備部門などがある。

製造部門は大手自動車メーカーを頂点に、一次下請け、二次下請けなどの部品工場、さらに三次、四次下請けもある。こうした多くの企業がエンジン、電装、駆動部などの製造を行っている。これらの製品は、鉄鋼、プラスチック、ゴム、ガラスなどの素材でできている。最近はＩＴ部品も多く使われ、不足により世界の工場が止まることも多い。

出来上がった自動車からは、販売、給油、燃料、修理に関する仕事も生まれる。すべてが連携しあって、人や物の流れに関わっていく。

「分かっている。だから計画書作りを急いでくれ」

阪口が時計を見ながら言う。会議はこれで終わりという阪口の合図だ。

全員が立ち上がり、ドアの方に歩き始める。

「瀬戸崎君は残ってくれないか」

阪口が声をかけた。

「あのレポートはよくできている。情況はきみが考えている方向に進んでいる。きみの本音を聞かせてほしい」

他の者たちが部屋を出て、ドアが閉まるのを待って阪口が言う。

「あのレポートの通りです。日本に残された時間は多くはないと思います」

「たった今からでも、ハイブリッド車も含めてエンジン車を捨て去れということか」

瀬戸崎は頷いた。阪口は一瞬考え込んだが、すぐに口を開いた。

「私も、きみのレポートを読んでそう思った。今からでも遅いくらいだ。とにかく、日本に残された時間は多くはない。しかし、そうはいかないのが現実だ。世界の自動車業界第一位という、日本の地位も足かせになっている。多くの国民、政治家、業界人さえも今のままで行けると信じている」

「ここ数十年の技術革新はすさまじいものがあります。カメラ、電話、音楽、映像、すべて大きく変わっていいます。過去はすべて捨て去られました。その波が自動車にも襲ってきました。この業界の設備投資は他業界と比べものにならないほど膨大で、多岐にわたっています。自動車メーカーのみの変革ではなく、その下に広がる膨大なサプライチェーンを変える必要があります。その準備も急がなければなりません」

「きみには中心になってやってもらわなければならないな」

阪口は大きく息を吸って吐いた。

「あまりに膨大すぎます」

「きみは大学時代はEVをやってたんだろう。エンジニアが経産省に入った。留学はハーバードビジネススクールだ。こういう事態を予測してたんじゃないのかね」

「自分の工学的センスに疑問を感じたからです」

「そういうことにしておこう。とにかく、新しいグループでEVへの転換を画策してくれ。電気自動車移行準備室とでもしておこう。まずは議員の勉強会だな。エンジン車とEVの区別がつかない議員も多いだろう」

阪口大臣は頑張ってくれ、というように手を差し出した。


瀬戸崎が大臣室を出て部屋に戻った時、平間が寄ってきた。

「大臣の話はなんだった」

平間が声を潜めるようにして聞いてくる。

「提出したレポートに関する質問です」

「総理も衝撃を受けたようだ。電気自動車移行準備室の立ち上げが決まりそうだ。きみは私の下に入ることになる」

「急いだ方がいいでしょう」

瀬戸崎は驚いたように言う。大臣から聞いたことは言う必要もないと判断したのだ。

「まだ正式なものじゃない。きみのレポートと山田元准教授の話で、かなり危機感を感じているようだ」

「EVへの移行を急いでいるようです」

「大臣までもがEVか。ハイブリッド車はどうなる。日本が欧米、中国より抜きん出ている数少ない技術だ」

平間が腹立たしそうに言う。

「こだわりすぎると、日本の自動車産業は近いうちに崩壊します」

「先の話だ。二〇三〇年にはまだハイブリッド車は安泰だ」

平間の口調には、昔ほどの自信は感じられない。世界の電気自動車の進化には、目を見張るものがある。

「電気自動車移行準備室とは何をする部署ですか」

「言葉通りだ。将来、我が国が新車販売をEVに限る場合に生じる不都合を洗い出して、移行のための準備をする」

「公にすると騒ぎが起こりそうです」

「来週中には正式に決まる。総理はすでに、ゴーのサインを出している」

「人員など詳しい内容は決定されているのですか」

「多ければ多いほどいい。そうだろ」

「しかし、現在の省内では、せいぜい数人しか人材は割けません」

「最低三十人は必要だ。人選はきみに任せる。ただし、最終的にという意味だ。当分は私ときみと近藤の三人で、情報を集めてレポート作りだ。まずはＥＶの認知度を上げることだ」

平間は瀬戸崎の肩を叩《たた》くと行ってしまった。

瀬戸崎は改めて阪口と平間の言葉を考えた。二人の言葉が頭で交差している。本当にこんなにノンビリしていていいのか。今日の地球温暖化防止会議の様子まで浮かんでくる。

来週と言っていたが翌日、正式に「電気自動車移行準備室」の立ち上げが決まった。室長は平間、瀬戸崎は副室長だった。瀬戸崎は助手として近藤を指名した。

当分は資料集めと広報活動だ。地味だが重要な仕事だ。

すべての思いを振り払うように、瀬戸崎はその手順を頭に描いた。

（２）

瀬戸崎は京王線の府中駅に降り立った。

府中にはヤマト自動車の研究所がある。

ここでは自動車エンジンの燃焼解析、自動車排気浄化触媒、車載センシング技術、ハイブリッド車の高出力モーター制御技術などの研究を行っている。

また、省資源・省エネルギー、環境保全、快適性や安全性の向上、高度情報化といった未来を見据えた技術研究を行っている。さらに人工知能、新エネルギーといった最先端技術の研究も進めている。

瀬戸崎は府中研究所の会議室に通された。

何度も来ているが、この部屋以外には入ったことがない。窓はあるが広い芝生と駐車場が見えるだけで、研究棟は死角になっている。すべてが極秘扱いだ、と言われた。研究棟の形と建物の付属設備で、研究内容が分かってしまうからだ。

突然ドアが開き、瀬戸崎より数歳年上に見える男が入ってきた。両手に缶コーヒーを持っている。瀬戸崎の義兄の新垣徹《あらがきとおる》だ。

新垣は瀬戸崎の姉、裕子《ゆうこ》の配偶者だ。ヤマト自動車のエンジニアで、エンジン開発部のグループ長だ。今年販売のハイブリッド車を手がけていると聞いている。

「話があるそうだな。なんだ」

新垣は挨拶《あいさつ》も抜きに瀬戸崎の隣に座った。

持っていた缶コーヒーを一つは瀬戸崎の前に置き、もう一つを開けて一口飲んだ。

「いつも忙しそうですね。この時期、貴重な業種です」

製造業の多くは、コロナの影響を引きずっている。IT関係とその他の業種とで明暗が分かれた。GAFAと呼ばれるアメリカの巨大IT企業、グーグル、アマゾン、フェイスブック、アップルは、軒並み大きく収益を伸ばしている。しかし、宿泊、観光、運輸などのサービス業は大手であっても、存続が危惧《きぐ》される企業も出ている。自動車はその中間に当たる。全体の売り上げ台数は伸びていないが、高級車の売り上げが伸びている。コロナ禍でも貧富の差が増したということか。

「きみが府中に来るのは半年ぶりか。今度来るときはせめて前日に連絡してくれ。たまたま今日は、時間があったからよかったが」

「中国の話が聞きたくて来ました」

「三〇年問題か」

「新情報はないですか。ここには中国人の従業員も多いと聞いていています」

三〇年問題とは、二〇三〇年に、世界での新車販売は電気自動車のみに限定するという、各国による政策の施行だ。

ただし中国は欧米と違って、ハイブリッド車も作り続ける。日本の自動車メーカーにとっては、有力な市場になりうる。

「無理な話だと言ってるだろ。EVはまだ開発途上の車だ。それに、コロナで二年以上の空白ができ、世界の動きがほとんど止まっていた。やっと、元に戻りつつある時期だ。回復するには、数年かかるという予想もある」

新垣は缶コーヒーを飲んで、改めて瀬戸崎の顔を見て聞いた。

「何かあったのか」

「昨日の午前中、地球温暖化防止会議に出ていました」

「中国が何か問題発言をしたのか」

「そうとも取れます。今まで会議の決定に否定的だった中国が、肯定的な発言を始めています」

「地球温暖化防止に積極的になったか。コロナで始まった、地球規模の危機の重要性に目覚めたんじゃないのか」

「そうだといいんですが」

「心配性なんだな。うちだって、EVの必要性は理解している。しかし、エンジン車とEVの利点を合わせ持つハイブリッド車には、まだ到底かなわない。エンジン車には百年以上の歴史があるんだ。

これから数十年かけて、ＥＶに変わっていく」

たしかにその通りだ。新垣はガソリンエンジン車が好きで、自動車メーカーに入った、と聞いている。しかし今は、ハイブリッド車に魅《み》せられている。

「じゃ、新しい情報はないんですね」

二〇三〇年以後も、中国はＥＶとともに環境対応車という位置づけで、ハイブリッド車も作り続ける意向だ。

「民間は政府に入る情報ほど多くはないはずだ」

新垣が瀬戸崎を見て言った。その眼《め》には探るような様子が混ざっている。

「新型コロナ以来、中国との民間交流はめっきり減っている。ある意味、お互い牽制《けんせい》し合ってる。どの国の企業も生き残るのに必死なんだ。うちだって、今はなんとか乗り切ってはいるが、内部留保金を崩して生き延びる事態がいつ来るか分からない。こういう状況は、おまえの方が詳しいだろう」

「政府だって同じです。アメリカと中国がやり合ってるんです。日本政府には中国から重要情報なんてほとんど入ってきません」

新型コロナウイルスのパンデミック以来、中国は世界の先進国とは距離を置いている。中国が最初の感染を隠し、初期対応を遅らせたことは明らかだと、多くの国が中国に不満を抱いているのだ。

「民間頼りということか」

「公式、非公式を問わず何でもいい。噂《うわさ》程度のモノでも知りたいです」

「そんなこと、俺《おれ》以外の者には言うな。政府の威信は丸つぶれだ」

新垣は表情を引き締めて瀬戸崎を見た。

「コロナの影響で世界が疲弊している。この時期に大きな転換はないだろう。特に中国は、目立った動きをすれば、世界からさらなる反感を買う」

「この時期だから、大きな改革を推し進めることができる、と考えることもできます。地球温暖化防止という錦の御旗を押し立て、どさくさに紛れて」

「そこまで世界を敵に回すことはしないだろう」

なぜ世界を敵に回すことになるのかという言葉を飲み込んだ。

地球温暖化防止を前面に出せば、国内外の世論もそれに賛同する。アメリカですら、表立っては反対できない。

「何と言っても、EVの大きな問題、蓄電池の問題が解決したとは言い難い。一斉に進みだすのは、蓄電池問題に解決の目途《めど》が出てからだ」

蓄電池は容量と寿命の問題を抱えている。表面にはあまり出ないが電池寿命と、廃棄の方法はいずれ大きな問題となるだろう。

「しかし——」

瀬戸崎は一度ドアの方を見てから、新垣に視線を止めた。

新垣は怪訝《けげん》そうな顔をして瀬戸崎を見ている。

「小此木《おこのぎ》社長が中国に行ったというのは本当ですか」

ヤマト自動車の小此木晴彦《はるひこ》は五十六歳、日本の大手企業では若い社長だ。ハイブリッド車の最初の開発に携わった一人でもある。

「俺は聞いていない」

新垣の声が変わっている。

「外務省からの情報です。社長が、与党政治家を通して〈疾走〉グループの張《チャン》CEOに面会の要請をしたと聞きました」

新垣は黙っている。

中国は今や世界最大の自動車市場だ。生産台数でも日本を抜き、自動車メーカーは百社以上が乱立し、政府は業界再編を進めている。最も大きなものはビッグ5と呼ばれ、ドイツメーカーと資本提携した国営の〈天津汽車〉をはじめ、旧ソ連の支援で設立して今では海外で急激な成長を続ける〈東方汽車集団〉、また新興メーカーの〈疾走〉などが挙げられる。

中国は海外メーカーとの合弁会社が多いのが特徴だが、一部地域に限定して海外メーカーが単独出資して会社を設立することも認められている。その海外メーカーの一つがヤマトだ。

「張ＣＥＯに会ったというのは本当ですか」

再度の瀬戸崎の問いにもやはり無言のままだ。

重い沈黙が流れた。

瀬戸崎がそれを振り払うように口を開いた。

「ところでヤマト自動車は相変わらず、ハイブリッド車優先ですか」

「ＥＶや燃料電池車も視野に入れている」

燃料電池車は蓄電池の代わりに、水素と酸素を反応させて電気を起こす燃料電池を搭載した、究極の環境重視の車だ。出すものは水だけだ。しかし技術的に難しく、日本以外の国はすでに撤退している。

「志は否定しませんが、一向に値段が下がりません。普通車で一台七百万円じゃ、とても庶民には買えません。二十万円の政府補助金を出しても。役所のエコ宣伝カーとして使うか、宣伝として企業に貸し出すかくらいです」

「それだって、有効な利用法だ」

世界は温室効果ガス、二酸化炭素削減の方向に向かっている。発電、自動車を含めて、二酸化炭素を出すものに対しては厳しい目が向けられている。このまま二酸化炭素が増え続けると、後戻りのできない状況になるという厳しい論文も出されているのだ。

「それに安全性の問題もあります。水素タンクを積んでるんですから。衝突事故で爆発——」

「技術で解決できる」

新垣は瀬戸崎の言葉を遮り、改まった表情で瀬戸崎を見た。

「ヤマトの去年の新車販売数は世界で、全車種で九百五十万台だ。その中でハイブリッド車は百九十万台、約二十パーセント。EVは三千五百台だ。〇・〇四パーセントにも達していない。ヤマトは二〇三〇年までにハイブリッド車の割合を九十パーセントに近づける。残りがEVだ。そのころにはハイブリッド車はさらに進化している。世界も認めざるを得ない、進化したハイブリッド車を目指している。しかし、トラックなどの大型車はまだ難しい」

「欧米は新車販売はEVに進んでいます。今や技術が問題ではないでしょう」

政治で自動車の将来は決まる。瀬戸崎はその言葉を飲み込んだ。新垣にとっては最も聞きたくない言葉だろう。

「内外問わず政治家は現実を無視して、きれいごとを言いすぎる」

新垣が吐き捨てるように言う。

「政府はどういう方針か知らないが、我々はハイブリッド車に自信を持っている。現在取り組んでいるのは燃費だ。乗用車については、二〇二五年までにリッター三十五キロ、二〇三〇年までにリッター五十キロを達成しようと必死だ。これだと、どの国も文句は言えないだろう」

「しかし――」

瀬戸崎にはあとの言葉が続かなかった。素晴らしい燃費だが、やはり、数値的な問題ではない。世界の潮流で、理屈ではない。誰もこの流れを止めることはできない。そう言いたかったのだ。

「電気自動車以外は販売禁止。欧米諸国はそう言ってはいるが、現実的に無理がある。中国もハイブリッド車の生産を続けようとしている」

新垣は言い切って腕時計を見た。すでに五時を回っている。

「三〇年問題については、日本はもっと真剣に考えるべきです。手遅れになる前に。中国は怖いですよ。やると決めたら、やります。国民も外国も気にしない」

瀬戸崎は言うと、立ち上がり新垣に頭を下げた。

「瀬戸崎君」

歩き始めた瀬戸崎に声がかかった。

振り向くと新垣が瀬戸崎を見つめている。

「俺たちだって、EVの普及には積極的だし、将来的には切り替わることは分かっている」

「だったら、なぜそっちに舵を切らないんですか」

「しばらくはハイブリッド車の時代だと思っている。その戦略を練っている」

「いや、違う。今までの技術を捨てることができないんでしょ。何十年もかけて培ってきた技術を捨てて新技術に乗り換える。リスク回避じゃない。ノスタルジーなんですよ」

言ってから後悔した。感情的になりすぎているのは自分だ。

「価格問題もある。EVはまだ庶民には高すぎる」

「それは大量生産である程度乗り切れます。生産を十倍にすれば、三十パーセントのコストダウンにはなります。政府の補助金もあります」

一番のコストダウンは技術革新だ、という言葉を飲み込んだ。より安く高性能な蓄電池の開発は進んでいる。新垣も十分に理解しているはずだ。

「車はうちの会社だけで作っているわけじゃない。下請けから孫請け、さらにその下の企業まで何千社もの企業が関わっている。人にしたら数万人、家族を入れれば数十万人の生活を支えているのがヤマト自動車だ。他社にしても同様だ」

「だったらなおさら、今のうちに対策を練っておくべきでしょう」

「役人は気楽だな。すべて机上の計画だ。どう計画を変更しても、自分に痛みはない。企業にとっては、現在やってることは数年前立てられた計画の延長なんだ。長期計画の変更は難しい」

「できないことはないでしょう」

「よほどのことが起これば可能だが」

「それが起こっています」

瀬戸崎は再度、頭を下げると部屋を出た。

新垣の言葉を考えながら、経産省に戻った。


その日の夜、瀬戸崎は柏木由香里《かしわぎゆかり》を食事に誘った。

由香里は瀬戸崎の高校時代の同級生だ。東城《とうじょう》大学経済学部を卒業後、外資系銀行に三年勤めた。その後、アメリカの大学に留学して、ＭＢＡを取っている。お互いの留学時代、ニューヨークで何度か会って食事をした。

由香里は瀬戸崎より一年早く帰国し、東洋経済新聞の経済部の記者をしている。

二人は六本木のイタリアンレストランで待ち合わせた。

由香里は約束の時間より三十分遅れて来た。

「あなたからお誘いがあるとはね。何が知りたいの」

テーブルに座るなり、由香里が瀬戸崎を見て聞いた。

「ずいぶん、会ってないだろ。久し振りに食事でもどうかと思っただけだ」

「自動車関係でしょ。三〇年問題ね。欧米がＥＶに舵を切った。ハイブリッド車の生産は考えていない。ところが、中国はハイブリッド車を環境対応車として生産を続ける意向。その真意は、ってところね。先月の特集。私が書いたのよ」

「別に何かの情報を教えろと言っているわけじゃない」

「それって、逆じゃない。新聞記者と経産省の役人。情報を取るのは、新聞記者が役人からよ」

「そのはずだが、最近は政治家も官僚も新聞と週刊誌、マスコミから情報を仕入れてる」

「否定はしないのね。政府の決定は、マスコミによって左右されるか。政策を左右する重大決定も含めてね」

由香里が皮肉を込めて言う。

「ヤマトの小此木社長が中国に行ったという話だが――」

「私は知らない。知ってても、教えない」

瀬戸崎の言葉を由香里が遮る。

「悪かったよ。無理に聞こうって気はない」

「コロナ騒ぎ以来、目立った動きがあったのはＩＴ関係企業ばかり。まだ多くのサービス業と製造業は細々ね。特に宿泊、飲食、交通系はまさにギリギリの所で踏み止《とど》まってる。それも、体力のある企業だけ。その他は――」

由香里は言葉を止めて息を吐いた。潰《つぶ》れるか廃業したと言いたいのだ。

「ところが、ウイルス発生源の中国はいち早く立ち直り、コロナ禍の中でもＧＤＰはプラスだった」

「中国は見かけほど強くはないだろう。中国経済は、農村部と言うか、底辺部と言うか、人口の大部分を占める人たちの犠牲の上に成り立っている。その農村部が政府を動かす力となりつつある」

「それはあなたたちの方がよく知ってるんじゃないの。中国国内にも出先機関はあるでしょ」

「北京にもあるが、情報収集、分析機関じゃない。友好親善が目的だ」

瀬戸崎の言葉に由香里の表情がきつくなった。

「それって、税金の無駄遣いじゃないの。大使館は、その国の情勢を正確に本国に知らせるのが仕事よ」

「中国で目立った動きをすると危険なことが多すぎる」

「いいことを教えてあげる。中国は一つのことを目標に突っ走っている」

由香里は息を吸い込むと、一気に言った。

「キーワードは二〇四九年。二〇三〇年問題は、そのための通過点。どうしても達成していなければならない問題」

「中華人民共和国、建国百周年か」

「そう。それまでに世界制覇を狙うと断言できる」

一九四九年、中国共産党により中華人民共和国が建国された。二〇四九年は建国百周年記念、中国にとって特別な年だ。経済、科学、軍事、産業などあらゆる分野においてアメリカを抜き、世界一になることを目指していると聞いた。その時は夢物語かと思ったが、今はかなりの現実味を帯びている。

「たしかに。GDPが日本を抜いて世界第二位になってから、成長は著しい。特に二〇二〇年にアメリカを中心に世界の先進国がコロナで疲弊した時、驚異のV字回復を達成したのも中国だ。党が決定したら、膨大な資金を必要な部門に集中投入する。国内、外国の世論なんてお構いなしにね」

「これでは、西側諸国に勝ち目はない。そう言いたいんでしょ」

「アメリカは内政が混乱したし、EUもイギリスが抜けた。せめてお互いの協力が必要なんだが、その気配はみじんも感じられない。それぞれが勝手なことをやり合ってる」

「その点、中国は十四億の国民が一つの方向を向いている。政府の一声で全員が協力する」

「協力をさせられているんだ。拒めば逮捕され、投獄される」

「成果は上げている」

「多くの人たちの犠牲の上でね」

「ファーウェイやティックトックはアメリカから排除される。その他、アメリカの同盟国からも」

「それらの企業から得られた膨大な個人情報は、中国政府の要望に応じて提出しなければならない。その根拠になる法律、国家情報法が二〇一七年に施行されてから、中国ではすべての個人、企業は国家の要請に応じなければならなくなった」

「そんなこと、私たちにとっては信じられない。でも実際に行われ、成果も上げている」

「国家情報機関は、関係する機関、組織、個人に対して、必要な支持、援助及び協力の提供を要求することができる」

瀬戸崎は国家情報法の一文を声に出した。

「日本人にとっては考えられないことだが、事実なんだ。これが世界だと言っても、大半の日本人は首をかしげるだけだ」

「私を含めてってことね」

「そうだ」

「よしましょ。他国の悪口を言い合うのは」

二人でいると、つい仕事の話が中心になる。今、共通しているのは中国だ。

「中国の科学論文数、取得特許の数、どちらも急激に伸びて、アメリカを抜いている。すでに、日本なんて問題じゃない。今後ますます増えていく」

「何が原因なの」

由香里が声を潜めて身体を乗り出してきた。かすかに化粧の香りが瀬戸崎の方に流れてくる。

「十四億の人口と国家体制だ。能力の高い者に競争させる。さらに、国を挙げての経済的援助だ」

「でも、大学の乱造が問題になってる。大学を出てもまともな職に就けない」

「それは普通の若者たちだ。上位一パーセントの者は能力、気力共に優れている。それは日本と同じだ。違うのはそういった者が日本の十倍いるってこと」

「東京都の人口に匹敵するほどいるというわけね」

「分かってるじゃないか。おまけに、彼らが海外のトップ大学に留学し、最先端の知識を学び、経験を積んで祖国、中国に帰る」

「海亀《うみがめ》というわけね」

瀬戸崎は頷いた。

中国では一九七〇年代末から始まった留学ブームより、海外から帰国した留学生を「海亀族」と呼んできた。中国語で、海外から帰ってくる「海帰」と「海亀」の発音が似ていることが由来だ。さらには大海で学び、経験を積み、成長して故郷の海岸へ戻り、卵を産む海亀に似ている。母国に恵みをもたらすという意味が込められている。

「やはり欧米諸国から見れば、納得いかない」

「中国は長年、日本を含め欧米に、食い物にされてきたという歴史から抜けきれないんだ」

それに――と瀬戸崎は言葉を切った。しばらく言葉を選ぶように考えていた。

「中国は世界標準を自国のものにしたい。5G、AI、ドローン、そして、EVだ。それらはすべてつながっている。将来の中心的な技術となる。それを中国は狙っている」

「世界はただ、指をくわえて見てるだけ、というわけね。中国、EVと言えば、コクショウを知ってるでしょ」

「EV用蓄電池の企業だろ。近く中国に進出すると聞いている」

「中国からは破格の好条件を提示されている」

「技術的にそんなにすごい会社なのか」

コクショウは二〇〇五年創業、資本金一億円のベンチャー企業だ。

事業内容は、次世代型蓄電システムの開発、製造、販売、企画、設計、システム・インテグレーションだ。

創業十年後にはアジアを中心とする技術系ベンチャーが一堂に会するアワードで優勝している。その年に現在の場所に研究所兼工場を購入。しかし、ここ数年は目立った事業を行っていない。

「成功してるベンチャー企業。社長の国生《くにき》さんがエンジニア兼発明家で、いろんなアイデアを蓄電池に生かしてる」

「アイデアマンか。日本には少なくなった。きみは社長を知ってるのか」

「何度か取材したことがある。元気のいい人よ。野心家でもある。コクショウを世界的な大企業にしたいけど、なかなか思い通りにはいってない」

「原因はどこにある。分析はしてるんだろ」

「企業秘密よ。個人情報かな。夢のある人だけど、危なっかしいところもある。いや、そっちの方が強いかな」

由香里は無難な言葉を選びながら話している。つまり、国生は感情的で現実離れしている人物という意味か。ベンチャー企業創業者にありがちな性格だ。しかし、中国、破格の好条件という単語が出るからには、たしかに、危なっかしいのだろう。

「コクショウって、変な名前だな。国生の読み方を変えただけなのか」

「たまには自分で考えたら」

由香里は素っ気なく言って食べ始めた。

二人は二時間ほど食事と話をして別れた。瀬戸崎が飲みに誘ったが断られたのだ。

断られたのはこれで三度目だ。いずれも、締め切りが深夜までの記事を執筆するためという理由だ。最高の口実には違いない。


その夜、瀬戸崎がベッドに入った直後、日付が変わる直前に由香里から電話があった。

〈ヤマトの小此木社長が中国に行った件、あなたが聞いたでしょ。気になったから調べてみた。中国に人脈がある、友人がいるの。彼によると、小此木社長は呉陽明《ウーヤンミン》と会ってる〉

「呉陽明って誰だ」

〈慌てないでよ。呉陽明は中国の自動車メーカー「東方汽車集団」のトップ〉

「思い出した。元武装警察第一政治委員だ。政治局にも顔の利く人物だ」

〈その二人が会ったのよ。何の話か分かるでしょ〉

「中国がいよいよ、本格的にハイブリッド車の製造を始めるのか」

〈おそらくね。欧米の行きすぎた環境主義への警告でもあるんでしょうね〉

「しかし、二〇一九年十一月の周主席の国連での演説は覚えてるだろ。地球温暖化防止について述べ、環境主義を打ち出した」

〈自動車については先進国の多くが、エンジン車の新車販売の中止を打ち出している。中国も入っている〉

「しかし、中国はハイブリッド車を環境対応車だと定義している」

〈小此木社長の目的はそれだというの。中国がハイブリッド車の生産を続けることの確認のために中国入りしたというの〉

「それを知りたい。きみも興味があるだろう。引き続き調べてくれないか」

〈これは大きな貸しね。覚えておいてね〉

電話は切れた。

瀬戸崎はベッドに入りなおしたが、由香里の言葉が頭の中で回っている。

世界一の自動車メーカー、ヤマト自動車も生き残りに必死なのだ。もしヤマトが潰れないとしても、近い将来、大きな波に巻き込まれるのは必至だ。

日本企業を護り、最良の道に導くのが政府、経産省の役割だ。

瀬戸崎はベッドから出て、パソコンを立ち上げた。

(3)

翌日、瀬戸崎は鳴海《なるみ》信介《しんすけ》を連れて、母校の東都大学に出かけた。

鳴海はベンチャー企業、ネクストの代表だ。四年前に大手家電会社の研究所をやめて、電気自動車用蓄電池の研究開発会社を仲間二人とともに立ち上げた。目の付け所はよかったが、今も成功とは程遠い。

二年前に経産省が開いた、ベンチャー企業補助金申請の説明会に来た時、瀬戸崎と知り合いになった。瀬戸崎より二歳年下で、頼りない弟という感じで付き合っている。

真面目《まじめ》で誠実。人付き合いは得意な方ではない。よくこんな男が安定した仕事を捨てて、ベンチャー企業を選んだなと不思議に思ったものだ。だが今は、分かる気もする。

「大学にはよく来るんですか」

「卒業して八年だが仕事の関係上、年に数回は来ている。秋月《あきづき》先生とは月に一度はメールのやり取りがある」

教授の秋月俊哉《としや》は政府の電気自動車関係の有識者会議のメンバーで、経産省とは関係が深い。

瀬戸崎は大学の前で立ち止まり、建物を見上げた。

十二階建ての近代的な建物だ。東都大学理工学部、材料工学科。泥臭い名前だが、やっていることは世界の最先端だ。

エレベーターを降りると、明るく清潔な廊下の両側にドアが並んでいる。瀬戸崎が出た八年前とは雲泥の差だ。

この研究棟は五年前にできた。すべての研究室が移動してきたのは二年前だ。

秋月研究室は移転には消極的だった。瀬戸崎も相談されたが、移った方がいいと答えた。時代の流れだと思ったのだ。止めようのない流れ。反対しても、いずれ流れに乗らなければならない。EVと同じだ。だったら、早い方がいい。確たる理由がない限り、合理的に考えた方がいい。

大学時代は何をやっていたのですか。よく聞かれる質問だ。瀬戸崎のように、理工学部出身で官僚になる者は少なくはないが、多いというわけでもない。

役人になったことに特に明確な理由はなかったとも言える。ただ法学部の友人に誘われ、国家公務員総合職試験を受けると通ったからと答えている。実家から通えたということも理由の一つだと。

入省三年目でアメリカ、ハーバード大学に二年間留学した。帰国してからは都内にマンションを借りて住んでいる。地方への移動も民間企業と比べれば多いと聞いていたが、ずっと本省勤務だ。

「ご無沙汰《ぶさた》しています」

瀬戸崎は秋月教授に挨拶した。正確には半年ぶりだ。コロナ後初めて開かれた、「太陽光発電研究会」で会った。お互い連れがいて、挨拶だけで別れた。

瀬戸崎は鳴海を秋月に紹介した。鳴海にネクストの紹介をするように言うと、持ってきたパンフレットを渡して十分ほどで話し終えた。いつも自分と会社をもっと売り込むように言っているが、十分以上は続かない。パンフレットと製品のデータを見れば分かると言うのだ。

秋月教授は、蓄電池研究では世界的な研究者の一人だ。

しかし蓄電池は基礎研究というより、すでに実用化の時代に入った。大手企業はもとより、ベンチャー企業が数多く立ち上がり、熾烈《しれつ》な競争が続いている。目標は充電容量を大きくし、充電スピードを上げることだ。さらに最近重要視されているのは、耐久性だ。充電と放電を繰り返すので、電池寿命は五年が限度になっている。耐久性と寿命の向上は環境保護につながるので今後の重点項目になる。

秋月は鳴海が話している間、ネクストのパンフレットを見ていたが、終わると同時に顔を上げて瀬戸崎に目を向けた。

「電気自動車移行準備室ができたんだって。きみが室長か」

「室長は私の上司、平間課長が兼務です。私は副室長、補佐役です」

「ＥＶ業界は今後、ますます熾烈な競争時代に入る。世界中のベンチャー企業がステラを狙うようになる」

ステラモーターズは二〇〇三年に設立されたベンチャー企業だ。

二〇〇六年、最初のプロトタイプとなる電気自動車を発表。二〇〇八年から量産型ＥＶの生産を開始した。発売価格は一千万円を超える高額だったが、三週間で完売した。その後も常に数百台の予約待ちの状況が続いた。

二〇一〇年に上場したが、そのとき十七ドルだった株価は十年で五千六百ドルを超えた。その結果、株式時価総額で業界トップの自動車メーカーとなった。

本社はカリフォルニア州パロアルトにあり、従業員四万八千人、売上高は三百十五億ドルだ。

さらに話題に上がるのは、ＣＥＯのウィリアム・デビッドソンだ。

デビッドソンは一九七一年に南アフリカで生まれ、十歳のときにコンピュータを買って独学でプログラミングを習得した。

十二歳で独自のソフトウェア販売を行い、十七歳でカナダの大学に入学した。農場や製材所で働きながらペンシルベニア大学へ編入すると、奨学金を受けながら経済学と物理学の学位を取得。さらにスタンフォード大学院に進んだが二日で退学してソフトウェア企業を起業した。

この会社は大手ＩＴ企業に買収されてデビッドソンは二十六歳で二十五億円を手にしている。次に二十八歳で起こしたオンライン決済企業も売却した。この時得た二百億円で、設立されたばかりのステラモーターズに出資し、ＣＥＯに就任した。

「日本ではステラのようなＥＶベンチャーは育たない。あまりに既成の自動車メーカーの研究開発能力が高すぎる。これは、きみが言っていたことだ」

ハイブリッド車のような、先端技術の集積といえる車まで作り上げた。これでは、自動車と名が付く企業は容易には新たに入り込めない。たしかに、昔言ったことがある。

「でも、先生のところはきっちりやっています。世界が求めている研究を」

「お世辞がうまくなったな。経産省を辞めたときは、うちの広報をやってくれ」

鳴海がバツの悪そうな顔で二人の話を聞いている。ベンチャー企業の創業者としては反論すべきだと瀬戸崎は思うが、鳴海は何も言わない。

瀬戸崎が修士課程を出て、研究室を去る時には教授とひと悶着《もんちゃく》あった。教授は博士課程に進学して、自分の研究を手伝ってほしかったのだ。

瀬戸崎は自分の理系能力に限界を感じていた。日本の科学技術の将来を考えると、政策面で役に立ちたいと願ったのだ。この本音は人には言っていない。

初め大学を去るのを反対した教授も、瀬戸崎が経済産業省に入省が決まると、機嫌がよかった。自分がやっているＥＶの直接の管轄省庁だったからだ。

「考えておきます」

瀬戸崎は軽くいなして、ところでと言って秋月を見た。

「中国関係の情報はありませんか。去年、中国企業がコンタクトしてきたと言っておられましたね。

その後は」

秋月は視線を逸《そ》らした。

「来たんですね。何と言ってきたんです」

「先月、中国企業関係者が見学に来た。番沢《ばんざわ》教授の推薦だ。日本に来たら、ここはぜひ見ておくようにと言われたらしい」

「番沢教授の推薦なら、企業であっても断れませんね。でも、彼らもかなり図々《ずうずう》しいですね。自分たちの手の内は、絶対に見せないのに、相手の中には何としても入り込む」

「その辺りは、腹の探り合いだ。彼らが何を知りたがり、研究はどこまで進んでいるか、半日話せば見当はつく」

「半日もいたんですか」

「予定は二時間だったが、話が弾んでね。私たちにもメリットはあった」

「彼らはどの程度進んでいるんですか」

「かなりのところまでだ」

秋月は言って、話を濁した。

「効率のいい電池を求めている、と考えて間違いはないんですね」

「目標は我々より高い。充電スピードと耐久性も求めている」

「他に彼らは何か言ってませんでしたか」

一瞬、秋月が瀬戸崎から視線を外した。

「気になることがあったんですね」

「彼らは電池ばかりじゃなく、ハイブリッド車にも興味を持っていた。今さらと思ったが」

「広大な中国を車で走るとなると、蓄電池だけでは不安なんでしょうか」

「そうとも言える。各国、それぞれお国事情があるからな。砂漠の真ん中で、電池切れじゃ命に関わる。ガソリン車は予備タンクを詰んでおけばいいが」

「先生はどう答えたんですか」

「ハイブリッド車は便利な技術だと言っておいた。ガソリンでも電気でも動くからな。日本独自の器用な技術だとも宣伝しておいた」

「器用な技術。たしかにその通りですね。広大な大地を走るには適しています。砂漠、森林、何もないところ。もちろんガソリンスタンドも」

瀬戸崎は大臣室で聞いた話を思い出していた。千人計画で中国の大学で働いていたエンジニアの話だ。中国は日本同様、二刀流でいこうとしているのか。

「三〇年問題は経産省はどう対処するつもりだ。すぐに、先の話ではなくなる」

教授が瀬戸崎に聞いた。自動車に関係している者にはぜひとも知りたいことだ。

二年以上続いたコロナ騒ぎで、多くの計画が遅れている。政府は二〇三〇年までに二酸化炭素を二〇一三年比で四十六パーセント削減することを世界に公表した。この削減率は、総理の二〇五〇年のカーボンニュートラル計画を考えると、避けては通れない。

「日本政府としては、なんとかして実現するつもりです。それにはEVの普及が必要です。しかし、自動車業界は渋っています。ハイブリッド車優先です」

「中国も本音はその方針だと思う。廉価のEVが生産を伸ばしているが、性能面では問題が山積みらしい。現状を考えると、やはりハイブリッド車は捨てきれない」

教授が自信を持って言う。

欧米はハイブリッド車の新車販売を認めない方向だ。瀬戸崎は口に出さずにおいた。

中国の電気自動車台数は著しく伸びている。だが超小型車にモーターとバッテリーを積み込んだ廉価なモノが多く、冷暖房もない町の足といった車だ。

「蓄電池は今後、世界が研究を続ければいくらでも高性能なものは出てきます。三〇年問題に舵を切るなら、充電スタンドの充実ですね。電源があれば長距離も走れます。大した金もかかりません」

「彼らも日本のＥＶの充電スタンドは気にしていた。都内の充電スタンドの具体的な数も場所も知っていた。今後の建設予定についても質問してきた」

「何と答えたのですか」

「私に興味があるのは充電スタンドではなくＥＶだと。もし彼らに会いたければ、来週、来たらどうだ。実験室で私の誕生パーティーがある。学生たちが祝ってくれる」

「おめでとうございます。たしか五十――」

「五十六歳だ。大してめでたくもないが。みんなで集まるのも悪くはない」

「僕が来ても大丈夫ですか」

「当然だろう。私の研究室の元ホープだった」

教授は元をつけた上、過去形で言った。

「時間の調整をしてみます。返事はギリギリになるかもしれませんが」

何が目的だ。瀬戸崎は考えた。実験室の見学か。いや違う。彼らはこの研究室の一年は先に進んでいる。技術的に得るものは多くない。

瀬戸崎が大学に残るのを止《や》めたもう一つの理由に、大学の研究室では限界を感じたということもある。特定の分野では、金と人をふんだんに注ぎ込む企業にはとても太刀打ちできない、と思ったからだ。

中国人は何を目的に研究室に来た。瀬戸崎は考え続けた。

瀬戸崎は鳴海に研究室を案内して、准教授と大学院生を紹介した。

一時間ほどで二人は研究室を出た。


瀬戸崎は鳴海と駅前のコーヒーショップに入った。

「知ってるだろうが、大学なんてああいうものだ。特に、基礎研究より実用段階に入った製品については、ベンチャー企業にとって、あまり参考にはならなかっただろうな」

電気自動車用蓄電池は大量生産によって、いかに効率よく製造し値段を下げるかの競争に入っている。新しい技術を売り込むには、現在のものを遥かに凌駕《りょうが》するものでなければならない。

「そんなことないです。久し振りに大学の研究室や学生さんに触れました。やはり金儲《もう》け抜きの研究はいいですよ。現在の僕のメインの仕事は企業への売り込みですから」

頼りないことを言うなと言いたかった。

「それで、ネクストの蓄電池はモノになりそうなのか」

「正直、苦戦しています。電気自動車用蓄電池を作る企業が多すぎます。限られた需要に対して、売り込みの企業が多いんです。だから、値段にこだわりすぎていいものができない」

それは甘えだ、と瀬戸崎は思った。しかし、口には出さなかった。

鳴海の性格も、頑張りもよく知っている。だから、うかつなことは言えない。

「なぜ、企業をやめてベンチャー企業を立ち上げた。研究職だったんだろ」

「研究所と言っても企業です。成果というノルマがあります。成果を上げて当たり前。成果が出なければ、会社のお荷物。正直疲れます」

鳴海はそう言うと黙り込んだ。彼のような性格では、やはり企業は辛《つら》いのだ。

「スティーブ・ジョブズ、ビル・ゲイツ、ウィリアム・デビッドソン。ベンチャー企業家に憧《あこが》れたからかな。好きなことをやって、みんな大金持ちです。比較の対象が大きすぎますが」

鳴海は自分の言葉をごまかすように、残りのコーヒーを一気に飲んだ。

「瀬戸崎さんこそ、なぜ官僚なんかに、いえ、官僚になったんですか。大学に残るか、ベンチャー企業を立ち上げる方が似合ってます」

「あえて言えば、自分の才能に見切りをつけたからか」

瀬戸崎は一瞬考えたが言った。初めて言った本音だ。

「でも、秋月先生は瀬戸崎さんを研究室のホープだと言ってたでしょ」

「ホープなどいくらでもいる。きみだって分かってるだろ。科学技術の世界の厳しさは」

言ってから後悔した。今の鳴海にとって、かなりきつい言葉だ。彼も焦っているに違いなかった。だから、大学の研究室に同行したいと言い出したのだ。彼も努力型で、ひらめき型ではない。成功するベンチャー企業の創業者は、その二つを兼ね備えている。それに、なにより運も必要だ。

「頑張れば報われるなんて、ウソですよね。報われない方が多い」

「今さらどうした。そんなこと言い出して」

「いや、ふっと思ったものだから。日本にも大した技術でもないのに、そこそこ成功したベンチャー企業もあります」

「運もあるだろう。いや、運も才能のうち、なんてのもある。努力を続けなければ運も寄り付かない」

瀬戸崎は頼りない言葉だと思ったが言った。

鳴海にはまだ二、三年のチャンスはある。しかし、あってないような時間だ。


その日、瀬戸崎は鳴海と別れて、埼玉の実家に帰った。

実家は自動車修理工場だ。父親が始めたもので、操業四十年近くになる。一時は数人の工員を使っていたが、五年ほど前から父親と近所の修理工と二人でやっている。彼も父と同年代だ。経理は母親がやっていたが、現在はパートに出ている方が長い。

瀬戸崎は工場に入りかけた足を止めた。

ボンネットを開けて、中を覗《のぞ》き込んでいる男がいる。油染みの付いたつなぎを着たひょろ長い男がエンジンをいじっている。瀬戸崎真太郎《しんたろう》、父親だ。

父は物心ついた時から自動車が好きで、一時はレーサーになりたいと本気で思っていたそうだ。工業高校時代は暴走族に入って、金曜、土曜の夜は、バイクに乗って高速道路を仲間と騒音を上げて走り回っていた。高校卒業後、地元の整備会社に就職した。その間に整備士の資格を取り、三年で辞めて自分で修理工場を始めた。エンジンの音を聞き、振動を感じるだけで、車の状態は分かるという。

瀬戸崎は入口のシャッターの下でしばらく真太郎を見ていた。

真太郎の横に行くと、真太郎は顔を上げることもなく瀬戸崎に話しかける。

「ガソリンエンジンは音がいいんだ。全身を震わせる。それにガソリンの燃える匂《にお》いは、最高だろ」

「うるさいだけだよ。排気ガスは身体に悪いし。横を走られると石を投げたくなる」

「俺の子供とは思えないよ。そういう男に育てたつもりはないんだけどな。裕子に言うとぶん殴られるぞ」

真太郎はオイルで黒く汚れた手をタオルで拭《ぬぐ》った。

瀬戸崎の姉、裕子は大の自動車好きで、小学生の時、なりたい職業にレーサーと書いて、クラスの話題となった。新垣と結婚したのも、ヤマト自動車のエンジン開発者という肩書が大きな要素の一つだったと瀬戸崎は思っている。

「相変わらずEVなんてものに熱を上げているのか。あれは車の邪道だ。車というのは、ガソリンの匂いとエンジン音と振動そのものだ。エンジンこそ力強い加速を生み、ガソリンさえあれば、何千キロも走れる。まさに男の乗り物だ」

時代遅れの乗り物だ、という言葉を飲み込んだ。

「別にEVに熱を上げてるわけじゃない。仕事だからね」

「おまえには才能があると信じていたんだけどな。音を聞いてエンジンを見ただけで、故障箇所を言い当てた」

瀬戸崎が十歳の時、エンジンの調子が悪いと運ばれてきた車の、キャブレターの故障を言い当てた。

「エンジンの構造を理解してたら、誰でも分かる。今のエンジンは複雑すぎるけど」

これはウソだ。基本的には変わらない。ただ電気部品が増え、セッティングがミリ単位になっている。ハイブリッド車になると、故障の修理はテスターを使って、電子部品のチェックだ。工具はレンチとドライバーが主役だった父親の時代には、考えられないことだろう。

だが、父親が深夜まで電子工学の勉強をしているのを知っていた。工業高校出身で基礎的な知識はあるのだろうが、車が好きだからできるのだ。

「前に来た時、あと十年もすると、エンジン車は半分に減るだろうって言ってたな。その話、やはり本当か」

「もっと、早まるかもしれない。少なくとも、新車に関しては」

「だったら、日本はパニックだ。俺の時代は問題ないが、ＥＶが出回るころになると、大量の失業者が出るぞ」

「エンジン車が突然なくなるということはないよ。今出回っている車の大部分がエンジン車だ。何年もかけて、ゆっくりとＥＶへ移行する。その間に、トラブルは解決していく。日本は極端なことはしないし、できない」

「役人のくせに勉強が足りんな。一つの主流が消えるということは、それに関わる者も影響を受けるということだ。まず、エンジンと部品に関わる奴らだ。エンジンは一万点の部品からできている。それに関係している中小企業が、消えていくということだ。ガソリンスタンドも必要なくなる。ガソリンを納品している石油会社も売り上げは減るだろうな。ＥＶの燃料補給はコンセントが一つあればいい。保険制度も影響を受ける。車に乗っていて感電死、なんてのも出るだろうし。寂しい話だ」

「救済策は考えてはいる」

「実質、何もしてないじゃないか」

瀬戸崎には返す言葉もなかった。

「いや、やってはいるんだろう。大したことでなくてもな。俺の前では言わないだけだろう」

「そういうところ。はっきり言える時が来れば、いちばんに教えるよ。僕だって自動車のおかげで、飯が食えて、大学まで出してもらった」

「分かってりゃいいんだ。近い将来、エンジン自動車はなくなるだろう。それに関わってきた者は多いということを忘れないでくれ」

真太郎は最後は懇願するような、細い声を出した。

「母さんに顔を見せてこい。メシは食ってくだろう。これを片付けたら俺も行く」

父親は再びエンジンの上にかがみ込んだ。

（4）

翌日、瀬戸崎は上司の平間に、電気自動車移行準備室の状況を説明した。

平間は時折頷きながら聞いている。しかし、あまり興味はないようだ。

彼の元の部署は資源エネルギー庁だ。発電を中心に、自動車よりもっと広い分野でのエネルギー供給に携わっていた。

「中国は二〇三〇年以降もEVとハイブリッド車の併用でいくと思えます。しかしその動向には注視が必要です」

「中国市場が今後の我が国の自動車産業を左右する、ということか。経産省の業界指導はますます重要性を増していく」

この点においては、平間と瀬戸崎は同意見だ。しかし違うのは、平間の本音と行動が一致しない点だ。上の意向で簡単に持論を曲げる。正反対の方針であっても、その場で切り替えができるのだ。

「我が国のエネルギー自給率はゼロに等しい。エネルギー政策は、最重要事項として考えなければならない」

平間は強い意志を込めて言った。

「太陽光、風力など循環型エネルギーは、東日本大震災以来、著しく伸びている。これは政府と民間が一体となって取り組んできた成果だ。自動車産業も同じだ。政府が主導して民間が全力で実現していく。これこそ、日本が得意とするパターンだ。今後は、ハイブリッド車を中心にして、ＥＶ、燃料電池車も、日本が中心となって研究開発を行っていくべきだ」

平間は熱っぽく述べた。

瀬戸崎は平間が自分の言葉に酔っているように思えた。とりあえずは二〇三〇年問題をどう乗り切るかだ。

「二〇三〇年にエンジン車の新車販売を禁止」は、イギリスから始まった。イギリスは従来二〇四〇年としていた禁止時期を十年前倒ししたのだ。今では年数にこそ差があるが、ＥＵ諸国が相次いで同様な方針を発表している。今後、世界に広がるだろう。

アメリカでもカリフォルニア州が二〇三五年までに、新車販売はＥＶと燃料電池車のみとするとした。実質、ＥＶのみの販売だ。おそらく近々にこれも早まる。

「日本の国力から言って、すべてはできません。もっと焦点を絞るべきです」

瀬戸崎は言った。

「水素エネルギーは究極の環境保護の技術だ。燃料電池車は何としても日本で研究開発を続け、実用化にまで持って行きたい」

「重要な技術であることは、分かっています。しかしまだ、問題点は多い。現在は、ＥＶに全力投球するべきです」

「分かっている。しかし自動車産業のみに極端な肩入れはできない」

「ここで政府が力を入れなければ、手遅れになります」

瀬戸崎は力を込めた。

「民間は、そんなに脆弱《ぜいじゃく》なものではないだろう。本当に必要なものであれば、必ず生き残ってくる」

「それを指導するのは政府、我々です。的確な情報を与え、正しい決断に導く」

本来なら、自社でやるべきだ。しかし、ここまでグローバル化が進むと民間の弱さも出てくる。企業が他国の政策に左右されるのだ。特に今回の急速なＥＶ化は、世界が日本の自動車メーカーをターゲットにしているような気がする。

「この時期に大きな改革は無理だろう。かえって自分の首を絞めることになる」

「それをやるのが中国です。注意深い監視は続けるべきです」

瀬戸崎は一昨日の新垣との会話を思い出しながら言った。

「外国車の輸入は減っている。世界の経済状況を考えれば当然で、想定内の変化だ」

「中国国内のエンジン車の生産も減っています。逆にＥＶは増えています」

「それが三〇年問題を見越してなのかは不明だが」

「引き続き注視することは必要です。ＥＶのみというのは、中国事情に合いません」

「中国では世界に通用するエンジン車は作れないというのか」

「研究開発を続ければいずれ追いつきます。しかし、彼らはそれでは意味がないと思っている。彼らの第一目標は二〇三〇年です。そしていずれ、世界の自動車産業を征服するつもりです」

「無理な話だ」

「５Ｇがいい例です。すべて国の方針で決まる。今さら、エンジン車で上を目指しても仕方がない。だったら、ＥＶで世界制覇を成し遂げる」

しかし、と言って瀬戸崎は再度、平間を焦《じ》らすように一度口を閉じてから話し始めた。

「電力問題も重要です。今までガソリンで走っていた車が、一斉に電気で走ることになります。相当な量の電力が必要です」

「日本でも問題だが、中国のほうが何倍も深刻だろう」

「おそらく、すでに考え始めているでしょう」

「きみがそれほど中国を買っている根拠は何だ」

「ハングリー精神と人口です」

瀬戸崎は言い切った。平間は怪訝そうな顔をしている。

「八十年前の日本と同じです。戦後復興に国民は一丸となった。今、中国がその時代です。しかも現在の中国には、日本になかったものがそろっている。一党独裁と十四億の民です」

平間がそれがどうしたという顔で見ている。

「日本の十倍賢い奴がいるということです。日本一の頭脳が、中国には十人いる。しかも彼らは、上を目指して必死で頑張っています。これでは、日本が太刀打ちできるはずがありません」

「そう単純な話ではないだろう。人口は十倍でも、上位が日本の十倍いるとは限らない」

平間は必死で言葉を絞り出しているが、説得力はない。

「中国の大学の十校が日本のトップの大学と同レベルか、それ以上なんです。おまけに彼らの多くがアメリカを中心とした有名大学や研究施設に留学し、世界のトップ技術を学び、それを持って祖国、中国に帰国する。守秘義務は有効ですが、技術や知識は彼らに吸収され、それを使って次世代のものを考えることができます。法律ではそれは止められない」

「それがなぜ、ＥＶと結びつく」

「彼らはエンジン車、ハイブリッド車という無駄を省いて、一気にＥＶに向かうこともできる。合理的です」

瀬戸崎はまずいと思ったが、すでに口から出ている。「ハイブリッド車という無駄」新垣が聞いたら、蹴《け》とばされる。

午後、昼食から役所に帰ると、デスクに隣の小会議室に来るようにメモが置いてある。サインは平間だ。

「ステラのCEO、デビッドソンの行動がおかしいという報告が入っている」

部屋に入ると挨拶も抜きに、平間の声が聞こえた。

「アメリカの若い経営者はみんなおかしいですよ。おかしくなければ、ベンチャー企業なんて立ち上げないし、成功しません。ただし、成功して巨万の富を得るのはほんの一握りです」

「中国人と会っているという話だ」

瀬戸崎は一瞬、表情を引き締めた。

「どこで会ったと言ってましたか」

「ステラの工場だ。本社だと目立つからだろう」

「それとも工場で会いたいと、中国側の要請があったのではないですか」

瀬戸崎は大学の研究室に来たという中国人を思い出した。本社を見ても得るものはないが、工場に行けば、歩いているだけで、多くの情報を得ることができる。

「私が知るわけないだろう。そんなことどうでもいい。問題は、ステラと中国の関係だ。中国はステラにまで取り入ろうとしてるのか」

「どこからの情報ですか」

「信頼できる筋からだ。日本にだって、多少の情報網はある」

日本の外務省が調べたとは思えない。偶然ステラの工場にいた日本人か、彼らを見かけた従業員が、

SNSにでも載せたのか。

「平間さんは、デビッドソンに会ったことがあると聞きました」

「アメリカ時代に三度会った。一度はハーバード留学時代、講演を聞いた。あと二度は見かけただけだ、話したことはない」

「やはり、変わり者でしたか」

「個人的に話したことはないと言っただろ。講演もEVについての話だった」

「講演の対象は学生だけですか」

「学生と一般の人だ。ステラの独占性に関する話と、EVとAIの関係についての話だ。専門的すぎて私には分からなかった」

「中国人がステラのアメリカ工場でデビッドソンと会った。組んで何かしようとしているのか」

瀬戸崎は独り言のように呟きながらも、不気味さを感じた。

「それが気にかかるからきみを呼んだ。世界的に感染症が収まって、やっとビジネスに明るい光が射《さ》し始めたところだ。水を差されたくない」

「アンテナは広げておきます。外務省にも伝えておいてください。デビッドソンの行動に注意するようにと」

「何か分かったら知らせてくれ」

平間が腕時計を見て立ち上がった。すでに昼の休憩時間をすぎている。

瀬戸崎の頭にヤマトの小此木社長が浮かんだ。彼も中国に行っている。会ったのは〈東方汽車集団〉の呉CEOと〈疾走〉の張CEOだ。

（5）

瀬戸崎は由香里に電話をした。

鳴り始めると同時に由香里の声が聞こえる。

「ステラのデビッドソンと会ったことはあるのか」

〈二度単独取材を申し込んだけど断られた。偏屈で独断的。セクハラ、パワハラの常習犯って評判〉

「取材を断られた者の偏見だろう。そんなに三拍子揃《そろ》った人間がここまで成功しない」

〈私もそう思う。すごく魅力的な人らしい。独創的、協調的という意味も含めて。でも、独断的は本当みたい〉

「変わっているとは聞いてるが」

〈スティーブ・ジョブズと一緒でしょ。マスコミが作り上げた伝説。特別な一部を百倍強調する。その方が面白いでしょ〉

彼女はフェイスブックのマーク・ザッカーバーグや、アマゾンのジェフ・ベゾス、アップルのティム・クックにも取材をしている。

〈デビッドソンがどうかしたの。何か聞きたいから電話してきたんでしょ〉

「中国と関わりがあるか知りたい」

〈十四億の市場よ。関心は大ありでしょうね。でも、関わりは知らない〉

急に声のトーンが落ちた。彼女は新聞記者であるにもかかわらず、感情が顔や声、態度に出やすい。

しかし、インタビューの時、それが彼女の特徴として面白いと思われる場合もある。

〈彼と中国との情報があるのね。何なの。教えなさいよ〉

声を潜めながらも強い口調に変わった。

「ステラの工場に、中国人が出入りしているという情報がある」

〈カリフォルニアの工場ね。デビッドソンが中国に行くってことはないの〉

「それは知らない」

〈私のルートで調べてみる。あなたも、調べるのよ。情報はギブ・アンド・テイクね〉

電話は切れた。

ふっと、先日の秋月教授の言葉を思い出した。「もし彼らに会いたければ、来週、来たらどうだ。実験室で私の誕生パーティーがある」そのパーティーに、中国人のエンジニアも来る。


瀬戸崎は近藤を連れて、大学に行った。パーティーは一階にある実験室で行われる。実験室と言っても、ガレージのような場所だ。小学校の教室ほどの広さで、コンクリートの床。真ん中に試作車が置かれ、壁際の棚には電気自動車の部品や工具類が整理されて並べてある。片隅には小型の旋盤やドリルもあり、簡単な加工はできる。オイルの匂いが漂い、瀬戸崎は実家に帰ったような懐かしさを感じる。

瀬戸崎は誕生祝いのワインを秋月教授に渡した。

大学関係者、教員、卒業生、学生、業者など二十人ばかりが集まっていた。

その中に三人の中国人がいる。二人は中国の自動車会社〈疾走〉のエンジニアで、一人は女性で中国語と日本語との通訳という触れ込みだった。しかし、日本人とはほとんど英語で話している。

彼らは真剣な眼差《まなざ》しで秋月教授の話を聞いている。だが、瀬戸崎は気付いていた。教授の話は女性が聞き、他の二人は実験室の中を探るように見ている。デスクに置かれている本や論文のタイトル。さり気なく視線を向け、時折スマホで写真を撮っている。彼らの真の目的は何なのだ。

「日本の蓄電池技術は素晴らしい。秋月先生の研究室はすべての装置をここで作っているのですか」

「それは無理です。蓄電池は材料と電解質の組み合わせです。高度な技術と装置が必要です。我々が考え、提携している工場に発注する。仕様に合わせた蓄電池を作ってもらいます」

教授と中国人の話が聞こえる。

「その工場の方は、今夜のパーティーには来ないのですか」

「小さなベンチャー企業です。招待はしていますが、今夜は急ぎの仕事があるそうです」

「近いうちに、ぜひ紹介願いたいと思います」

話しながらも中国人の目は実験室内の人、部品、書籍、論文などあらゆるものに向けられている。

「彼らの写真を撮っておけ。どんな客が来ているか、帰って調べるんだ。友人関係から、出入りしているメーカー。その情報から、彼らの研究内容が推測できる」

瀬戸崎は近藤に小声で言った。

助教の一人の側《そば》に行った。中国人と長く話し込んでいた男だ。

「あの中国人たちは、何を聞いていた」

「この研究室に関係している企業についてです。金を出してくれている企業、製作を頼んでいる企業。今までにコンタクトを取った企業などです」

「他にはないか」

「特に部品提供してくれた企業に興味があるようでした。なんだか、おかしいですね。彼らは見学に来たというより、何かを調べているという感じでした」

彼らの技術力はこの研究室を超えているはずだ。

大学レベルの研究室に来るには、何か目的がある。それは何か。

「先輩、どうかしたんですか」

大学院博士課程の鈴木《すずき》が近づいてきた。

「彼らの質問を覚えているか」

瀬戸崎は中国人たちを目で指した。

「あらゆることです。この研究室でやってること、将来やること、それに出入りの業者なんか」

「具体的に教えてくれ」

「特に、出入りのメーカーに興味を持っていました。ウチで使っている蓄電池メーカーです。特殊ですから。先輩が見つけてきたメーカーなんでしょ」

「東京蓄電器か」

瀬戸崎がいた十年前に、偶然見つけた中小企業だ。無理を言って、当時は珍しかったナトリウム硫黄電池を納入してもらった。それ以来、研究室ではそこの蓄電池を使っている。しかし、今ではもっと性能のいい蓄電池を製造している企業は多い。電池に関するベンチャー企業は山ほどある。

「そうです。しかし、今では中国とも取り引きをしてると、社長は言ってました」

二時間ほどいて、中国人が帰った後、瀬戸崎たちもパーティー会場を出た。

帰りに近藤とコーヒーショップに入った。鳴海と入った店だ。

「あの中国人たち、明らかにおかしかった。質問や話している内容からエンジニアなのは確かだけど、何かを探っていることは間違いありません」

近藤はスマホを出して瀬戸崎に写真を見せながら、声を潜めるようにして話す。

「研究室の技術はありふれたものだ。彼らは部品の製造元に興味を持っていたらしい」

「部品のラベルの写真も撮っていました。でも、プロのスパイなんかじゃなさそうです。中国メーカーが模造品を作ろうと、エンジニアを送り込んだって感じです」

たしかに近藤の言う通りだ。現在の中国の技術レベルは、日本の大学を超えている。大学自体の技術より、大学に納入される部品に興味を持っているのか。

「ステラのデビッドソンも調べる価値はありますね。中国とはかなり接近しているかもしれません。近いうちに、中国本土に生産工場を作る話も聞いたことがあります。水面下の話だけど、動き出すと早いですからね」

コロナウイルスの時には、十日ほどでベッド数一千床の病院を作り、世界の話題となった。

「アメリカ政府が許さないだろ。ステラとアメリカ政府は必ずしもうまくいっていないが、ステラの技術とブランドはアメリカにとって貴重な財産だ」

「そうですね、海外流出は断固阻止する。ステラの車は車以上のものです」

「未来の車であり、未来の象徴だ。おまけにIT技術の塊だ。それも最新の戦闘機レベルの」

ステラは車のAI化を促進させている。欧米が懸念しているのは、それらのビッグデータがすべて中国政府で管理され、国民の統制に使われることだ。ステラが中国の影響下に入れば、それが世界に広がる。中国政府は、自動運転はもちろん、走行途中の情報も利用できるシステムを作りつつある。

「デビッドソンは、時々日本にも来てるみたいですよ。噂ですが」

「日本に来ると、多少は話題になるだろ。ハリウッドスターや歌手並みではないとしても」

「プライベートジェットで来て、入出国も特別ゲートを使用するとしたら。超がつく金持ちは何でもできますからね」

「今じゃ彼は世界一の富豪だ」

瀬戸崎はスマホを出して、電話番号のメモリーをタップした。

「一つお願いがある。大したことじゃない。中国絡みで気にかかることがある。経産省からの頼みと考えてくれればいい」

瀬戸崎はデビッドソンの日本への出入国履歴を調べるように頼んだ。

「誰に電話したんですか。かなりヤバいことを頼んでいるようでしたが」

「外務省の友人、富岡《とみおか》だ。知ってるだろう。彼は法務省に顔がきく。折り返し電話をくれるそうだ」

出入国履歴の管理は法務省の外局、出入国在留管理庁が行う。

「問題になりませんか。個人情報に関することはうるさいから」

「調べる相手と内容による。いくら政府内でもダメなものはダメだ」

「電話の相手は当然、ウィリアム・デビッドソンが何者か知ってますよね」

もちろんだ、と言った時、瀬戸崎のスマホが震え始めた。まだ五分程度しかたっていない。

分かった、感謝する、また会おう、で瀬戸崎は電話を切った。

「ここ半年間で五度来日している。三度は数時間の滞在。二度は二泊と三泊だ。その後、北京へ」

「東京にもステラのオフィスはあります。ＣＥＯが来てもおかしくはない」

「彼は東京で何をしてたんだ」

瀬戸崎は首をかしげた。

「日本への数時間の滞在は、中国に飛ぶ途中、給油に寄ったとか」

「有り得るね。しかしそうではないかもしれない」

一時間ほど話して、二人は経産省に戻った。

瀬戸崎が帰り支度をしていると近藤が入ってきた。

「デビッドソンの日本での行動が分かりました。話を聞きますか、それともパソコンに送りますか」

瀬戸崎は椅子《いす》に座った。ここで話を聞くというサインだ。

「前回、デビッドソンは東京で五時間をすごしています」

「銀座の寿司《すし》屋で寿司を食べたんだろ」

「そうです。なぜ知っているんですか」

「大金持ちは、アメリカからプライベートジェットで寿司を食べに来るって聞いたことがある。羽田との往復が二時間。都心にいた時間は三時間。寿司を食べたとしても、その間に何かをやっている」

「人には無駄な時間が必要です。彼だって、ぼんやりしている時間はあります」

「いやない。彼は時間を限りあるものと考えている。何かで読んだんだ。無駄にはしていない。何かをやっているはずだ」

瀬戸崎の指がパソコンのキーボードを走った。

「東京に用がなければ北京に直通する」

瀬戸崎は近藤にディスプレイを向けた。

デビッドソンのプライベートジェット、ガルフストリームG６５０ERのスペックだ。

「航続距離は約一万三千キロ。パロアルトから北京までは九千五百四十キロ、直行できる。わざわざ、日本で給油する必要はない」

近藤がディスプレイに見入っている。

「給油なんてしてなかった。羽田空港に問い合わせた」

「デビッドソンは目的があって、北京に行く前に東京に寄ったということですか」

「僕はそう思っている。その目的を知りたい」

「どうすれば――」

「デビッドソンをよく知ることだ」

瀬戸崎の言葉で近藤は瀬戸崎の目の前にタブレットを置いた。数回タップすると、デビッドソンの資料をまとめた画面が現れた。

第二章　過去の遺産

（1）

経産省主催、国会議員対象の電気自動車に関する勉強会が開かれる日だった。

先日、大臣室で話した勉強会だ。まずは政府内部の意識を上げる。

二〇三〇年問題を議員たちはさほど重大に捉《とら》えていないことを危惧《きぐ》する、経産大臣の配慮からだ。

瀬戸崎は基礎から分かりやすく話すように言われている。

衆議院第一議員会館の大会議室には、二百名を超す出席者が集まっていた。

「皆さん、かなり関心があるんでしょうね」

「よく見てみろ。半分以上が秘書だ。議員はほとんどが一年生議員だ」

瀬戸崎は近藤と演台のセッティングをしながら、出席者の顔を見ていた。やはり、自動車関係の族議員と秘書が多い。少数だが、マスコミもいた。東洋経済新聞の由香里の姿を探したが見当たらなかった。昨夜、メールで知らせたのだが。

瀬戸崎は平間から言われたように、パワーポイントを使って、電気自動車とエンジン自動車との違いから話した。おそらく高校生レベルの話だ。

話は三十分、質疑応答の時間が三十分取られている。

会場の座席からはひっきりなしに低い話し声が聞こえてくる。瀬戸崎の脳裏に自動車修理工場を営む父親の真太郎の姿がよぎった。今も油にまみれてエンジンを修理している。

瀬戸崎は話の途中でパワーポイントを消して、電気を点《つ》けた。議員たちを見回し、大声を上げた。

「エンジン車からＥＶへの移行を皆さんは軽く考えすぎています。本格的に動き出すと、日本の産業を根底から変えるくらいの覚悟が必要です」

部屋から話し声が消え、すべての視線が瀬戸崎に集中する。話の内容というより、途中で電気を点け、大声を上げた一官僚の迫力に驚いたのだ。

「自動車産業は戦後日本の産業を支え、発展させてきました。現在は日本国内のみならず世界に対して、その地位は確固たるものがあります。その自動車産業に大きな変化が迫っています。自動車産業は、大手メーカーを頂点にして、部品を供給する下請け会社、孫請け会社は無数にあります。その従業員は膨大な数に上ります。二〇三〇年問題は、そのすべてに大きな影響をもたらします」

瀬戸崎は議員たちを見回しながら話しかけた。

会場には異様な空気が漂っている。

「これまでの話で、エンジン車とＥＶの違いはご理解いただけたと思います。では、質疑応答に入りたいと思います。それでは、ご質問の方は挙手を――」

司会の近藤の言葉が終わらないうちに、前列の中年議員から声が上がった。

「エンジン車からＥＶに移《うつ》ったら、なぜ失業者が増えるんだ。車作りは同じようなものだろう」

瀬戸崎はかすかに息を吐いた。今まで何を聞いていた。冷静にと自分自身に言い聞かせながら話し始めた。

「エンジン車の部品はエンジンだけでも約一万点、車全体では十万点あります。燃焼部、排気部、吸気部、冷却部、その他です。そこにはピストンや点火プラグ、マフラー、スロットル、ラジエターなどが使われています。変速機も部品の多い複雑な装置です。それに対して、ＥＶの部品点数は、約一万点です。実に、エンジン車の十分の一です。複雑なエンジンも変速機も必要ありません」

質問した議員は瀬戸崎を睨《にら》むように見ている。

「部品が少ない分、部品の生産工場は必要なくなるということです。現在、国内に自動車メーカーの下請け部品工場が数万社あると言われています。その多くの工場が必要なくなります」

国内主要メーカーと直接取引している一次下請け、間接取引している二次下請けだけでも、総数は二万七千社ほどある。そこに働く従業員数は五百万人以上、売上合計は七百六十兆円に迫っている。

「仕事がなくなった工場の受け皿を作れということか」

「早急な準備が必要です。モーターなど、新しい工場も必要になります。新規の研究開発も始めなければなりません。自動車産業の形が大きく変わります。エンジンの組み立て工程がすべてなくなるのです。車体にモーターを積み込み、蓄電池と制御装置を組み込むだけでいい。ステラの組立工場を見学したことがあります。実にシンプルでした。熟練工など必要がありません。ロボットで十分です」

会場の空気がわずかながら変わっている。

「それだけではありません。今まで石油消費全体の三十五パーセントを占めてきた自動車用のガソリンも考えなければなりません。一気に減少するのです。いずれはゼロになります。石油企業は大きなダメージを受けます」

さらに、と瀬戸崎は続けた。

「日本中の車がＥＶになれば、どれだけの電力が必要かも重要な問題です。一千万キロワットが必要とも言われています。新規発電所を増設する必要があります」

「そんな話は聞いてないぞ。どこから出た数字だ」

中列の初老の議員が声を上げた。

「日本の乗用車台数は約六千二百万台です。日本自動車工業会によると、すべてをEVにした場合、必要となる電力は約一千万キロワットと試算しています。百万キロワットレベルの原発十基分になります。五十万キロワットの通常タイプの火力発電では二十基分です。火力発電所増設の場合は、排出する二酸化炭素の総量はさほど変わらないという試算もあります」

「EVにしても環境面では意味がないというのか。だったら、そんな無駄はやる必要はないだろう」

「そうとも限りません。中国では新型コロナウイルス対策で、北京や武漢を都市封鎖した時、大気はかなり浄化されていたという事実もあります。封鎖中は、自動車の排ガスがゼロだったからです」

「だったら、先の自動車関連の試算は間違っているというのか」

「さらに検討を重ねる必要はあります。例えば、一般家庭の車の充電は、夜間電力も使用できます。各家にソーラーパネルを設置すれば、その電気を充電することもできます。さらに、車の蓄電池と家庭で使用する電力の切り替えも考えることができます」

「自然エネルギーだけの発電では不可能だ。原発の増設は世論が許さない。火力発電所の増設は二酸化炭素問題で世界が非難するだろう」

「その通りです。自然エネルギーだけではとうていまかないきれません。EV導入前に、解決しておかなければならない問題です」

「中国やEU諸国は、きみが言っている問題は、すでに解決しているのか」

「そこも調べなければなりません。私はおそらく見切り発車だと思っています」

「そんな曖昧《あいまい》な話に政府として対処しろというのか」

「循環型エネルギーをもっと導入すればいいんだ。日本は遅れてるんだよ」

「二〇五〇年のカーボンニュートラルにどう取り入れるかだ」

議員たちが瀬戸崎を無視して話し始めた。すでに五十分近くたっている。残り十分で話しておかなければならないことは多すぎる。

「二〇三〇年問題は直接に車を生産している分野だけでは済みません。部品を扱う関連会社はもとより、ガソリンスタンド、石油業界にも大きな影響を及ぼします。さらには、電力業界にもです。ガソリンスタンドは充電スタンドに代わり、ガソリンの需要は大幅に減少します。さらに、全国に九万ある自動車修理工場の業態も大きく変わります。エンジンの修理がモーターの修理に変わるのですから。このように、大幅な周辺環境の整備もやらなければならないのです」

「どのくらいの時間がかかるのかね」

議員の一人から声が上がった。

「政府の決定次第です。短期で一気に進めるか、長期計画として徐々に進めるかです」

「まず、予算の問題だな。短期でそれだけのことはできんだろう。長期計画として一歩一歩進めるしかない」

「しかし、時間はありません。二〇三〇年にはすべてが大きく変わります。EUではエンジン車の新車販売はできなくなります。ハイブリッド車も含めてです」

「ハイブリッド車は電気で走るんだろ。だったらEVだ」

「基本はエンジンです。走ることによって電気を作り、バッテリーを充電しモーターを動かします。EUとアメリカの一部の州ではハイブリッド車は新車販売はできません」

「中国ではハイブリッド車は販売可能だと聞いたぞ」

「二〇三五年からの規制では今のところ認められることになっていますが、その先は分かりません。

とにかく、世界の多くの国が二〇三〇年にはＥＶを主流にすると発表しています。しかし、技術的問題はあります」

「蓄電池の問題か」

「そう言われています。しかし、蓄電池の開発速度は早いです。世界中で競っていますから」

コロナワクチンと同じです、という言葉を飲み込んだ。結局、日本では開発ができず、欧米から輸入した。

「アメリカ、ＥＵ、イギリスはどうだ」

「一気にＥＶに切り替えることは無理だと思います。しかし、地球温暖化防止、環境問題を重視しているので、ある時期から一気に進むことは考えられます。のんびりしているのは日本だけです」

瀬戸崎は懸命に言葉を選びながら話した。

「自動車業界にケンカを売れというのか」

「早急に、新しいシステムを考えるようにということです」

「彼らも努力はしている。きみはガソリンスタンドと充電スタンド、ダブルで必要だというのか」

「それだと、日本では普及はしません。時間がかかるだけです」

瀬戸崎は議員たちを見据えて言った。

様々な声が上がり始めたが、やはり初歩的な質問が多い。すでに一時間をすぎている。

「引き続き、中国を含む諸外国の動向には注視して、定期的に勉強会を開くことにします」

瀬戸崎が大声を出した。

経産省の部屋に戻ると、平間が飛んできた。

「バカ野郎。相手は議員だぞ。もっと話し方に注意しろ。苦情の電話が入ってる」

「言われた通りに、基礎的なことから分かりやすく説明しました」

「おまえの態度の方だよ。議員をバカにしてるというんだ」

「普通に話したつもりです。そう感じるのは議員の勝手です。それにしても、我々とのレベルの差が激しすぎです。議員間のレベル差も大きい」

「そんなこと分かってる。だから気を付けろと言うんだ。それで、議員の反応はどうなんだ」

平間のトーンが落ちた。

「議員本人より、秘書の数の方が多かったです。議員も一年生議員がほとんどです。ベテランは十人いないと思います」

瀬戸崎は最初に質問した中年議員を思い浮かべた。ベテラン議員でも何も分かっていない者も多い。

「一時間以上話して、結局、大した成果は上がらなかったということか」

「実感がわかないんでしょう。自動車業界は相変わらず元気がいいですからね。コロナ禍でも最高利益を上げたメーカーもあります。現在の状況に水を差すな、という見方が多いです」

「今回は仕方がないか。議員にEVと、EVがもたらす二十一世紀産業改革を知ってもらいたくて開いた勉強会だ。多少は変わるだろう」

「この調子じゃ、しばらくは何も変わりそうにありません」

近藤が小声で囁《ささや》く。

「今日の勉強会はマスコミにも取り上げられますか。メディア関係者が何人か来ていました」

「記事が出るかどうか分からん。明日の新聞を見ればいい」

「マスコミは、政策面で問題が起これば、まずは政治家のせいにする。それができないときは、我々官僚のせいにする。我々は先に進みたくてウズウズしているのに」

平間がぼそりと言う。本音だろう。


翌日の朝刊に記事を出したのは一社だった。東洋経済新聞、由香里の新聞社だ。話の内容には触れず、経産省主催で議員対象の電気自動車の勉強会が開かれたことを報じるだけの記事だった。しかし、そんなことよりも由香里の姿が見えなかったのが気にかかった。

その日の午後、瀬戸崎は小笠原に呼ばれた。

「総理がきみの話を聞きたいと言っておられる。これから、首相官邸に行く」

小笠原に連れられて経産省のロビーを出ると、ロータリーに車が待っている。

二人は首相官邸に向かった。

「総理はかなり焦っておられる。例の声明についてだ。何も具体的な方針が決まらないと言うんだ」

波多野勝彦《はたのかつひこ》内閣総理大臣は、総理になった時の所信表明演説で、二〇五〇年までにカーボンニュートラルの社会にすると述べた。

カーボンニュートラルとは、二酸化炭素を全体の差し引きでゼロにするというものだ。どれだけ二酸化炭素を削減したところで、排出そのものをゼロにはできない。そこで排出量と同じだけ吸収、除去しようというのだ。

地球温暖化が大きく話題になっている現在、各国がこぞって具体的な政策を打ち出している。日本のこの政策は画期的なものだが、実現のハードルはかなり高い。マスコミと一部の国民はハードルは高いほどいいと持ち上げるが、実現のための具体策はほとんど立っていない。

「かなり無理がある声明でした。原発再稼働については追い風になりましたが」

「しかし、まだ時期尚早の感はある」

「それで、EVを前面に出すということですか」

「そうだ。経産省としても、望むことだろう」

「遅すぎる感があります。すでにEU諸国は遅くとも二〇三五年、イギリスは二〇三〇年には、エンジン車の新車販売禁止を提案しています。中国までが二〇三五年、エンジン車の新車販売を中止すると言っています。中国の場合、ハイブリッド車は環境対応車としていますが」

「総理もその辺りを危惧しておられる。だからきみを呼んで意見を求めている」

車は三分ほどで、首相官邸に入っていった。

二人は総理執務室に通された。

「時間は十五分だ。異例に長い時間だと思う。要点だけを話せ」

小笠原が瀬戸崎の耳元で囁く。

ドアが開き、波多野総理が数人の秘書とともに入ってくる。

二人は立ち上がった。

「座ってください。昨日はご苦労でした。私も行きたかったが、なにぶん時間が詰まっていてね。きみに聞きたいことは二つある。まず、二〇五〇年にカーボンニュートラルを達成するためには、何をすればいいか。もう一つは、自動車をすべてEVにすると起こる影響だ」

総理が瀬戸崎を見つめている。

昨日、瀬戸崎が話したことだ。誰《だれ》かが総理に話して、興味を持ったのか。だったら、カーボンニュートラルは難しいと言ったことも伝わっているのか。

「二〇五〇年カーボンニュートラルの件ですが、ハードルが高すぎます」

「今から国を挙げて、最大の努力をしてもか」

「そのためには越えなければならない多くのハードルがあります。重要なハードルの一つに、ヨーロッパ並みのＥＶの普及があります。二〇三〇年以後、エンジン車の日本での生産は中止すべきです」

「そのハードルは高すぎる。我が国を支えている、最も堅実で安定した産業だ。業界が黙ってはいないだろう」

「ハードルが高いからこそ世界は納得します。その上での多少の失敗は許されます。二〇三〇年以後の新規生産の車を全車、ＥＶにする必要があります」

「我が国ではＥＶとハイブリッド車の生産を認めている。中国もだ。中国では、全力で生産体制に入ろうとしている」

「それでは世界に通用しません。日本の二酸化炭素の排出量は、火力発電が約四十パーセント、産業部門は二十五パーセント、自動車は二十パーセント弱を占めています。家庭部門は五パーセント余りです。ＥＶに全移行すれば、二十パーセント分が削減されます」

瀬戸崎は強い口調で言い切った。

しかし、この数字には問題もある。電気自動車に移行すれば、当然充電のために電力が必要となり、五十万キロワットの火力発電所二十基が必要だという試算がある。自然エネルギーの増産、原発の稼働は避けられない。

「欧米は地球温暖化に対処するため、全力で循環型エネルギーの路線を取っています。発電所、自動車、すべてゼロカーボンを目指しています。日本がハイブリッド車を作り続けることは、大きな反発を受けます」

「中国はハイブリッド車も環境対応車として新車販売を認めている。インドを含め、他のアジアの国もだ。アフリカもいずれ中国に従うだろう」

「中国の方針は、いつ変わるか分かりません。もっと慎重に考えるべきです」

瀬戸崎の正直な気持ちだった。だが、現在までの情報でそう言い切るだけの根拠はない。

「先週も周主席は、日本のハイブリッド車を素晴らしい技術の集積だと誉《ほ》めていた。中国でも数年内に、同レベルのハイブリッド車製造を目指していると」

「非常に楽観的な発言です。同様に欧米の新車販売で、EV以外は販売停止、生産禁止と簡単に言いますが、非常に難しいと思っています」

「きみはできないと思っているのか」

総理が反応を窺《うかが》うように瀬戸崎を見ている。

「各国の政府で決められたことです。無理をしてでもやろうとするでしょう。しかし、大きな混乱は避けられません。経済にも大きな影響を与えるでしょう」

「欧米はそれを覚悟でやると言うのか」

「地球温暖化防止をより重要事項と捉えたからです」

瀬戸崎は話しながら矛盾も感じていた。そればかりではない。欧米なりのしたたかさは感じている。日本車の排除だ。だが、これこそ根拠のない憶測だ。

「日本だけが難しいとは言っていられません。欧米に足並みをそろえるべきです」

瀬戸崎は自分の話す言葉に苛《いら》立《だ》ちを感じていた。はっきりと言えないもどかしさだ。

「EVの技術は、すでに確立されたと言われているのは事実なのか。一時は蓄電池の性能が問題視されていたが」

「立場によって結論が異なっています。そんなに簡単なことではありません」

瀬戸崎は一瞬考え込んだ。総理が促すように見ている。

「EVのリチウムイオン電池は、かつては日本企業の世界シェアは四割でした。しかし、現在は中国がトップです。中国は全面的に国が支援しました」

「我が国も電池メーカー、材料メーカー、商社などに政府が加わって、オールジャパン体制を取って臨もうとしている」

「オールジャパンは日本には馴染《なじ》まないのかもしれません。半導体、液晶パネルはことごとく失敗しています。中国、台湾、韓国に圧倒されています」

おまけに、と言って瀬戸崎は総理を見据えた。

「リチウムイオン電池の原材料には、ニッケルやリチウムなどの希少金属が使われています。これらの資源の埋蔵量は、中国が圧倒的に多い。中国はそれらを囲い込もうとしています」

「もし囲い込みされると――」

総理が呟《つぶや》く。

「もしではありません。すでに、行われています。いずれ不足するのは分かっています。そのため、中国以外の海外から調達するか、リサイクル方法を徹底するか、希少金属の代替材料を見つけるかです。もしくは、まったく新しい次世代電池を開発するかです」

「例えば全固体電池や燃料電池か」

「そうです。世界中で、すでに研究開発が行われています」

瀬戸崎の言葉に総理は椅子《いす》に深く座りなおした。

「今後の我が国の自動車産業において、きみは何が一番の問題だと思っている」

瀬戸崎は考えをまとめるように、視線を窓の方に向けた。そして総理に戻した。

「日本の全車種をＥＶに切り替えるとなると、車産業だけの問題ではなくなります。車産業は大手の自動車メーカー、その下に付く、サプライチェーン、販売会社など、五百万人以上の人々の生活を支えています。ＥＶに変更するということは、それらの人の生活を変えるということです」

「きみの言葉通り、日本の産業構造を大きく変えることは確かだ。今から準備をしても、何年もかかる」

「それでは世界に乗り遅れます。早急に結論を出して、準備にかかる必要があります」

「中国に対抗するためか」

「世界にです。中国は自動車産業の世界一、いや独占を狙《ねら》っています。それはここ数年で決まると思っています」

自分の言葉に後悔した。推測にすぎない。それも明確な根拠のない推測だ。

瀬戸崎の言葉で、総理は考え込んでいる。

「本来は日本の大手自動車メーカーがまとまって、欧米に対する対抗措置を出してほしいと思っています。しかし、各社ともあまりに保守的すぎます」

「歴史があるからだ。エンジン開発には時間と人と金をつぎ込んでいる。努力の結晶で、自社の宝だと思っている。それを捨て去ることは難しい」

「博物館に飾ればいつでも見られます」

瀬戸崎の言葉に小笠原が視線を向けた。言いすぎだ。その眼《め》が言っている。

「歴史の通過点、これが現実です。ＥＶも遠からず、新しいものに置き換えられます。求められているのは、その波を正確につかみ、乗り遅れないことです」

「燃料電池車か」

「それも一つです。いずれ、さらに優れたものが出てくるでしょう。それが科学技術の進歩です」

瀬戸崎は強い意志を込めて言い切った。

「現状では、ＥＶを世界に自由に売り込めるというのは、ステラ社くらいか」

「ハイブリッド車とＥＶの二刀流。ダブルスタンダードでは、うまくいきません。将来的に生き残る車に集中すべきです。そうでなければ、世界の競争には勝てません」

「私もそう思う。しかし、一つに絞ることは日本では難しい」

総理は息を吐いて時計を見た。しかし、立ち上がろうとはしない。

瀬戸崎が小笠原を見ると、続けるように頷《うなず》いた。

「カメラのオートフォーカス、デジタル化は過去の技術とツールをすべて捨てて、新しい方を取りました。音楽もそうです。数十年の間にレコード、テープ、ＣＤ、配信と進化しています。車の場合、変わるのは車だけではありません。社会インフラの変更もあります。ガソリンスタンドは充電スタンドに変わります。一戸建て、マンションやその他、駅やレストランなどの駐車場に、充電スタンドを設置しなければなりません」

瀬戸崎は一気に言って、かすかなため息を吐いた。

「高速充電ができる蓄電池のスタンドです。そうなると電力会社も嚙《か》んできます」

「それは世界も同じことだ。急激な改革など不可能だ」

「中国はそれをやろうとしています。北京、上海《シャンハイ》などでは、すでにガソリン車の登録が難しくなっています。ナンバーを申請しても一年あまりもかかります。しかしＥＶだとすぐに発行されます。環境問題にかこつけていますが、将来的にＥＶのみを視野に入れているのは明らかです」

「完全なＥＶ移行の前にハイブリッド車が入るのではないのか」

「日本の願望にすぎません。しかし、中国以外の自動車生産国、欧米ではハイブリッド車は新車販売できません。これは多分に政治的な意味があるのでしょう。日本の技術にはかなわないと諦《あきら》めているからです。だったら、初めから排除しよう。日本政府もメーカーも気付かなければいけない。いや、メーカーは気付いているでしょう。だからこそ、ハイブリッド車のすべての特許を公にした。しかし、欧米はそれにさえ乗っては来なかった」

「今後、日本はどうすべきだ」

「世界に従うしかないでしょう。すべての拘《こだわ》りを捨てて、EV一本に絞るべきです。日本の産業構造を変える覚悟で臨まなければなりません」

瀬戸崎は強い意志を込めて言い切った。

総理は大きく頷き、一瞬躊躇《ちゆうちよ》した後、話し始めた。

「要するに利権なんだ。EVにすると、ガソリンスタンドはどうなる、エンジンの部品会社はどうなる、ということだ。その業界からの声が大きくなり、族議員が騒ぎ始める。どこかで割り切らなければならないことは分かっていても」

瀬戸崎は驚いた。小笠原も驚きを隠せないようだ。総理からこんな言葉が出るとは。

「二〇五〇年までに可能な限りの手を打ちたい。どうせ私は政界を引退して、生きているかどうかさえも分からないが」

「最善を尽くした総理として名前は残ります」

少なくとも、プラザ合意やバブル崩壊の二の舞いだけは避けなければならない。

「日本が再び世界に注目されるには、最後のチャンスだと思っている」

「私もそう思います。多くの考え方の転換が必要だと思います」

「トータルとして二酸化炭素をゼロにできればいい」

「様々な分野の科学技術の融合で、最適なシステムを模索するべきです」

「そういうことをすべて考慮した未来の自動車のあり方をまとめてくれ。きみには中心になって動いてほしい」

総理は瀬戸崎に手を出した。瀬戸崎はその手を握った。

横で秘書がこれ以上遅れるとマズいとサインを送っている。


経産省の部屋に戻ると、全員の視線が集まってくる。

「総理に何を聞かれた」

平間が寄って来て言う。

「今どき、ＥＶ以外にありませんよ」

瀬戸崎が席につくと同時に電話が鳴り、小笠原と一緒に、阪口大臣の部屋に呼ばれた。

「総理から連絡が来た。ＥＶへの切り替え準備を進めるようにと。ハイブリッド車についてはしばらく様子を見るそうだ」

阪口が緊張した表情で二人に言う。

「しかし、今こんなことを発表すると、自動車業界が黙ってはいないだろう。過去の技術を捨て去れと言っているんだから」

「ここで間違うと、すべてを失うことになります。半導体や液晶パネル、造船と同じです。過去の栄光に拘りすぎたことと、政治に翻弄《ほんろう》された結果、世界の流れに乗り遅れた。それは、総理もよく分かっておられるようでした」

「総理は全面的に協力してくれそうか」

「過去のしがらみに捉われない見方が必要になります。よほど強力な政治指導と協力がないと、メーカー単独では、これほどの急激な変化を乗り越えることは難しいでしょう」

「やはり国の強制が必要なのか」

「まずは自動車メーカーに、世界情勢を正しく理解してもらうことです。飴《あめ》と鞭《むち》、強制と相応の補助が必要でしょう。バブル崩壊時の銀行と一緒です。沈没しかかった巨船を政府が水をくみ出して助ける。国民からは叩《たた》かれます。それを政府が跳ね返してでも、やり遂げる気があるかどうかでしょう」

これが最も重要だという言葉を飲み込んだ。

瀬戸崎はコロナ禍での緊急事態宣言の発出を思い出した。宣言地域の飲食店への休業要請と補償がかみ合わず、大きな問題となった。潰《つぶ》れたり廃業したりした店も多い。

「メーカーには十年後の世界を想像してほしい。その中に自分たちの企業はあるのか。いや、日本が名を連ねているかです。日本の名が消えていないことを望むばかりです」

「経産省としては何をすればいい」

「自動車メーカーと関連業界に世界の状況を把握してもらうことです。議員にしたように、地道に勉強会を開くことです。同時に今後、必要になる政策を洗い出すことです」

瀬戸崎は言った。この程度しか言えないことがもどかしかった。

（2）

その日の夜、瀬戸崎は由香里を電話で食事に誘った。

〈まだ明日の朝刊の記事を書いていない。夜までにできるかどうか〉

「すごい情報があると言えばいいのか。仕事抜きには食事もできないのか」

〈合理的に生きたいのよ。特に経産省のキャリアとの食事なんて、他の記者には望めないでしょ〉

「極秘情報なんかとは無縁の下級官僚だ。単に食事を楽しみたい」

いつもの会話の後に、六本木のイタリアンレストランで会うことになった。

由香里はいつも通りの遅刻で、十分遅れて来た。

料理をオーダーした後、由香里が瀬戸崎を見た。

「サンフランシスコの中国領事館が閉鎖された。領事館職員のスパイ容疑よ」

「中国はアメリカに対して報復措置を取るのか」

「当然でしょ。おそらくは中国国内の領事館の閉鎖ね。今ごろ、どこを閉鎖するか探してるはず」

中国はコロナ禍においても、自国のウイルス封じ込めに成功すると、マスクを筆頭に医薬品を発展途上国に送っている。同時に南沙《なんさ》諸島周辺では空母など中国海軍を派遣して、軍事的圧力も強めた。

ワクチンが出回り始めてからは、中国製のワクチンをいち早く開発し、ワクチンの不足している発展途上国を中心に、無償提供を始めている。

由香里が背筋を伸ばし、改めて瀬戸崎に視線を止めた。

「で、何が知りたいの。それで私を呼び出したんでしょ」

「中国の動きを知りたい」

「私だって知りたい。あなたのバックには政府がついてるんじゃないの。外務省、防衛省、それに経産省だって、一新聞社より人材もお金もあるでしょ。あなたたちの方が情報は多いはず」

瀬戸崎に反論の余地はなかった。たしかにその通りなのだ。しかし、瀬戸崎の耳には何にも入ってこない。どこかで止めているのか、そもそも情報など集められない無能集団なのか。

「中国はアメリカの政権が代わって、様子を窺っていたようだ。しばらく静かだったが、動き出したらしい。最近は国際的に融和路線に変更しているように見える」

「国内問題と国際問題を明確に分けているのよ。今は外交はチョット置いておく。国内的にやることがあるんでしょ」

「きみもそう思うか。国内的には徹底的に締め付け路線に向いている。香港しかり、ウイグルしかりだ。しかし、貿易や外交には柔軟だ。一部を除いては」

「特に、地球温暖化対策には前向きな政策を取り始めている。気味が悪いほどに柔軟で、国際協調路線ね。中国国内が気候変動の影響で大雨や水害が頻発し、大きな被害を受けているからかしら」

太陽光発電、風力発電を含めて、循環型エネルギーを国内外に広めようとしている。特に、太陽光発電はパネルと建設のセットでアフリカを含めた発展途上国に積極的に輸出している。

「将来への布石とは思わないか」

由香里が顔を瀬戸崎に近づけてくる。シャンプー独特の清々《すがすが》しさを含んだ香りが漂う。シャワーでも浴びてきたのか。

「あなたもそう思うの。いつか、突然に何かをやり始める。国際社会が認めざるを得ないことをね。コロナの時のマスク外交、医療団の派遣、ワクチンの無償提供。これでコロナの初期対応のまずさは吹き飛んでる。今度は何かしら」

「二〇三〇年のエンジン車の新車販売停止か。五年の前倒しだ」

「おそらく、そうでしょうね。地球温暖化防止を掲げれば、国際社会は何でも大歓迎」

「だが中国は欧米と違って、ハイブリッド車も環境対応車として認めている。欧米を除いても、十分に大きな市場だ」

「インド、インドネシア、フィリピン、ベトナム、その他のアジア諸国が中国と同じ道を取ればね」

「アフリカを含め、大半の国からは同意を得るだろう。ガソリン車の完全排除では、経済が成り立たない。たとえ、その真の目的が何であってもだ」

「もし、中国がハイブリッド車の新車販売を認めなかったら」

「日本の自動車業界は大混乱におちいる。中国国内に工場をもつ日本の自動車メーカーも、中国の指示に従って、ハイブリッド車の生産を諦め、EVのみを生産せざるを得ない。撤退すれば、その工場の設備とノウハウは中国が受け継ぐ」

瀬戸崎が本を読むように言う。

「でも、そんな勝手なことが本当にできるの」

由香里がフォークを置いて瀬戸崎を見つめた。

「それをやるのが中国だ」

「日本政府に対抗策はないの」

「中国国内のことだ。口出しはできない。彼らは十分に考えている」

「アメリカやEUはどうなの。自動車産業はヨーロッパ発の産業で、ヨーロッパには老舗《しにせ》の自動車メーカーが多い。何もしないで、彼らの地位を奪われても平気なの」

「これが時代の流れだ。立ち止まって見ているだけじゃ、どんどん差を広げられていくだけだ」

「ステラのCEOウィリアム・デビッドソンは頑張っている」

「しかし、アメリカはステラの独占を嫌って、ベンチャー企業の子会社化などの事前届け出など、様々な制約を付けようとしている。守るべき企業なのに。中国に潰されなければいいが」

瀬戸崎は息を吐いた。中国人のステラ工場の見学を思い浮かべた。

由香里が時計を見た。早く食事を済ませましょ、という合図だ。

瀬戸崎は、飲みに行こうという言葉を飲み込んだ。


翌日、瀬戸崎は若手の官僚数名とともに小笠原事務次官に呼ばれた。

小笠原は時折、こういう場を設ける。自由に発言させて、新しい空気を取り込もうとするのだ。

「今のままでは、いずれ自動車産業は中国主導となります」

瀬戸崎は強い口調で言い切った。しかし反応を示した者はほとんどいない。

中の一人がのんびりした口調で言う。

「中国製の自動車が世界のどこを走っているんだ。中国国内だけだろ」

「今は多くない。しかし、二十年後、いや、十年後には分からない。おそらく、主導権は中国が握っている」

「歴史が違うだろう。車はヨーロッパで発明され、アメリカで大量生産が行われ、日本に受け継がれ、大成した。ヨーロッパでも優れた車は多く作られている。しかし、中国製は聞いたことがない」

「ファーウェイがいい例だ。5Gでは、たちまちのうちに世界一になった。アメリカの制裁を受けてもなお、スマートフォンでは世界需要の八・四パーセントを占めている。十年前は一・五パーセントだった。しかし、今やその名は世界に知られている。中国とはそういう国だ」

若手たちは自由に言い合っている。小笠原は無言で聞いているだけだ。

中国の自動車販売は新型コロナの影響で一時落ち込んだ。しかし、欧米がコロナ禍に喘《あえ》いでいる二〇二〇年夏にはV字回復を遂げている。

中国国内の自動車市場は欧米をしのぎ世界最大であり、日本市場の五倍に達している。約十五年で、三・五倍以上に急拡大した。その多くは商用車であり、乗用車の需要はこれからとされる。

「金と人、そして国家権力で強引に突き進んでいく。それが中国だ」

「ＩＴ技術は世界でほぼ横並びで走り出した。しかし、車はそうはいかない。日本や欧米には長年の研究開発の蓄積がある。技術は、机上の考察だけでは解決できないこともある。経験と伝統と呼べるものだ」

瀬戸崎は油にまみれた父親のことを思い浮かべていた。自動車が好きなのだ。

「現在、中国企業は世界の蓄電池の製造会社の合併も行っている。明らかに政府の意向が入っている」

瀬戸崎の発言に、小笠原が顔を上げた。

「この辺にしておこう。さあ、仕事に戻ってくれ。共に、日本の産業振興に尽くそう」

小笠原が口癖になっている言葉を言った。

瀬戸崎が出て行こうとしたとき、小笠原が残るように言った。

「中国が蓄電池会社を買ってるという話は、たしかなのか」

「先月から調べさせています」

瀬戸崎は小笠原のデスクにファイルから出した数枚のペーパーを置いた。

小笠原は最初の一枚に目を通すと、瀬戸崎に向き直った。

「我が国も次世代型自動車の開発に力を入れたいと思っている」

「私の意見が通るのですか」

「そのままではないが、次世代の自動車産業の形を考え、そのための基礎研究を行う開発製造会社の設立だ」

小笠原がかすかな自負を込めて言う。燃料電池車の話か。時期尚早だ。まだ、ＥＶすらその入口にも入っていないのに。瀬戸崎はその言葉を飲み込んだ。

「経産省主導の自動車産業ということですか」

「私個人はそれに近いと思っている」

「ありがとうございます」

瀬戸崎は無意識のうちに頭を下げていた。

「具体的な時期は決まっているのですか」

「政府の決定待ちだ」

「今、決断しなければ、五年後に大きなツケとなって返ってきます」

瀬戸崎は小笠原を見つめて言う。

ふう、と息をついて小笠原は視線を外した。

「大きな変革は時間がかかるんだ」

「その間に、すべてがさらに大きく変わります。乗り遅れると手遅れになります。残念ながらバブル崩壊以降、日本は多くの変革に乗り遅れています。半導体から始まり、インターネット、スマートフォン、５Ｇを含む次世代通信技術。辛うじて生き残ってきた自動車産業でも、ＥＶに関しては、世界に遅れています」

「どうすればいいと言うんだ」

小笠原も認めざるを得ないのだろう。

「我々に必要なのは決断のスピードです」

瀬戸崎の言葉に小笠原は大きなため息をついた。

「結果が出てからの決断では、遅すぎます」

「蓄電池の開発とともに、充電スタンドの数も増やしたい。水素エネルギーのスタンド設置も義務付ければ将来的な投資になる」

瀬戸崎は頭を振った。

「それが日本的なのです。あれもこれもで、特出するものが消えている。日本の家電はたしかに高機能です。きめ細かくユーザーのことを考えているように見える。しかしその家電には、壊れるまで一度も使われない機能も多くあります。中国は一つの機能重視だから値段も安い。扱いも易《やさ》しい」

瀬戸崎は自分でも興奮していると思いながら話した。

「国としての方針を決めなければならない。きみにまとめてもらいたい」

「私には荷が重すぎます」

「日米半導体協定を批判していたな」

「日本の産業上、最悪のケースでした」

「企業と国が知恵を出し合った結果だ。ああは、なりたくないだろう」

小笠原は淡々とした口調で言う。

一九八〇年代、技術力も売上高も世界一だった日本の半導体は、アメリカの圧力によって潰された。日本が解放される頃《ころ》にはすでに韓国が追い上げていた。その間、日本大手企業の技術者が週末だけ韓国に渡り、核心技術を流出させていた。日本でリストラの恐怖にさらされていた技術者たちは、週末に韓国に通うだけで月収の数倍にあたる報酬が得られた。

その後、大量の資金を投入した国家プロジェクトを立ち上げたが、うまくいかなかった。時代の波に乗り遅れたのだ。

二〇一八年には半導体メーカーの世界トップは韓国企業となり、アメリカ、台湾、中国、シンガポールの企業と続き、日本は半導体からは脱落した。現在、世界の半導体企業の多くは、研究開発と設計・製造を分業化している。日本は総合電機企業がすべてを抱え込んだままで、臨機応変な判断も決断もできなかったのだ。

「私たちも過去から学ばなければ。だから、平均的な折衷案より、優れた個人的意見を求めることにした」

瀬戸崎は開きかけた口を閉じた。たしかにそうかもしれない。企業と国が集まって議論すれば、八方美人の常識的なアイデアしか出て来ない。

瀬戸崎は秋月教授の実験室にいた中国人のことを考えていた。

彼らは中国の自動車メーカーのエンジニアだと名乗った。何の目的で、大学の研究室を訪ねた。なぜ、彼らは大学の研究室に興味を持つ。最先端技術の研究開発と言えるものは、ほとんどない。

彼らが興味を持っていたのは、研究室に出入りしている企業だ。実験室に置いてある部品と、貼《は》られているラベルの写真を撮っていた。何のために使うのか。考え始めると様々な思いが交錯してくる。同時に、重苦しい思いが湧《わ》き上がってくる。中国政府は、二〇三〇年を目処《めど》に中国国内の車をすべてハイブリッド車と電気自動車にするとの発表を再度確認したとの噂《うわさ》は本当なのか。

「EVに関して、新しい情報があれば知らせてほしい」

小笠原は瀬戸崎の肩を叩くと、ドアの方に押した。

その日の夜、瀬戸崎がバスルームから出てくると、デスクのスマホが鳴り始めた。

〈秋華《チウホワ》が入院した。周主席の孫よ〉

由香里の興奮を含んだ声が耳に飛び込んできた。

「それが何か意味があるのか」

〈原因は重度の喘息《ぜんそく》らしい〉

「大気汚染か」

〈その通り。コロナ禍の反動で現在、中国国内は産業復活優先。大気汚染が続いている。その影響だと言われている〉

中国ではコロナ禍は世界に先駆けて乗り切った。発生した年の後半には世界の国のＧＤＰがマイナスに転じた時でもプラスを取り戻した。

産業復興を急ぐあまり環境対策をおろそかにした。二酸化炭素削減を謳《うた》いながらも国内を犠牲にした。その結果、大気汚染が進行したとも言われている。

「周主席は悲しんでいるだろう」

孫の秋華は五歳、身体《からだ》が弱くて何度も入退院を繰り返している。彼が病弱な秋華を特別に可愛《かわい》がっているというのはよく知られている。

〈そんなことはおくびにも出さないけど、事実なんでしょうね〉

瀬戸崎は秋華を膝《ひざ》に乗せた周主席の写真を思い出した。ごく普通の祖父の姿だった。

〈時間はないわよ。おそらく二〇三〇年には、ハイブリッド車とＥＶ以外は販売中止を強行する〉

「一人の少女の病死が世界を変えるというのか」

〈バカを言わないで。まだ死んだわけじゃない〉

思いがけなく強い言葉が返ってくる。

〈よくあることとは言わないけど、何かが変わることは否定できない。世界史では一人の行動が、戦争を引き起こすこともあったからね〉

「どこからの情報だ」

〈あなたが知る必要はない。政府でないことは確かよ〉

皮肉を込めた声が返ってくる。

「あと数年で中国国内の全車両をハイブリッド車とEVにするというのは、無理だろう。時間的にも技術的にも間に合わない」

瀬戸崎は由香里の情報と考えを引き出すためにあえて聞いた。

〈無理をやるのが、中国よ。やると決めたら、国中が一丸となって突き進む。反対意見など完全無視。国内、国外問わずね。他国も口出しできないのは、あなたたちの方がよく知ってるでしょ〉

「それでなのか。先の地球温暖化防止会議で、中国が賛成演説をやったのは」

〈今頃気付いたの。何年も前から布石を打っておこうって腹ね〉

「やはりね。今後の動きにはますます注意を払う必要があるというわけか。ほんの些細《ささい》な動きにも」

瀬戸崎は自分自身にも言い聞かせるように言った。

〈分かってて聞いてるのね〉

言葉とともに電話は唐突に切れた。

瀬戸崎はしばらくの間、スマホを耳に当てたままでいた。

翌日、瀬戸崎は国会議員対象の電気自動車勉強会の報告書を書いていた。

二〇三〇年、地球温暖化、二酸化炭素削減、電気自動車、ハイブリッド車、周辺企業、様々な単語が脳の中を流れている。集まった議員や秘書たちの中で、何人がこれらの単語を関連付け、日本の将来に結び付けて聞いてくれたのだろう。

　デスクに置いたスマホが震え始めた。柏木新聞の表示が出ている。昔、それを見た由香里に、私の名前は「新聞」かと言われたことがあるが、まだ直してはいない。

〈ステラのＣＥＯ、デビッドソンのプライベートジェット、ガルフストリームＧ６５０ＥＲが羽田に到着してる。彼、何をしに日本に来てるの。政府では何もつかんでないの〉

「初耳だ。どこからの情報だ」

〈中学生のいとこから。インスタグラムに載ってたそうよ。羽田の写真。これはデビッドソンのプライベートジェットだって。二時間前の情報よ。彼女はジェット機マニアでね。リアルタイムの羽田のプライベートジェットの写真で見つけたらしい〉

「確かめる価値はありそうだ。きみも調べてくれ。分かったらお互いに教え合う、これでどうだ」

〈まあいいわ。私がこの情報を教えた割には損な気もするけど〉

　電話は切れた。

　瀬戸崎はスマホのアドレス帳を出し、外務省の友人、富岡の番号を押した。

「話の続きだ。ステラのＣＥＯが羽田に着いたという情報があった。何時に着いて、いつ出発する。ついでに、行き先は分からないか」

〈最後のは難しいですね〉

「何のために彼が日本に来たか分からないか」

〈さらに難しいです。本気で知りたければ、興信所に頼んでください。しかし、経産省はいやにデビッドソンが好きみたいですね」

「他に誰かから聞かれたのか」

〈僕に聞かないでください。なんかヤバそうですね。僕をトラブルに巻き込まないでくださいよ。一時間後にスマホに電話します〉

それだけ言うと電話は切れた。

切ると同時にスマホが震えている。

〈ジェット機は飛び立ったみたい。滞在時間は五時間だって。給油している間、デビッドソンはどこに行ってたと思う〉

由香里の声が飛び込んで来た。

「銀座で寿司《すし》を食べて、飛び立っていったってことか」

〈どういうことなの。単なる推測なの〉

「誰かから聞いたか、何かで読んだ。パロアルトから寿司を食べるために日本に来る金持ちがいるって。前にもあったようだ。銀座にデビッドソンのお気に入りの店があるらしい」

〈店の名前は〉

「そこまでは知らない」

キーボードを叩く気配がする。

〈江戸《えど》寿司ね。私、行ってみる〉

立ち上がる気配とともに、電話は切れた。

スマホを切ると同時に、また震え始めた。外務省の富岡からだ。

〈六時間前に入国手続き。一時間前に出国しています〉

「一人か」

〈男性と一緒です。おそらく秘書でしょう。まさか彼が――〉

「有能な秘書だと聞いている。おかしな関係じゃない。どこに行ったか、分からないか」

〈無理ですよ。興信所の領域だと言ったでしょ〉

「アメリカから寿司を食べるためだけに飛んで来たって話、おまえが教えてくれたんだったな」

〈空港でタクシーに乗って、寿司を食べて、飛び立っていったということですか。ありましたね〉

「金持ちのすることは分からん、ということか」

〈彼らは、思い付きで動きます。バブル期に、札幌《さっぽろ》ラーメンを食べるためだけに、東京から札幌に行っていたということですが、それと同じ感覚じゃないですか。スケールは数段上ですが〉

「それで、デビッドソンはどこに行った。行き先は申請するんだろ。いくらビップ待遇でも」

〈どこまで言っていいのか――。これって後で問題になるってことないですよね〉

「同じ公務員だ。悪用はしないし、国益のための質問だ。責任はすべて僕が取る」

〈中国です。北京空港〉

「他に何か分かったら、報《しら》せてくれ」

スマホを切ったが、妙に気にかかった。

やはり行き先は中国だった。日本に寄ったのは、寿司を食べるためじゃない。デビッドソンは単なる成金ではないはずだ。誰かと会っている。わざわざ日本に寄ってまで会う日本人とは、誰だ。

持っていたスマホが震え出した。

〈今、お寿司屋よ。彼、やはりここに来たみたい。三人で来たと言ってる。一人はアメリカ人で秘書。もう一人は、中年の日本人〉

「特徴は分かるか」

話し声が聞こえる。

〈白髪の目立つ小柄な日本人。何度かランチに来たことがあるって。私、せっかくだからお寿司を食べて帰る。また、連絡する。私でもなんとかなりそうな値段よ。ランチが千五百円〉

最後は小声で言って、スマホは切れた。由香里のことだから、食べながら情報を聞き出すつもりだ。しかし、値段は意外だった。


瀬戸崎は考えた末、ヤマトの新垣に電話した。

「来月の東京モーターショー、かなり力を入れてるようですね」

〈三年ぶりの日本でのモーターショーだからな。世界中が注目している。コロナで沈んだ空気を吹き飛ばす効果も期待できるんじゃないか。政府が望んでいることだろう〉

「今後の世界の自動車業界の動向を見るためにも、重要だと考えています。ヤマト自動車の出展カーは決まりましたか」

新垣は答えないが、緊張した空気が伝わってくる。

「メインはやはりハイブリッド車ですか」

〈最高レベルの極秘事項だ。世界中が知りたがっている〉

しばらくして新垣の答えが返ってきた。

〈うちだって、EVはやっている。世界に対しても引けを取らない。エンジン車とハイブリッド車がその上をいっているというだけだ〉

言い訳のような答えが返ってくる。

その中途半端な風潮が命取りになる。瀬戸崎は心の中で呟いた。散々、言い続けてきたことだ。新垣自身は状況を十分に理解しているはずだ。その上で、ハイブリッド車に固執しているのだ。

〈何としても、注目を浴びたい、いや浴びなければならないモーターショーになる。今回は世界中の自動車業界が注目している〉

欧米が電気自動車に舵《かじ》を切ってからの本格的なモーターショーだ。今年になってパリとロサンゼルスで行われたが規模は小さい。今回のモーターショーでの各メーカーの出展車に、世界が注目している。

「生き残りをかけた世紀のモーターショーというわけですね」

〈世界中の自動車企業がそう考えている〉

瀬戸崎は冗談ぽく言ったつもりが、硬い口調の言葉が返ってきた。

〈ところで、モーターショーのことで電話してきたわけでもないだろう。用はなんだ〉

「ステラの動向について聞いてもいいですか。同じ業界として、僕よりは詳しいのかなと思って。ヤマトとして都合の悪いことは言わなくていいですから」

瀬戸崎は前置きをした。一瞬の沈黙があったが、いいよ、という声が返ってくる。新垣も経産省の考えが分かると思ったのだろう。

「ステラは来年、年間五十万台生産の大型工場を作る予定ですね。そのためにアメリカ国内に建設地を探しています」

〈誘致合戦が起きていると聞いている。有力地は本社のあるカリフォルニアかシカゴ郊外だ。シカゴには撤退した自動車会社の跡地がある〉

「アメリカ政府の意向はあるんですか」

〈デビッドソンと政府は、折り合いが悪かったが、大統領が修復に乗り出すとも聞いている。アメリ

カの自動車業界で景気がいいのはステラだけだからな。失業者の救済になる〉

「ステラと中国との関係は聞いていませんか」

お互いの言葉が途切れた。しばらく沈黙が続いた後、瀬戸崎が口を開いた。

「実は、一時間前までデビッドソンが日本にいました。ところが滞在五時間で、日本を離れました」

〈行き先は上海か。ステラの工場がある〉

「ここからは内緒にしてください。ヤマトの内部にも」

〈話す必要が出た時には相談する〉

「北京空港です。外務省の友人が調べてくれました」

スマホから音が消えた。考え込んでいる新垣の姿が浮かんだ。

「ステラの上海工場は、年間数十万台を生産する工場です。しかし、人件費が上がっているので、近隣国に移転するという話がありました。だが、いつの間にか立ち消えになっています」

〈中国政府の圧力だというのか〉

「ステラがアメリカ国内に作ろうとしていた工場の計画も止まっています」

〈中国本土に工場を作るというのか〉

新垣のかすれた声が返ってくる。

「分かりません。その前に日本で中年の男と会っているそうです。日本人です。銀座の寿司屋で。心当たりはありますか」

沈黙が続いた。新垣が知っていて言わないのか、知らないのか測りかねていた。

「おそらく蓄電池関係の開発者だと思います。ステラが興味を持ちそうな、日本のベンチャー企業家は知りませんか」

やはり沈黙が続いている。数秒後、声が返ってきた。

〈調べてみる。しかし、我が社にも関係があることだ。私が知ったからには、上に報告する義務が出るかもしれない〉

「その時には僕にも一報ください」

瀬戸崎は電話を切った。

新垣の言葉を思い返していた。かなり真剣な声と慎重な言い回しだった。新垣は少なくとも、ことの重要性を感じ取ったのだ。デビッドソンが極秘で北京に行ったのだ。そして途中、日本に寄って中年の日本人と会っている。


遅めの昼食に行こうと立ち上がった時、平間がやってきた。

瀬戸崎についてきてくれと言う。

二人で隣の小会議室に入った。

「きみの義兄はヤマト自動車のエンジニアだろ。たしか、ハイブリッド車の設計が担当だったな」

改まった口調で聞いてくる。

「最先端技術だって、いつも自慢しています」

「来月のモーターショーについて何か聞いてないか」

「ピリピリしてますよ。コロナ禍後の、最初の本格的なモーターショーですから。展示の数は少ないですが、世界から各社最高の車を出してくるはずです。今後の自動車業界の動向を見る最適の場です」

疲弊している世界経済を元気付けようという意味合いもある。政府も全面的に協力することを決定している。

「世界の自動車メーカーが全力で取り組んでくる、大掛かりなものになる。経産省も民間と連絡を取りながら協賛が決まっている」

瀬戸崎は知っていると思いながら聞いていた。企画段階で、瀬戸崎は経産省主導を主張したが、政府側は国土交通省が関《かか》わることになったのだ。経産省は協賛の形を取っている。

それにしても、民間のイベントに政府が関わるというのは異例のことだ。すでに、具体的な話し合いはできているのか。

「我々はどこまで関わるつもりですか」

「可能な限りだ。これを機会に政府としての自動車産業の長期ビジョンを確定しておきたい。ここが正念場になるだろう」

平間の言葉からはかなりの熱意を感じることができた。ここ数年が、日本の自動車産業の明暗を分ける重要な時期だと分かってきたのか。

「中国の動きは分かりませんか」

「総力を挙げて取り組んでいるだろう。絶対に負けられないモーターショーになる。やはりEV中心に展示してくるだろうな」

「間違いありません。問題は、このブランクの三年間で、彼らがどれだけ進歩しているかです。他社との違いをどれだけ示せるかにかかっています。世界の自動車メーカーが、生き残りをかけて出展してくる」

「モーターショーにはきみにも行ってもらう。しっかり見聞きして、情報を集めてきてくれ」

平間は瀬戸崎の肩を叩くと出て行った。

瀬戸崎の脳裏に、大学のパーティーに来ていた中国のエンジニアたちが浮かんだ。彼らも来るに違いない。

（3）

ホテルオーシャンの会場は五百人を超す人で溢《あふ》れていた。

「日本自動車工業会・官民合同研究会」が行われていた。

官民合同と言っても、大部分が大手自動車メーカーの幹部と関係者だ。関連企業からも多くの人が来ていたが、一次下請けと言われる大手企業の幹部たちだ。残りは大学とマスコミの者たちだった。政府関係者は国土交通省が中心で、経産省はオブザーバーとして参加していた。

表向きは研究会だが、東京ビッグサイトで行われる「東京モーターショー」に向けての「官民合同決起集会」だ。日本の各自動車メーカーは、国内はもとより、欧米を驚かせる画期的な車を出品しようと意気込んでいる。

二〇一九年、「東京モーターショー」は最後になるはずだった。自動車は従来の概念を超えたものとなるとの意味で、次回からは「東京モビリティショー」に名称が変更されることが告げられていた。人、もの、情報など、あらゆるものの移動をになうものとして、その中心に車を置いたのだ。

しかしコロナ禍の影響で、三年にわたって世界の移動が止まった。もう一度、原点に戻り、さらに新しく乗り出そうという意味で、最後の「東京モーターショー」という名称を使うことになった。

瀬戸崎は経済産業省の一部門としての発言を求められている。

「なんでいつもおまえが選ばれるのか分からん。前にあれだけの失敗をしでかしているのに」

「内輪の勉強会です。上は失敗と見てないんじゃないですか」

「謝って回るのは俺《おれ》なんだ。今回はアドリブはなしだぞ。これでも経産省としては、危険極まりない発言だ。業界とマスコミからバッシングを受けることは間違いないんだからな」

平間が事前にチェックを入れた原稿を瀬戸崎に返しながら言う。

「しかし、小笠原次官はよく許したな。ここまで踏み込んだ発言を」

「経産省として、当然の舵取りと考えたからではないですか。今のままでは、いずれ日本の自動車産業はひっくり返ります」

「それは、おまえの意見だ。日本の自動車業界はまだ好調だ」

平間が何度目かの言葉を繰り返した。何かイヤな予感がする。

壇上では日本自動車工業会の会長、ヤマト自動車の小此木社長が話している。

「総理のカーボンニュートラル、世界規模の地球温暖化防止、それらの対策の一環として、我々のハイブリッド車は多大の貢献をすると信じています。事実、中国を中心に欧米でも販売実績は伸びています。数年前には考えられなかった燃費も達成しています。自然に優しいハイブリッド車。我々はこの言葉を合い言葉に、今後もハイブリッド車の世界への普及を目指します。日本の自動車業界は一丸となって頑張ろうではありませんか」

会場には拍手が鳴り響いた。

会長は手を振りながら壇上を降りていく。

日本の大手自動車メーカーの社長たちの挨拶《あいさつ》、国交大臣の挨拶の後、瀬戸崎の紹介があった。

「おまえの役割は原稿を読むだけだ。分かってるだろうな」

平間の声が瀬戸崎の背を打った。

瀬戸崎が壇上に立っても、ざわめきは消えそうにない。経産省の若手官僚の話など歯牙《しが》にもかけないのだ。

「コロナがほぼ終息した現在、世界経済は大きな転換期に直面しています。その新しい社会を引っ張って行くのは、あなた方です」

瀬戸崎は会場を見渡しながら言った。ざわめきは多少静かになったが、消えそうにない。

ここに集まる多くの者たちは、日本を牽引《けんいん》している自動車業界の幹部という自負があるのだろう。過去も現在も未来もそれは変わらないと信じているのか。

瀬戸崎は体内に熱いものが湧き上がってくるのを感じた。

原稿から目を逸《そ》らし、大きく息を吸った。

「あらゆる業界には転換点というものがあります。事態が大きく変わることです。あなた方、自動車業界はこの転換点を乗り越えられるのでしょうか」

瀬戸崎は大声を張り上げた。その場違いな大声に会場から一瞬、ざわめきが消えた。

「私の考えでは、おそらくあなた方は沈没するでしょう」

瀬戸崎は原稿を横にずらし、聴衆に挑戦的な視線を向けた。一瞬にして、聴衆の視線が瀬戸崎に向けられた。この無礼な若造は誰だ。

瀬戸崎は続けた。

「カメラは手動からオートフォーカスへ、フィルムからデジタルへと移行しました。音楽も生演奏からレコード、カセットテープ、ＣＤ、そして配信と移行しています。本も紙媒体から電子書籍へと、その過程にあります。極めつけは、電話です。固定電話から携帯電話へ。その携帯電話もスマホへと進化しています。これらの流れに乗り遅れた企業は、大幅に事業を縮小するか、倒産を余儀なくされました」

瀬戸崎は声のトーンを落とし、静かに話し始めた。

「自動車も同じです。エンジン車からＥＶへと、今後、大きく変わることは必至です。日本も世界の動静を見極めて、適切に対処しなければ世界に取り残されます」

聴衆の目は瀬戸崎に吸いついている。

「二〇三〇年問題を皆さんは、軽く考えすぎています。欧州、そしてアメリカの一部の州ではハイブリッド車の新車販売は認められていません。そうした国や州は、今後、ますます増えていくでしょう。それらの地域では、エンジン車はもとより、ハイブリッド車の販売は禁止されます。この現実を皆さんはどう捉えているのでしょうか」

「中国はハイブリッド車に肯定的だ。今年は中国製のハイブリッド車が多くなるという情報もある」

聴衆の中から声が上がった。

「彼らは膨大な国内市場を持っています。自国のハイブリッド車を売るために、他国のハイブリッド車の販売を禁止することもできます。日本はそれを阻止することはできないでしょう」

「日本政府はどう考えているんだ。我々に何を望んでる」

瀬戸崎は一瞬、平間を見た。目を吊《つ》り上げて、爆発しそうな顔で睨んでいる。

「あくまで私個人の考えとして、述べさせていただきます」

「何でもいいから、さっさと言え」

「できるだけ早急に、ＥＶに移行すべきです。ハイブリッド車は素晴らしい車です。あまりに技術的に高度すぎて、他国がそれ以上のものを作ることができませんでした。それを悟った欧米が取った新方針かもしれません。ハイブリッド車の新車販売は認めない。新しいルールで勝負しようとしているのです。日本一国では、とうてい太刀打ちできません。新ルールで動くしかないと考えます」

「エンジン車とハイブリッド車を捨てろというのか」

「そうです。すでに、その役割を十二分に果たしました」

瀬戸崎は言い切った。

会場は静まり返っている。現実を突きつけられ、その衝撃に言葉を失っているのか。それとも、あまりに突飛な発言に返す言葉がないのか。

「二〇三〇年まで時間がありません。我が国の自動車業界はＥＶに向けて、全面的に方向転換すべきです。いや、してください。これは、自動車業界だけに留《とど》まりません。日本の産業が根底から変わります。それに対処するのが政治であり、政府の仕事です。ともに努力しましょう。これに乗り遅れると、浮かび上がるには何十年もの時間が必要です。その間に、アジア、アフリカの発展途上国は力を付けてくるでしょう。ジャパン・アズ・ナンバーワン。二度とその言葉は戻ってこないでしょう」

瀬戸崎は会場を見回した。静まり返っている会場からは、不気味な空気が流れてくる。

その時、一人の拍手が響き渡った。瀬戸崎は声の主を探そうと身体を傾けた。しかし、その拍手も周りの視線と沈黙に押されてすぐに消えた。

瀬戸崎は深々と頭を下げると壇上を降りた。

「バカ野郎。なんてことをしてくれた。おまえ、辞表ものだぞ」

平間が瀬戸崎の耳元で声を絞り出した。

研究会が終わって、瀬戸崎が帰ろうとしていると一人の男が近づいてきた。

スーツと緩めのネクタイ姿で薄いブラウンの入った眼鏡をしている。一目で自動車メーカーの社員ではないことが分かる。

　差し出された名刺には「二十二世紀経済ラボ」副所長、小西和雄《こにしかずお》とある。

「お話、興味深く拝聴しました。誰もが感じながら、誰もが言えなかったことです。経産省にもあなたのような人がいるんだ。少し救われた気分になりました」

「あの拍手はあなたですか」

「申し訳ない。あまりに周囲の目が厳しくて、すぐに止《や》めてしまいました。私、小心者ですから」

「勇気づけられました。足がガクガク震えて、逃げ出す一歩手前でしたが、あの拍手で思い留まりました」

「経産省の官僚から、あのような言葉が聞けるとは思いもよらなかったので、思わず拍手をしました。官僚は無難な毒にも薬にもならない原稿の棒読みが仕事だと思っていましたからね。あなたのような希少生物が生き残っているとは」

　横で平間が目を吊り上げている。

「エンジン車とハイブリッド車を完全に捨て去り、ＥＶに注力すべきだと主張しているのですね」

「ちょっと言いすぎましたか」

「聞く者によっては、かなり耳の痛い話です。身につまされるというか、最後通告を突きつけられたというか」

「日本の自動車業界の幹部には、相手にされない話です。とにかく、少数意見です」

「私にはそうは思えません。多くの者が思っているが、口には出せない。タブーの領域に踏み込んだ」

　小西の言葉に瀬戸崎はもう一度、名刺を見た。

「あなたは自動車業界とはどういう関係ですか。二十二世紀経済ラボと自動車の関係は――」

「もっと広範囲に捉えてください。人がいて、車があって、家庭があって、町がある。それらを含んでいるのが市町村であり、その集合が国です。さらに地球全体にも広がります。つまり社会と環境、そして人です。社会、環境問題を考える上で、人と車は避けて通れません」

小西が分かっていますか、というふうに瀬戸崎を覗《のぞ》き込んだ。

「車は地域によっては必需品です。しかし、今までそういった配慮はなく作られてきました。今後は、もっと多様性に溢れたモノがあってもいい」

小西は瀬戸崎を見据えるようにして話し始めた。

「個人の目的に合わせた車があってもいいということです。十年前は夢のような話だ。しかし、今は夢ではない」

雑誌のインタビュー記事で、ステラのデビッドソンが同じようなことを言っていたのを思い出した。人と社会と車の共存。

「人が車に求めるものが違ってきた。そういう意味ですか」

「車の概念が違ってくると言いたいのです。それが技術の進歩、技術革命です」

「私もそう思います。未来の自動車は現在の人や荷物を移動させるハードと、自動運転や事故回避装置のソフトの二つからなります。自動車メーカーはどちらにも、精通しておく必要があります」

平間が二人の間に腕を突き出して、瀬戸崎を睨みつけ腕時計を指先で叩いた。

「時間がないようです。またぜひお会いしたいです」

小西が二人に丁寧に頭を下げた。

その日の夕刊の片隅に、瀬戸崎の発言が小さく取り上げられた。経産省の一部から二〇三〇年に向け、電気自動車へ大胆に舵を切るべきだと発言があった、としている。

まだまだ少数意見として捉えられている。それとも、誰かが手を回したのか。


マンションに帰ってから、瀬戸崎は由香里に電話した。

〈どうだったの、今日の講演は〉

「なぜ知ってる。僕が話すことは誰も知らなかったはずだ」

〈用は何なの〉

由香里は瀬戸崎の質問には答えず聞いてきた。

「明日、会えないか」

〈何か新しいことが分かったの〉

「分からないから、作戦の立て直しだ。お互いに知ってること、知らないことを突き合わせたことがないだろう」

〈損をするのが私だと分かってるから言うのね〉

「小西という男を知っているか。二十二世紀経済ラボ副所長の名刺を持っている」

〈変わり者で通ってる。でも、私は案外まともな人じゃないかと思ってる。彼がどうかしたの〉

由香里の声の調子が変わった。

「今日の講演で唯一うけた男だ。彼だけが拍手してくれた。十秒ほどしか続かなかったが、僕は大いに勇気づけられた」

〈異端の経済学者。大学教授だったけど、セクハラ、パワハラで追い出された。あまり関わり合いにならない方がいい。同列と見なされる〉

「なんだ、まともな人じゃないのか」

〈本質はまとも、って意味。彼に会ったのなら分かるでしょ。世間体を気にしない人。思ったこと、感じたことを素直に口に出すタイプね。専門は中国経済。中国語はかなりできる。人脈も広いし、客観的に見てる〉

「きみはよく知っているのか」

一瞬、躊躇する気配が伝わってきたが、すぐに声が返ってきた。

〈中国関係の情報源。周主席の孫娘が喘息で入院した話をしたでしょ。彼が教えてくれた〉

小西の明るい笑顔が浮かんだ。セクハラとパワハラか。思わず口から洩《も》れた。

たしかに、周りからはかなり浮いていた。しかし、妙に気にかかる存在だった。

〈それより、コクショウは知ってるでしょ。明日、社長に会いに行く。一緒に来ない〉

「僕が行ってもいいのか。かなりの変人で、政府が大嫌いと聞いている」

〈この業界で政府を好きな人はいないでしょ。規制、規制でいつも足を引っ張られてると思ってる〉

「暴走を止めているんだ。保護したり、突き放したりだ。企業にとって最善の方法を模索している。今度は救おうとしている」

〈優しいのね。誰も気付いてないけど。私を含めて〉

皮肉を込めた声が返ってくる。

「もっと好意的に見てほしいね。我々は五年先、十年先を見ている」

〈当たるか当たらないかは別にしてね。企業は一年先に生き残っていることを最重要と考えてる。もっと、庶民目線で見るべきね〉

「僕が行って、何かメリットはあるのか」

〈デビッドソンが銀座の寿司屋で会った男。ずっと調べてた〉

「コクショウの国生。その男なのか」

〈来るの、来ないの〉

「連れて行ってくれ」

〈連れて行ってください。お願いします、でしょ〉

「連れて行ってください。お願いします」

瀬戸崎は由香里の言葉を繰り返した。

〈赤いフェラーリ、タワーマンション、エルメスの靴にカバン、ロレックス、銀座のクラブ。かなり派手な生活よ〉

「ベンチャー企業の成功者なんだろ。成金の鑑《かがみ》のような男と聞いてる」

〈似たようなものよ、あなたと。上から目線は厳禁。あなた、常に意識しててね〉

明日、会う時間と場所を言うと、電話は切れた。

瀬戸崎はスマホを握ったまま、由香里の言葉を考えていた。

コクショウは成功したベンチャー企業だ。次世代型蓄電池の部品を開発しているが、創業以来、数年で売り上げを十倍以上伸ばしている。一時期、社長の国生はテレビはもとより、新聞雑誌の取材にかなり応じていた。しかし最近はほとんど見かけない。

(4)

翌日、瀬戸崎は経産省のデスクに座ると、中小企業庁の後輩に電話をした。

「コクショウというベンチャー企業を知ってるか。ＥＶの蓄電池に関係する部品を作っている企業だ。ここ数年、かなり景気がいい」

〈もちろん知ってます。社長がかなり変わりもんだっていうので有名です〉

「最近の動きについて教えてくれ」

〈中国人が頻繁に出入りしてるってことですか。昨日も聞かれました。東洋経済新聞の女性記者から電話があって〉

　由香里だ。

「なんて話した」

〈近々、中国に工場を作る予定があるからじゃないかって。これって個人情報には入りませんよね。雑談してて、つい言っちゃったんです。企業だから公ですよね〉

「詳しく話してくれ」

〈まだ書類も出ていません。去年、手続きのやり方などを聞きに来た程度です〉

「工場はどのくらいの規模になるか知っているか」

〈かなり大きなモノになるとしか、聞いていません。でも、それっきりなので、頓挫《とんざ》したのかと思っていました〉

「金はどうして集める」

〈そこまでは知りません。ここ数年、景気が良さそうなので銀行融資じゃないですか〉

「他に気になることはないか。何でもいい。コクショウ以外でも」

　考え込んでいる気配がする。

〈気になることだらけです。最近のベンチャー企業は勢いはあるが、実績が追いついてないところば

かりです〉

「コクショウもそうだと言うのか」

〈以前は実績はあったようですがね。いまは、従業員三人。国生社長を入れてね〉

「それで安定しているのか」

〈私は数字しか見ていません。税金はしっかり払っています。去年は——会社の売り上げは三億五千万。彼の個人所得、一億二千万〉

「何をやってる」

〈EVの蓄電池関係の部品製作なんでしょ〉

「何か気付いたことがあれば、連絡をくれ」

瀬戸崎は電話を切った。

従業員、三人。株か、遺産か、土地の売却、あるいは特許か。有力な特許を持っていれば、桁違《けたちが》いの金が入ることもある。国生の場合、特許か。瀬戸崎の脳裏を様々な単語が流れていく。


午後、瀬戸崎は由香里との待ち合わせ場所の新宿駅に行った。

そこから中央線で立川《たちかわ》の外れにあるコクショウの本社に行った。周りはまだ畑が残る郊外だ。

かなり広い敷地内に工場と「コクショウ」と小さな看板のかかった箱型の建物がある。

工場自体はスレート屋根の古いものだ。

由香里の視線が工場の横に向いている。その先には赤いフェラーリが止めてあった。

「これって、インパクトがあるよね。畑の中の工場、工場敷地の中の赤いフェラーリ。それに乗る人は——」

本社の箱型の建物は大きくはないがシンプルで近代的、見方によっては、国生の心意気を感じる。しかし、どこか違和感を覚える。瀬戸崎の知るベンチャー企業とは違っていた。

中に入ると、ひっそりとしている。呼びかけると、初老の女性が出てきた。

由香里が国生社長に会いに来たと告げると、二人は応接室に通された。

飾り棚の中央には写真立てが置いてある。赤いフェラーリの横に、白いダブルのスーツ姿の男が立っている写真が入っている。その男が国生だろう。

棚の隅には十冊ほどの経済、政治関係の本が並べられている。『上級者のための中国語』の背表紙の本を抜き出した。めくると赤線や書き込みがかなりある。

「あまり触らないでよね。ここは人の会社なのよ」

由香里の言葉で本を棚に戻した。

国生優司《ゆうじ》は小柄で痩《や》せた男だった。白髪交じりで五十代にも見える男だが、まだ三十六歳のはずだ。鋭い目の奥には、露骨な野心と嫌悪に似たものを感じる。手首には金色のロレックス。しかし、文字盤もバンドも傷だらけだ。

「経産省の役人が何か用か」

瀬戸崎が渡した名刺をしばらく無言で見ていたが、顔を上げて聞いた。

横では由香里が興味深そうに二人を見ている。

「コクショウは、ＥＶ用の蓄電池に使われている電動スイッチに関係してますよね。主要部品の特許を持っておられるとか」

「それがどうかしたか。すべて合法なものだ。弁理士に調べてもらってる」

国生が笑みを浮かべながらも、挑戦的な視線を向けてくる。

「中国へ進出するって聞きました」

「もう何度か向こうに行って、用意はできてる。こっちも違法性はない。弁護士の折り紙付きだ」

「中国進出の危険性をご存じですか」

国生の顔から一瞬、笑みが消えた。しかしすぐに、自分を奮い立たせるように瀬戸崎を見つめた。

「あんたには、いや、経産省には関係ない」

「ここに伺う前に調べてきました。あなたの持っている特許は、非常に独創性に富んだ素晴らしいものです。それが――」

「日本では十分に認められなかった。俺が望んだほどには、という意味だが。世界にもだ。認めてくれたのは、中国だけだ」

「真に新しいものを生かし切れない。これは日本の大きな弱点です。経産省に属する者として、大いに反省しています」

「それで、今日は何の用だ」

瀬戸崎を押し退《の》けるように由香里が身体を乗り出してくる。

「あなたはステラCEOのデビッドソンに会ったでしょ。どんな話をしたか教えてくれませんか」

国生が驚いたように由香里を見つめている。

「彼とは飲み仲間――いや、食べ仲間だ。俺はアルコールはダメなんだ。彼は底なしだがな」

「デビッドソンは中国に行く途中、羽田に降りてあなたと食事をしていく。わざわざ銀座にまで出て」

「彼とはウマが合うんだ。あんたたちだって、友達とたまに会って食事くらいするだろ。たまにではなく、もっと会っても誰も文句は言わないだろう」

「二度や三度じゃないでしょ、特に最近は。今月も会ってる」

「お互い、日本じゃ他に友達のない身だからじゃないの。会うと法律に違反するのか」

国生が他人事《ひとごと》のように、皮肉を込めて言う。

「あなた方二人の共通点は中国です。デビッドソンはあなたに会った後、中国に行ってる。あなたは中国に工場を持とうとしている。いったい、何があるの」

「何もない。彼とはお互いベンチャー企業主同士だ。誰も、彼と俺を同等とは見てくれないがね」

国生は笑った。しかしどこか寂しさを含んだものだ。

「もし、あんたが俺の中国進出を止めようと思って来たなら、時すでに遅しだ。もう、かなり進んでいる。今さら、何を言われても止めることはできない。世界進出。俺の長年の夢だった。日本はそれを拒否した。認めてくれたのは中国だ」

国生は慎重に言葉を選びながら話している。

「認めたことは確かです。それほど、コクショウの技術は素晴らしい。しかし、それを乗っ取ろうとしていることも確かです」

「俺も調べた。その可能性は大きい。それでも魅力的な条件だ。日本にいる限り、望めないものだ」

国生は言葉を絞り出すように話した。彼なりに悩み惑ってきたのだろう。瀬戸崎はどう言えばいいか分からなかった。

「日本にいれば世界に進出できない。中国に工場を作れば、その可能性は広がる」

「すべてを失う可能性もある」

「だが技術は世界に広がる。俺の名前もな。すべてをなくした起業家。俺にはその方が魅力的だ」

瀬戸崎は国生から目が離せなかった。どこか投げやりで、寂しさを感じさせる表情だ。

「二〇〇八年のリーマンショック後、倒産寸前のところをなんとか生き残ってきた。いくら技術的に優れていても、日本の銀行は助けてはくれなかった」

国生は瀬戸崎を見据えて言う。

「経産省の一人として、恥じています。日本の技術を守り切れなかったことを」

「もっと俺たち技術者、研究者を大事にしてくれ。そうすれば、日本を見限る者もいなくなる」

三十分ほど話して、三人は外に出た。

赤いフェラーリはかなり目立つ存在だった。

国生が立ち止まり、車を見ている。

「いい車だろう。ただし、ガソリン車だ」

「止まってる分には同じです。ガソリン車もEVも、動かなければ二酸化炭素を出さない」

瀬戸崎の言葉に、国生が声を上げて笑った。

フェラーリに近寄って赤い車体を愛《いと》おしむように触っていく。

「俺はガソリン車が好きだ。俺の青春だった」

国生は夢見るような目で話している。

「フィルム式カメラがなくなっても、まだこだわる者もいる。デジタルにはない柔らかさ、奥深さがあると言って。レコードにもデジタル音声にはない良さがある。エンジン車のエンジン音についても同じことだ」

瀬戸崎の脳裏に父親の姿が浮かんだ。同じことを言っている。

しかし——瀬戸崎自身は、そんなのは詭弁《きべん》だと思っている。すべての映像は、画素数で決まる。音楽だってそうだ。CDが出た時には、レコード盤にこだわる者がいた。音楽CDと音楽配信の関係も同じようなものだ。時代の流れに逆らおうとする者は必ず出てくる。だがすぐに、呑《の》み込まれて押し流される。

「心配しなくても、博物館に行けば見ることができます」

総理に言ったのと同じような言葉を口にしていた。

「俺はあの音と、匂《にお》いが好きなんだ。博物館にそれはあるか」

「心配は無用です。バーチャルリアリティーがあります。専用ゴーグルとイヤホンで視覚と音にはどっぷりつかることが可能です。状況に合わせた匂いも、そのうちに出てきます」

国生は顔をしかめたが何も言わない。

それが科学技術の進歩だ。瀬戸崎は心の中で呟いた。


瀬戸崎と由香里は畑に沿った道を歩いた。

国生の印象はかなり強烈だった。

「国生さん、私がインタビューしたベンチャー企業の創業者とはどこか違うのよね」

由香里がぼそりと言った。

「僕には最もそれらしく感じる」

工場の方を振り向くと、国生の姿は見えなかった。工場の横に置かれた赤いフェラーリが、のんびりした風景に強烈なアクセントを与えている。

「野心、向上心、ギラギラした貪欲《どんよく》さ、無知の強さと素朴さ、純粋さ、傲慢《ごうまん》、自信。そういうモノが入り混じった若さと愚かさ。私が今までにインタビューしたベンチャー企業の創業者の姿。でも、彼からはそれらに加え、もっと生々しいものを感じる」

由香里が考え込んでいる。

「僕には存在感抜群の男に見えた。あの赤いフェラーリもね」

「じゃ何なのよ、彼から感じるものとは」

「そう言われると難しいね」

瀬戸崎は考え込んだ。彼から感じるもの――。

「あえて言えば、達観かな。すべてを悟り切って、受け入れるという冷静さ。というより諦めにも似たもの。本当はよく分からない」

「彼の生い立ちから感じるものかもしれない」

「調べたのか」

由香里は頷いた。

「あの工場を見たでしょ。あれは彼のお祖父《じい》さんが創業したハサミの工場」

「ハサミ？」

「植木のハサミ。一九七〇年代、外国に輸出してた。それなりに景気のいい時代だった。むかし、プラザ合意ってあったでしょ。あれで円が異常に高騰して、輸出ができなくなった。で、倒産。多額の借金を背負ってね」

由香里は大きく息を吐いた。

プラザ合意とは、一九八五年に当時の日本、アメリカ、西ドイツ、フランス、イギリスの蔵相と中央銀行総裁が発表した為替レートに関する合意のことだ。

巨大な貿易赤字と財政赤字を解消したいアメリカの圧力に屈して日本は為替操作を認め、発表から半年で一ドル二百三十五円から百五十円台まで急激な円高が進行した。そのため日本では米国資産の買いあさりや海外旅行ブームと同時に、東南アジアの賃金の安い国へ工場移転する企業が続出した。

「ある朝、彼の父親が工場に行くと、祖父が首を吊って死んでいた。父親は自分の父の首吊り遺体を目撃したわけ。その時、国生さんはまだ母親のお腹《なか》の中」

由香里はさらに続けた。

「そのあとバブルになったでしょ。彼の父親は祖父の借金を返そうと必死だった。家と山を抵当に入れ、銀行からお金を借りて不動産を買った。それが暴落」

プラザ合意の後、一九八〇年代後半から地価の高騰が起き、日本は全国で投機ブームが始まった。日銀と政府は、国民の資産格差を是正すべく急激な金融引き締めを実施したが、この政策は日本経済を極度に悪化させる結果となった。

日経平均株価は最高値三万八千円台から二万円台まで暴落し、土地と株だけを見ても、日本から失われた資産は約一千四百兆円とされる。

一九九一年から一九九三年まで続いた、急激な日本の経済収縮が「バブル崩壊」だ。

「国生さんが小学二年生の時、学校から帰っていつも遊んでいた工場に入ると、父親が亡くなってたの。祖父と同じ状態でね。その後、母の手一つで育てられたけど、国生さんが高校を卒業した翌日に死んだ。心筋梗塞《こうそく》。よほど頑張ったのよ、彼を育てるために。そのためだけに生きてたんじゃないかしら。身体はボロボロになってたと聞いてる」

由香里は淡々と話した。瀬戸崎は絞り出すような声を発した。

「大昔の話だ」

「あなたや政府にとってはね。でも、彼の祖父と父親はそのために首を吊った。あの工場でね。二代にわたって首を吊り、子供が親の遺体を見つけた」

瀬戸崎は言葉が出なかった。あの工場は国生にとって、命の終焉《しゅうえん》ともいえる場所なのだ。

「彼はどちらも政府の失策だと思ってる。祖父と父親は日本政府に殺されたとね」

「きみはどう思う」

「あながち間違いでもない。もっと、違う方法も取れたはず。より良い方法がね。だが、そうはしなかった。結果、多くの人が命を絶った。人間誰しも間違いはある。でも、政治家や政府の役人は、自分たちの政策の結果だと考えたことはないでしょ。自分たちが間違いを犯した、ということすら気付いてはいない。自分たちは最善の策を取った、だからこれで済んだ、と信じ切ってる。間違いを指摘できるだけの見識のある人がいないのも問題だけど。末端の国民にとってはたまらない」

由香里が立ち止まり、瀬戸崎を見た。

「あなたたち官僚が、政治家にアドバイスするんでしょ。自分たちの判断が国民の命を左右する、なんて考えたことがあるかってこと」

瀬戸崎は言葉が出なかった。

「あの時代を背負って生きている人は多い。彼も、あなたより三つか四つ年上のはず。でも、そうは見えないでしょ。十も二十も老けてる。新聞配達をしながら工業高校を卒業してコクショウを作った。そして、人手に渡っていた家と工場を買い戻した。彼にとってはベンチャー企業の創業者というより、失ったものを取り戻す、必死の戦いだったはず」

由香里の言葉が瀬戸崎の全身に沁《し》み込んでくる。

「お祖父さんの会社は〈国生金属〉だった」

「音読みにして〈コクショウ〉なのか」

「おそらくね。彼はお祖父さんの作った会社を再建した。今度は、お祖父さん、お父さんの命を奪った会社を日本一、いや世界一にしたいんじゃないの」

　由香里は前方を見つめ、速足で歩きながら言う。

「あなたたちの決断には、命がかかっている人もいるってことを忘れないでね。そして、私たちマスコミにも同じことが言える」

「分かってる」

　瀬戸崎は無意識のうちに頷いていた。

　コロナ禍も同じだった。政府の指示に日本国民の大部分が従った。感染者百万人以上、死亡者二万人以上。その他、経済の低迷、企業の倒産により失業者が大幅に増加した。自殺者も数年ぶりに増えている。関連死は今後も、増えるだろう。政府と専門家たちが下した決断は、果たして正しかったのだろうか。違う、という声も多い。

　二人は無言で歩き続けた。


　その日の夜、瀬戸崎は鳴海を呼び出した。

　なぜか、無性に会いたくなったのだ。国生の印象が強すぎたのか。

　同じベンチャー企業を立ち上げているが、鳴海と国生は正反対だ。努力型とひらめき型、性格も違っている。

　瀬戸崎と鳴海は新橋駅で待ち合わせ、近くの居酒屋に入った。

「何の用ですか。何でも言ってください。全力を尽くします」

「たまには用がなくても会っていいだろ」

「僕としては大歓迎ですが。いつも忙しそうなんで遠慮してたんです。瀬戸崎さんの話を聞いていると、アイデアが浮かぶんです。それに、やる気が」

「お世辞だろ。僕は能力も忍耐力もない。だから官僚になった、なんて言うと問題が多いな。だから省内で煙たがられる」

鳴海は考え込んでいたが、ビールを一口飲んで口を開いた。

「縦割りじゃなくて、いろんな視点から物事を見ることができる人だと思ってます。最近はそういう人、少ないです。特に役所の人には」

「すべて広く浅くだ。やはり僕は研究者に向いてはいなかった」

「そんなことないと思います。瀬戸崎さんが大学に残ってたら、新しいものができた気がします」

瀬戸崎は国生に会ったことは言わなかった。今の鳴海は何も生み出してはいない、と言っていい。国生のことは知っているはずだ。言葉の端々から、彼のようなくせのある企業家をよく思っていないことが想像できた。おそらく、嫉妬《しっと》に近いものだろう。それもまた、何かを生み出す力になる。

「仕事はうまくいってるのか」

「何とかやっています。紹介された補助金は助かりました。あと一年は金の心配はしなくていいです」

「僕は何もしていない。きみたちの実力だ。こういう補助金があると、教えただけだ」

「それも見方を変える上で役立ちました。これからの科学技術は、単なる効率や合理性だけじゃなくて、人間と環境を重視しなきゃならない。当たり前のことですが、製品に直接関わっているとなかなか難しい」

製品紹介に耐久性と環境問題を取り入れるようにアドバイスしたのだ。これからは、あらゆるものについて環境問題が重要視される。すべては地球温暖化防止につながっている。

鳴海は瀬戸崎が勧めるままに焼酎《しょうちゅう》のグラスを空けた。

鳴海の肩から徐々に力が抜けていくように感じた。

「スティーブ・ジョブズもマーク・ザッカーバーグもウィリアム・デビッドソンも始まりは、アイデアです。パソコン、交流サイト、電気自動車。大した技術じゃない。こんなのがあればいいという、好奇心です。それが、たまたま時代と技術にマッチした」

鳴海はかなり酔っていた。真っ赤な顔で、今までになくよくしゃべった。

「それが運であり、実力だ。日本からもぜひ、彼らに匹敵する起業家が出てほしい。政府も、全面的に応援する」

「瀬戸崎さんには感謝しています。でも残念なことに、日本ではベンチャー企業のあり方が違う気がします。アメリカや世界とは、根本的なモノが違います。それが何かは、うまく表現できませんが」

「過去のしがらみであり、教育であり、歴史なんだろうな。それをうまく導くのが我々、政府の役割だと思っている」

時間がかかるだろうが、という言葉を飲み込んだ。残された時間はもう多くはない。

鳴海は首をかしげ、納得できないような顔をしている。

「日本に現在あるベンチャー企業は、メディアなどで少しでも注目されるものがおよそ一万社、上場する会社は多い年で百社程度です。後は鳴かず飛ばずか、潰れています。世界では起業から五年間で半分超が潰れています。生存確率は十年で約六パーセント」

「ネクストは五年目だろ。頑張ってると思う」

「頑張るだけじゃダメです。ただ、生き残るだけでもね」

鳴海は自嘲《じちょう》気味に言った。「どこかで大きく飛躍しなくては」鳴海がいつも言っている言葉だ。

「日本は起業する企業数は欧米諸国に比べて少ないですが、生き残る企業は欧米より多いです。やはり土壌の違いでしょうね」

「僕が危惧しているのは、日本には、なぜGAFAが出ないかということだ」

「誰もがなれるわけじゃありません。でも、誰もがなりたいと思っています」

瀬戸崎は国生のことを考えていた。彼もデビッドソンになりたい、いや超えたいと思っていることは確かだ。そうなることを考え、できる世界なのかもしれない。

十二時近くなって二人は別れた。

瀬戸崎の脳裏に二人の男が重なっていた。鳴海と国生だ。いずれは日本の、いや世界の技術を牽引してほしい。自分は彼らの手助けをする。それが政府の役割だ。瀬戸崎は強く思った。

翌日、瀬戸崎が「日本自動車工業会・官民合同研究会」の話をまとめていると、平間に呼ばれた。

瀬戸崎は平間に連れられて小笠原の部屋に行った。

「申し訳ありません。瀬戸崎が跳ね上がったことをしてしまいました。原稿はチェックしたのですが、途中から――」

「私の情報では、途中から会場の空気が変わったとか。瀬戸崎君の講演の時だと聞いている。これで、業界も少しは世界の現実を知ったのではないか」

平間の言葉を小笠原が遮った。

「自動車業界の幹部たちはかなり怒っていたと聞いている」

「反論できなかったからでしょう。しかし、賛否両論といったところです。これから業界は二つに分かれます。ただ、それでは日本の自動車産業は潰れます。どちらに転んでも生き残れる体制を作っておく必要があります」

「それは無理だ。大臣も大胆な意識改革が必要なことは分かっているはず。今回でチャンスを作ったと思っているだろう。一人の若手官僚の暴走で問題提起ができた。後は、この暴走を広めるだけだと」

小笠原がかすかな笑みを浮かべた。

「明日の新聞にきみの話が出る。自動車業界は資金もあるし、人材も情報もそろっている。ただ余計なものも」

「伝統と技術ですか」

「それにプライドだ。自分たちが世界を導いていると。ある意味、勘違いだ。科学技術の進歩とは、そんなに甘いものじゃない。ある時、突然、最先端技術がカビの生えた過去のモノになることもある。ここ数十年で、我々は何度も経験してきたはずだがね」

平間が驚いた表情で瀬戸崎と小笠原のやり取りを聞いている。

「日本の産業が根底から変わる、と言ったそうだな。それに対処するのが政治であり、政府の仕事だとも」

「私はそう確信しています」

「その通りだ。特に経産省のね。きみは何をすればいいと思っている」

「自動車業界大手は自力で活路を見出《みいだ》すべきです。その力は持っています。問題は関連会社の体質の改善です。今のままでは、七割の関連会社が潰れます」

「私もそう思う。あれだけ言うからには、すでに案はあるんだろう」

瀬戸崎の脳裏に、コクショウの国生の姿が浮かんだ。帰り道で由香里から聞いた国生の生い立ちが交錯する。愚かな政策は人の命を奪う。

「いずれ、自動車メーカーのエンジン部門はなくなります。それまでに、各関連会社が生き残る道を見つけることです」

「業種転換か」

「多くの関連会社が、世界に誇れる技術を持っています。今までは親会社の言うことさえ聞いていればよかった。今後は独自で考え、製品を作っていかなければなりません。しかし、彼らだけだと技術を生かす舞台を作れない。その舞台を作り、方向付けをするのも政府の役目だと思います」

「直ちにその体質改善策を立ててくれ。我々に残された時間は多くはない」

「まずは、彼ら自身に現状を知ってもらうしかありません」

「現状とはどういうことだ」

「二〇三〇年、日本はすべての新車販売をEVに限るということの徹底です。その中にはハイブリッド車は入らないことを周知してもらう。そうすれば、自分たちの会社が二〇三〇年に必要とされているか、されていないかが分かるはずです」

「私はハイブリッド車は生き残ると信じている」

平間が強い口調で言ってくる。

「数年の延命にすぎません。世界はカーボンゼロに進んでいます。日本も中国ではなく、欧米に歩調を――」

「議論はここまでにしよう。これ以上は平行線を辿《たど》るだけだ。最終目標は、新車製造はすべてEVだ、ということを分かってもらうこと。どう移行するかは、次の機会だ。我々としては、まず何をすればいい」

小笠原が瀬戸崎に視線を向ける。

それでは遅すぎる。瀬戸崎は言葉を飲み込んだ。だが議論を続けても小笠原の言葉通り、平行線を辿るだけだ。

「まずは関係者の意識改革です。自動車業界に大変革が起こっていることを認識してもらう。勉強会、あるいは講演会を開いて、地道に広めるしかありません。そして国民にも世界の情勢を知り、共有してもらう」

それでは遅いかもしれない。日本の産業の大転換だ。どれだけ時間がかかるか、前例はない。

「問題はそれからです。自分たちの技術を生かしながら、会社が生き残るための方法を考える」

「新しい製品の開発しかないだろ」

平間が突き放すように言う。

「そのことをエンジン部品メーカーに、周知徹底させることです。このままでは、あなた方の仕事はなくなると」

「経産省の広報やマスコミを通じて、問題は十分に周知させているつもりだ」

「自動車業界は好調ですからね。実感が湧かないでしょう。経産省の計画だけはもっと話し、周知してもらうべきです」

「それが難しい。今まで、自動車業界が危ないなんて考えたことがないだろうから」

小笠原がため息交じりに言う。

「先日と同じように勉強会を開きましょう。ただし、対象は大企業の幹部じゃなくて、関連会社の人たちです」

「彼らが聞きに来るかね」

「来るような方法を考えるしかないです。彼らの賛同はどうしても必要です」

瀬戸崎の脳裏に見たこともない国生の父親と祖父の姿が交錯した。失政と会社の倒産がもたらす悲劇だ。繰り返してはならない。

「早急に手配してくれ。政府にも正式な協力を頼もう」

「協力は得られますか」

「言ってみるだけだ。第一回がうまくいけば乗り出してくる。彼らの発案のふりをして」

瀬戸崎たちは自動車の関連企業向けの説明会の準備に入った。

第三章　東京モーターショー

（1）

三年ぶりに開かれる、コロナ後初の日本での国際モーターショーだった。

瀬戸崎は由香里に誘われて有明《ありあけ》のビッグサイトに来ていた。

会場は人で溢《あふ》れていたが、各社は例年より新車台数は少なかった。

エンジン車、ハイブリッド車、電気自動車など、各社数台ずつそろえている。

今年は二〇三〇年と関連付けて、電気自動車の種類が格別に多かった。

「すごい人ね。百万人は超えるんじゃないの」

「きみは昨日も来たんだろ。マスコミ向けの招待があった。取材に来たマスコミは多かったと聞いてる。テレビでも放送してた」

「招待券は来たけど、同僚にあげた。あなたと来たかったのよ」

瀬戸崎は思わず由香里を見た。

「一般の人の反応も見ておきたいの。どの車種に人気があって、世界はどういうスタイルに向かっているか分かるでしょ」

出展参加企業は七カ国から二十三社。出展台数は百台以上だ。

来場者の半数は十代、二十代の若者だが、残りの半数は広い世代に及んでいる。やはり、車ファンは世代を超えて多いのだ。

「それで、世界はどういうスタイルに向かっているんだ」

「コロナ禍からの脱出という意味で、派手さは控えめというところ。もっと突き抜けた車種があってもいいと思ったけど、三年前の継承が多い」

「この三年間はひたすら沈黙してたってことか」

「そうでもない。明らかに国によって、車種に違いが出てる。アメリカ、ドイツ、フランス、イギリスはほとんどがEV。奇抜なものは少なく、派手さもない。堅実な実用車ってところ。今までの車種のエンジンを取ってモーターと電池に置き換えてる車がほとんど。価格を抑えるためかしら。スタイルよりEVのアピール。明らかに二〇三〇年を意識してる」

由香里の言葉のように、エンジン車は各社せいぜい二、三台しかなく、大部分がハイブリッド車だ。後は電気自動車を展示している。

「中国とインドはエンジン車を出している。EVでは、世界に出せるものはまだ多くないということかしら」

由香里がパンフレットを見ながら言う。

「こっちよ。あなた、中国車のブースを見たいんでしょ」

由香里は瀬戸崎の腕をつかんで人ごみの中を歩いていく。

中国企業のエリアは、ここでは最も広かった。

「中国は各自動車会社がハイブリッド車を展示している。これって、中国は次世代はハイブリッド車で行くという意志表示なのか」

「二〇三〇年以後もハイブリッド車を作り続けるってことでしょうね」

「日本は中国とインドはまだ市場として考えていいわけだ」

出展は〈東方汽車集団〉、〈上旗大通〉、〈紅海〉の四社だ。いずれの社もここ数年で売り上げ台数を著しく伸ばしている。いずれも大部分が国内販売だ。まだ世界にはブランドとして定着していない。特に、〈疾走〉は倍近くの台数を売り上げている。

「純然たるエンジン車は少ないな。各社一台か二台だ。しかしゼロではない。残りはＥＶとハイブリッド車か」

瀬戸崎はパンフレットと見比べながら言う。展示から見ると、中国自動車メーカーの次期主力はハイブリッド車と考えることができる。

「中国のハイブリッド車のレベルはどうなの」

由香里が小声で聞いてくる。

「かなりハイレベルだ。ヤマトがハイブリッド車のすべての特許を公開しただろ。思い切ったことをやると思ったが、ハイブリッド車がこうして生き残っているところを見ると、先を見据えた戦略だった。あれがなければ、中国もインドも諦《あきら》めただろうな。ヤマトは賢明だったんだ」

「ハイブリッド車の技術はそんなに高度なものなの」

「エンジン車とＥＶのいいとこ取りの技術だ。走り方に応じて二つが自動で切り替わる。燃費が格段に良くなる。だが、技術的に難しい。やはり日本ならではの発想と技術だろうな」

瀬戸崎の視線が止まった。中国エリアの横に三人の男女が立っている。大学の実験室で見かけた中国人だ。

「彼らを知ってるの。中国大使館の人よ」

瀬戸崎は思わず由香里を見た。

「自動車メーカーの社員じゃないのか」

「あの女性、取材で会ったことがある。中国大使館でね。日本語の通訳をやってるけど、それだけじゃないみたい。男性職員に指示も出してた。かなり上の人間よ。モーターショーを見に来たのね」

「男の方はどうだ。彼らと大学のパーティーで会った。〈疾走〉のエンジニアだと聞いている」

「そんなの知らない。直接、聞いてみたら」

瀬戸崎が歩き出そうとしたら、由香里が腕をつかんだ。

「やめて、冗談よ。なんだか危険そう」

「きみはここにいてくれ」

瀬戸崎は由香里の手を振り切って、男たちに近づいた。

「〈疾走〉の方でしたね。さすが中国。すごい注目度です」

「お褒めいただきありがとうございます。ハイブリッド車の技術は素晴らしい。我々も一歩一歩です」

「いや、すでに追いついてる。日本メーカーも油断できません」

「エンジン自動車の歴史を見ても、我が国が日本の先を行くということは難しい。しかし、学ぶことは多い」

三人の男女は驚いた顔で瀬戸崎を見ている。

「東都大学の秋月教授のパーティーでお見かけしました」

瀬戸崎は名刺を出して三人に渡した。

「経済産業省の方ですか」

男の一人が流暢《りゅうちょう》な日本語で言って、瀬戸崎を見つめた。

「製造産業局自動車課です」

「日本の自動車産業の舵取《かじと》りの部署ですね」

「よくご存じだ。日本の自動車メーカーは各社独自路線を持って堅実にやってきました。政府が口出しする必要はありません」

「羨《うらや》ましい。私たちの企業はまだ若い。試行錯誤の日々です」

「名刺をいただけませんか」

男たちは名刺を出した。表は中国語、裏は英語だ。たしかに〈疾走〉のエンジニアとなっている。

瀬戸崎は女性の方を見た。

「申し訳ありません。昨日、今日と多くの方に会いました。あいにく、切らしています」

「中国エリアの責任者はどなたですか。紹介していただけるとありがたいのですが。ご挨拶《あいさつ》をしておきたい」

瀬戸崎は人垣の奥に目をやった。

男は一瞬、判断を仰ぐように女性に視線を向けた。

「今は商談で多忙のようです、後ほど連絡をさせます」

女性は瀬戸崎の名刺を見ながら言った。

由香里を見ると瀬戸崎たちの方を見て、肩をすくめている。呆《あき》れた、勝手にしろということか。

瀬戸崎は三人に挨拶をして、由香里のところに戻った。

「後で連絡をくれるそうだ。おそらく、ないだろうけど。きみの言う通り、彼らは〈疾走〉の社員ではないね」

「中国政府が後押しをしてることは分かるけど、なんだか胡散臭《うさんくさ》そうね。いつものことだけど」

「エンジン自動車の歴史から見ても、中国が日本の先を行くことは難しいと言っていた」

「本当にそう言ったの。彼らがそんなに簡単に負けを認めるなんてあり得ない」

由香里が首をかしげて、気付かれないように三人を見た。

「エンジン自動車の歴史と言ったのね。歴史に負けるなんて表現、絶対に使わないのに」

「しかし、この短期間に、あれだけのハイブリッド車を作り上げた。あとひと頑張りすれば、日本の技術に追いつく」

「だけど、その時には、日本車はすでにその上をいっている」

由香里は確信を込めて言った。その言葉には瀬戸崎も同意する。新垣の姿を見ていればよく分かる。しかしそれが、将来も生かされるのか。

瀬戸崎が三人のいた方に視線を向けると、すでに彼らの姿はなかった。


中国エリアから五十メートルほど先に人垣ができている。

「あれがステラよ。やはりすごい人気ね」

中国エリアも人をかき分けなければ進めないが、ステラのエリアには倍近い人がいる。

「待ち時間二時間くらいか。ディズニーランドの人気アトラクションみたいだ」

「あそこはもっとよ。行ったことがあるの」

「テレビで見て、行く気をなくした」

由香里は人垣に目を向けた。

「ウィリアム・デビッドソンが来てるのよ。ステラのＣＥＯ。昨日来た同僚が言ってた」

「彼には会ったことないんだったな」

「二度、インタビューした。一度はアメリカの本社で。二度目はワシントンD.C.」

「取材は断られたんだろ」

「それは単独取材。記者会見や囲み取材では私もインタビュー、いえ質問した」

「紹介してくれないか。いずれ、会いそうな気がする」

「あなたの部署だと、必ず会う人ね。今まで会ってないのが不思議なくらい。私の紹介は無理。絶対に彼は私を覚えていない。その他大勢の中の一人だったから。でも二度とも私は質問した」

「だったら、きっと覚えてる」

「彼をインタビューした人は、累計でどのくらいいると思う。考えるのがイヤになるくらい」

こんなに消極的な由香里を見るのは初めてだった。

ステラは三台を展示していた。新型モデル二台と、電気自動車の車体を透明プラスチックで作っているモノだ。

透明プラスチックの中を赤い部品が埋め尽くしている。

「赤い部品が車に搭載されている電子部品だ。コンピュータ並みだね」

逆に青く色づけされたモーター、蓄電池、ブレーキなどの足回りは、瀬戸崎が知るどの車よりもシンプルだった。

「構造的にはすごくシンプル。青で車を動かし、赤い部品が運転を助ける電子部品ね。赤の数がすごく多い。どこか象徴的な展示ね。何かのメッセージなのかも」

「これからの車のイメージを象徴している」

シンプルさと複雑さ。手足と頭脳。ステラがどちらに重点を置いているか、一目瞭然《りょうぜん》だった。

「彼がデビッドソンよ」

人垣の隙間《すきま》に由香里の視線が向いている。背の高い痩《や》せた男が女性と話している。身体《からだ》全体で感情を表しているような男だ。その姿も、すぐに人垣に遮られた。

二十名近いステラの社名の入ったジャンパーを着た男女が現れ、人垣を整理し始めた。

デビッドソンが再び現れた。

「きみは自分をもっと評価すべきだ。きみのこと、覚えているよ。挨拶をしていこう」

「よく見なさいよ。彼の取り巻きを」

百名以上の男女がデビッドソンの周りにいた。名刺交換して、彼と握手をする順番を待っているのだ。横にいる数人のミニスカートの若い女性が名刺を受け取り、デビッドソンの名刺を渡している。

「ファンも大事にする紳士なんだ」

「アイドルや人気歌手の握手会みたい。大声を出さないだけ紳士的ね」

「世界の富豪だ。握手でツキが得られるわけじゃないが、彼の名刺はいつか役に立つ可能性がある」

「ネットじゃ高値がつくでしょうね」

二人は諦めて、その場を離れた。


瀬戸崎と由香里は、会場の片隅に作られたカフェでコーヒーを飲んでいた。

「やっぱり瀬戸崎君だったか」

顔を上げると新垣が数人の男女と立っている。全員がヤマトのロゴが入ったジャンパーを着ている。

「ヤマトのハイブリッド車のエンジニア。僕の義兄でもある」

瀬戸崎は由香里を新垣に紹介した。

新垣は一緒にいる男女に先に行くように言って、近くの椅子《いす》を引き寄せて座った。

「今日は仕事ですか」

「ヤマトの展示に、私がグループ長だったハイブリッド車がある。来場者の反応を見たかったんだ。それに、他社の展示を見ることも重要な仕事だ」

「すごいですね。驚きましたよ。まだまだ自動車人気は衰えない」

瀬戸崎は改めて辺りを見回した。これだけの人出は、久し振りに体感した。コロナ禍を経た後では、とりわけ華やかに感じる。

「過去最高じゃないのか。出展国、メーカー、車種は記録的に少ないのに。コロナ禍で鬱積《うっせき》されてた気分の反動だ。手放しでは喜べない。これが、今後の販売にどうつながるかだ」

「すごく現実的な見方ですね。さすが現場のエンジニア」

由香里が半分皮肉を込めて言う。

「中国とステラのエリアは行ってきました。ヤマトのエリアにはまだ行ってません」

「さすが経産省の官僚とマスコミだ。的を射た見学コースと言うべきか」

新垣が冗談交じりに言うが、本音だろう。

「私も二つのエリアは行ってきた。さすがだね」

「どういう意味ですか」

由香里が身を乗り出すようにして聞いた。

「注目度が違う。それに中国のハイブリッド車には驚いた。かなりの性能になっている」

「日本車を追い越すレベルですか」

「どこに目を付けるかによって違ってくる。車は多くの技術の集合体だからね。そういう意味から言えば、まだかなり我々の方が進んでいる」

由香里の問いに、新垣は慎重に言葉を選びながら答えている。

「ということは、ある面ではすでに中国は日本を追い抜いていると」

「いやそれは――、企業秘密だ」

新垣は言い訳のように言うが、中国の技術進歩に驚いているのは間違いない。

「中国は本気でハイブリッド車の生産を進めるつもりですかね。ここまで真剣に取り組んでいるところを見ると。おまけに、しきりに環境対策を前面に押し出しています」

「我々が最も興味あることだね。分かったら教えてほしい」

「ヤマトの社長が北京に行きましたね。会ったのは〈疾走〉の張ＣＥＯ。何を話したのです」

由香里が改まった口調で聞いた。

「我々下っ端に分かるはずもありません」

新垣が腕時計を見て立ち上がった。

「もう行かなきゃ。ヤマトのエリアにも必ず来てくれ」

笑いながら瀬戸崎の肩を叩《たた》き、由香里に頭を下げると立ち去って行く。

「ずいぶん慎重な人ね。さすが、ヤマトのエリートエンジニア。本音の部分が分からない」

「きみもずいぶん積極的な記者だ。彼が僕の身内だということも忘れないでほしい」

「かなり焦ってる。今日の中国とステラの展示車を目の当たりにして、さらに焦ったでしょうね」

由香里が新垣の後ろ姿を目で追いながら言う。それは間違いないだろう。

「世界の基幹産業と言える車の転換期だ。企業としては神経質にならざるを得ない」

「国としてもね。日本は自動車産業が転ぶと、国が転ぶ恐れがあるものね」

由香里は冗談ぽく言っているが、瀬戸崎としては冗談とは取れない言葉だ。

二人は日本車のエリアを見て、再度、新垣に挨拶をして会場を後にした。寄るところがあるという由香里と別れて、瀬戸崎は経産省に戻った。

瀬戸崎が経産省の建物に入ったとたん、スマホが震え始めた。

〈今どこだ〉

小笠原の声だ。

「庁舎に戻ったところです」

〈大臣室に来てくれ。至急だ〉

言葉が終わると同時にスマホは切れた。

大臣室には阪口大臣と小笠原がいた。

「来月、中国に行くように総理に頼まれた。〈疾走〉の張ＣＥＯと〈東方汽車集団〉の呉ＣＥＯに会うようにとのことだ」

阪口が言う。

「ハイブリッド車の生産の件ですか」

「先月、ヤマトの小此木社長が会って話したが、今ひとつはっきりしない。彼は〈疾走〉の張ＣＥＯと会っている。日本としては、中国でのハイブリッド車の生産続行を確認したい。中国サイドの真意を聞き出すようにということだ。小笠原君が同行してくれる。その前にきみの意見を聞いた方がいいと、彼に言われてね」

それなら外務大臣も連れていくべきだ、という言葉を飲み込んだ。中国経済はすべて政治の上に成り立っている。その政治は共産党の意向に従っている。企業のトップより政治家に会うべきだ。

「意見というと、中国の出方ですか」

　瀬戸崎は小笠原を見た。

「日本側の要求は、大手自動車メーカーの大連《だいれん》工業団地でのハイブリッド車の生産だ。なんとしても、ハイブリッド車の現地生産を増し、環境対応車としての認知度を上げたい。さらに、インドネシアでの〈東方汽車集団〉のハイブリッド車工場建設の中止理由を明確にしたい」

「今でもハイブリッド車の中国本土での現地生産は続けています。ただし、中国の国内向けに絞っています。インドネシア工場の建設一時停止の指示は、感染症が完全に収まるまでということです。インドネシアは、コロナがひどかったですから。これは、ヤマトの小此木社長も聞いています」

　瀬戸崎の言葉に小笠原は考え込んでいる。

「二〇五〇年カーボンニュートラルを目指し、二〇三〇年も通過年として、世界にアピールをしたい。そのためにはハイブリッド車の性能をさらに上げたい」

　分かりましたとは答えたが、どうもすっきりしない。瀬戸崎は一礼して部屋を出た。

（２）

　自動車関連企業向けの、世界情勢と日本の産業構造変革に関する勉強会だった。関連企業というと聞こえはいいが、二次、三次下請けの中小企業だ。このネーミングは大手メーカーの要求だった。

　タイトルは「日本の未来の自動車関連企業のイノベーション」。

　瀬戸崎は、「自動車関連企業の今後」とすべきだと主張したが、平間が許可を出さなかった。明るい未来を想像できないと言うのだ。

準備期間は半月しかなかった。告知は官報と東洋経済新聞。由香里に頼んで載せてもらった。場所は大田《おおた》区産業プラザだった。

朝から雨が降っていた。

「事前申し込みは三十七社です。しかし、当日受付も可能だとしています」

受付担当の女性が心配そうに空を見上げている。

開始三十分前だが、三百人は入る席は三分の一ほどしか埋まっていない。

「いくら無料だと言っても、自社にとって利益がなければ来ないだろ。中小企業経営者とはそういうもんだ」

「利益は山ほどあるだろう。生き残るための模索の会議だ」

「彼らにとっては耳の痛い話だ。自分たちの将来を聞かされるんだ」

「だから聞きに来るんじゃないですか。もっと、煽《あお》るべきだったんですかね」

「いや、十分煽ってる。経産省の講演会としては画期的だと思う」

若手職員たちが勝手なことを言い合っている。

雨は小降りになっていた。

開会が近づくにつれて来場者は急激に増えていった。

三百席はすべて埋まっていた。壁際に立っている者も多数いる。

勉強会は大学教授の「日本におけるイノベーションの創成」から始まり、経済産業省が評価した中小企業の技術紹介が行われた。

瀬戸崎の講演は最後だった。タイトルは、「自動車部品企業の生き残りのために」だ。平間からはクレームがついたが、瀬戸崎が押し通した。

壇上に立った瀬戸崎は会場を見回した。

普段着の者が多く、中には会社のロゴの入った作業着姿の者もいる。

「今日は皆さんに考えてもらうために来ました。私が理解しているEVの概要です。おそらく、皆さんより知識は浅く、間違っている箇所もあるかもしれません。しかし、大筋は正しいと信じています。私の話の中から、自社へのメリットを少しでも見つけてください」

瀬戸崎は電気自動車の概要説明から始めた。エンジン車と電気自動車の違いと、電気自動車の技術的弱点を分かりやすく説明した。大学、大学院時代に自分が苦労した箇所や、うまくいったところを彼らの立場になって話した。

「EVは単純明快です。エンジンという複雑で難解な部品をモーターに置き換えたものです。しかし、現在のEVにも弱点があります。ガソリンタンクが蓄電池になったことです。近年の研究開発により、蓄電容量は大幅に改善され、走行距離は伸びています。しかし、耐久性、寿命、廃棄方法についてはまだ十分な対応が取れているとは言えません。この分野に、皆さんの技術を生かす余地が残されているかもしれません」

ざわついていた会場から囁《ささや》き声が消え、メモを取る者も現れ始めた。パワーポイント画像の写真を撮るスマホのシャッター音も頻繁に響いた。

「今後、世界はEVに移行していくでしょう。二〇三〇年、日本においては産業の大転換とも言える大きな波が襲います。皆さんはこの波を乗り切る準備が必要です」

三十分の講演が終わった。三十分の質疑応答時間が取られていたが、質問は出ない。

「それでは私の方から――」

「役所は俺《おれ》たちに何を望んでいるのかね」

瀬戸崎の声を遮るように大声が上がった。

「今までさんざん、日本の自動車産業の優秀さを持ち上げておいて、状況が変わると梯子《はしご》を外すのか」

静まり返った会場に再度、声が響いた。

「あんたが言ってるのは、エンジン車は過去のものだということだ。さっさと捨ててEVへ乗り換えろ、ということだろう」

「私なりにEVの構造と概念、問題点をお話ししました。今まで使われてきた技術が、どこかで生かせないかを皆さん方自身に考えてもらいたかったのです。今までは、親会社から言われたものをより精度よく、大量に、安く作ればよかった。しかし、その形態が大きく変わります。エンジン部門の企業はEVには必要ありません。だが、EVになっても、新しい技術とともに、皆さんが培ってきた技術も必ず取り入れることができます。新しいモノ作りです。リスクはありますが、夢もあります。皆さんにも考えてほしいのです」

瀬戸崎は精一杯の声を絞り出した。

「やはり、他人事《ひとごと》としか考えていないんだよ、あんたらは。技術転換なんて簡単にはできやしない」

「だから急いでほしいんです。政府も新しい技術開発のための援助は考えています。リスクに対しては、補助金で応援したいと思っています」

「大手自動車メーカーはどう考えているんだ」

「当面はエンジン車、ハイブリッド車、EVの三種で行くつもりでしょう。そしてハイブリッド車の割合を上げていく」

「それで問題ないんじゃないのか」

「現在、日本の車の国内生産台数は約一千万台。エンジン車、ハイブリッド車が主力です。この二つで九十九パーセント以上です。そのうち、世界に輸出している車は約半数の五百万台です。日本メーカーが海外で生産している台数はそれよりずっと多い。それが、二〇三〇年に製造中止になったらどうです。日本企業もEVは作っています。しかし、割合としては〇・五パーセント、五万台程度です。欧米は、ステラを中心にEVに軸足を移しつつある。手遅れにならないうちにということです」

「日本で売っていけばいい」

会場から声が上がり始め、私語が多くなった。

「自動車業界で、輸出がゼロになって生き残っていけますか。日本で売れているうちは、細々とやっていけるかもしれません、しかし、外国の性能のいいEVが安く、大量に入ってくると、どうなるか分かりません」

「おまえら役人に何が分かるというんだ。机に座って、パソコン叩いてるだけじゃ、現場の苦労は何も分からない」

「馬鹿なこと言って、業界を煽ってるんじゃないよ。そんな暇あったら、チョットでも車が売れるように、外国と交渉しろよ」

騒ぎ声がますます大きくなった。

「静かにしろ。とにかく、話を聞こうじゃないか」

最初に発言した男の声で私語が消えた。

「日本は二〇五〇年までにカーボンニュートラルを目指しています。その一環として、二〇三〇年までに国内生産の車は全車、EVとハイブリッド車に移行する予定です。その場合、エンジン車の生産中止で生ずる補償は十分に考慮いたします。なおメーカーと協議して、海外においてもハイブリッド車の生産は続けます。しかし順次、ＥＶに切り替えていきたいと思っています」

「それはすでに決定事項なのか」

「そうです。政府はすでに国内メーカーには伝えています。同時に、海外の自動車メーカーも同様の扱いとさせていただきます」

「自動車産業は下請けが大きな割合を占めている。エンジン関係の下請け企業は仕事がゼロになるのか。そんなの聞いてないぞ。お前ら、どう考えてるんだ」

「エンジン関係の下請け企業については、すでに政府主導で技術転換の指導と新しい分野への進出を打診しています。大きな混乱なく、転換できるように最善を尽くしていきます」

「例えばどんな業種なんだ。うちはピストンリングを作っているが、親会社からは、安心して製造するようにとしか言われてない」

「カーボンニュートラルの実現には、今のままの技術では非常に厳しいと考えています。様々な技術革新が必要です。そうした分野に転用できないか、新しい産業分野を産学共同で考えていきます」

「将来はバラ色だな。ただし、バラ色なのはあんたらの頭だ。あんたらの言葉通りにいかなかった場合、どうなるんだ。俺たちの仕事はゼロになるってことか」

「何もしなければ、確実に日本の自動車産業は世界から取り残されます。改革、発展を望むなら、今でも遅いくらいです。皆様もご協力くださるとありがたいです」

平間がしきりに腕時計を指して、時間が来たことをアピールしている。

聴衆の声がさらに大きくなった。

「国は何を考えているんだ。俺たちを殺す気か」

「勝手なことを言うな。この国が現在あるのは、俺たちが頑張ったからだ」

「俺たちは、まだ十分にやっていける。それを勝手に潰《つぶ》すな」

ホールには怒号が飛び交った。

「なんだかヤバいですよ。どうしましょう。中止にしましょうか」

近づいてきた近藤が瀬戸崎に囁く。

「心配ない。誠意を尽くせば分かってくれる」

瀬戸崎は聴衆に向き直った。

「今までの話じゃ分からないと言うんですか。十分論理的に話したはずですが」

「あんたらの言い分は分かった。しかし、俺たちの立場では、はい分かりましたと即答できない」

「これは誰《だれ》の責任でもない。時代の流れだと思います。カメラで、フィルムからデジタルへの流れは止めることができなかった。それに抵抗しようとすれば、死を待つばかりです。私たちにはまだ時間があります。二〇三〇年までに、生き残る準備をしましょう」

「何を言ってるんだ。エンジンのない車で、俺たちに何を作れと言うんだ」

「俺はピストンを作ってるんだ。〇・〇一ミリの精度で加工している。モーターにピストンは付いているのか」

再び怒号が飛び始めた。

その時、一人の男が立ち上がった。

「みんな、ちょっと静かにしないか。これじゃあ、言いたいことも言えない」

周りを見ながら諭すように言う。先ほど静聴を促したのと同じ声だった。

怒号は徐々に引いていった。

男は瀬戸崎に向き直った。

「言っていることは十分に分かりました。たしかに世界の流れから見て、エンジン車は近い将来、なくなるでしょう。しかし、ここであんたらが言うように、二〇三〇年に国内生産のすべてを中止するというのは、承諾できない。俺たちの技術をなんと考えているんだ。ここにいる全員が、親の代、先々代から、いやもっと昔の代から受け継いだ技術を守って来たんだ。それをわずか数年で捨て去って、方向転換しろというのはおかしくはないか」

初め静かだった男の声は次第に大きくなり、興奮で震えている。逆に聴衆は静まり返っている。

「我々がこうしてもめている間も、世界はＥＶに突き進んでいます。ある日突然、ガソリン車の締め出しが行われるかもしれません」

瀬戸崎は必死で言った。

「我々はどうして生きていけと言うんだ」

男の声が轟《とどろ》く。

「それを考えようと言うんです。おっしゃったように、皆さんには何代にもわたり培ってきた技術があります。必ず解決策はあるはずです」

男は考え込んでいる。聴衆の視線は男に集まっていた。やがて男が口を開いた。

「これからも、時々こういうのを開いてくれないか。我々にはもっと情報が必要だ」

「その予定です。しかし、あなた方自身でも勉強してください。今までのように、一つの企業で考えるのではなく、複数の企業が技術を出し合えば新しいものが生まれる可能性が大きくなります」

瀬戸崎は話しながら男を見ていた。小柄で作業服を着た男だ。年齢は分からなかった。

「そろそろ時間ですので、勉強会はこれくらいにしようと思います。それでは皆様、ありがとうございました」

司会のマイクの声が聞こえた。

瀬戸崎は額の汗を拭《ふ》いて、深く吸った息を吐き出した。


講演が終わり、ホールを出た直後だった。

瀬戸崎の周りを数人の男が取り囲んだ。男たちの顔にはまだ会場の熱気が張り付いている。

「政府は本気でエンジン車の生産中止を強要するつもりなのか」

中でいちばん年少と思える男が聞いた。おそらく四十歳前後でスーツだがノーネクタイの男だ。

「強要ではありません。国内での新車販売をEVとハイブリッド車に限ります」

「日本で、エンジン車の新車は売ったらダメなんだろ。そういうのを強要って言うんだよ」

瀬戸崎に反論の余地はなかった。

「あんたはエンジン部品の下請け企業への補償も考えていると言ってたな。具体的に出てるのか」

「まだ考慮中です」

「具体策はまだ出ていないんだな。それで、二〇三〇年に自動車生産のすべてをEVとハイブリッド車に切り替える方針なんだな」

「国内生産分だけです。海外生産は各社の判断に任せます。まだエンジン車の新車販売が可能な国があるかもしれません」

「そんないい加減なことを言うな。俺たちはどうすりゃいいんだ」

「まだ時間は残されています。その間に考えましょう。経産省も全力で協力するつもりです」

「それじゃ答えになっていない。エンジン車が生産中止になった場合、具体的に何をしてくれるか聞いてるんだ」

「そうだ。ほしいのは具体的な策だ」

興奮した声が聞こえる。

「みんな、いい加減にしろ。この兄ちゃんも即答はできんのだろう」

背後で聞いていた男が前に出てくる。作業服の小柄な男。会場で立ち上がって騒ぎを制してくれた男だ。

「政府なんて当てにするな。口先だけ調子のいいことを言って、最後は頭を下げて終わりだ」

「具体的に何をしてほしいか言ってください」

瀬戸崎は男と周囲の者たちに向かって声を上げた。

男たちは顔を見合わせている。

「何をしてほしいか分からない人たちに、何ができると言うんです」

男たちの困惑した顔が驚きに変わった。言い返されるとは思ってもいなかったのだ。

「計画を少々変更してほしいんだ。今まで通り、国内販売もハイブリッド車を中心にエンジン車の製造も続ける。徐々にEVの割合を増やしていく」

「日本で売るだけならそれでもいいかもしれません。しかし、今までのように世界では売れません。さらに日本は、二〇五〇年までにカーボンニュートラルを実現しなければなりません。日本は世界に対して、明確に宣言しています。そのためには、多くのことを実行に移さなければなりません。その効果的な行動の一つが、EVです」

瀬戸崎は男たちに向かって言った。

「エンジン部門の下請けの方にとっては、多くの犠牲を払うことになると思います。しかし、地球温暖化から地球を守るという観点から見れば、通らなければならない道です」

ここまでは誰もが認めることだ。

「世界もいずれは、ＥＶに統一されます。日本国内でそれを実現することは、必ず前向きな結果となるはずです」

「私たち下請けの犠牲を払ってでもということですか」

「犠牲と言ったのは撤回します、どうかそうは取らないでください。あなた方が世界の自動車産業を支えてきた技術は素晴らしい。必ず、どこかで利用できるはずです。我々も考えます。一緒に推し進めていただけませんか」

瀬戸崎は男たちに向かって、深々と頭を下げた。


「あんなことを言っていいんですか」

若手職員が運転する帰りのバンの中で近藤が聞いた。

「どんなことだ」

「エンジン部品を作っている下請けの救済です」

「ああでも言わなきゃ、収拾がつかないだろ」

「その場しのぎの逃げだったんですか。後で問題になりますよ」

「これから考える。必ず何かあるはずだ」

瀬戸崎は目を閉じてシートに深く寄り掛かった。一気に疲れが全身に回るのを感じる。

「しかし、まったく融通の利かない連中ですね。自分たちの技術を他に生かそうという考えがない。近視眼的になってるんです」

「彼らを責めることはできない。今まで親会社の厳しい要求に、全力で応じてきたんだ。その努力が技術の進歩と日本経済を支えてきた」

「そうですね。我々もマスコミも、伝統の技、匠《たくみ》の技なんておだてて、ありがたがってきたんです」

近藤がしみじみとした口調で言う。

瀬戸崎の脳裏に、不意に男の言葉が浮かんだ。「役所は俺たちに何を望んでいるのかね」

「最初に質問をした男は誰だ。ホールを出た時にもいた男だ」

瀬戸崎はシートから身体を起こした。

近藤がタブレットを操作すると、瀬戸崎に向けた。

「この男ですね。戸塚《とつか》さんって呼ばれてたんで、調べておきました。彼の会社のホームページです」

瀬戸崎はタブレットを覗《のぞ》き込んだ。

「戸塚元作《げんさく》、五十二歳。戸塚金属加工の社長です。車のピストンを中心に作っている会社です。ほぼ百パーセントがエンジン部品ですから、ダメージは大きいでしょうね。でも、比較的冷静でした。我々を助けてくれた」

「彼に連絡を取ってくれ。お会いして話を聞きたい。都合のいい時間を知らせてくれれば、こちらから出向くと」

「大丈夫ですか。今日は助けてくれましたが、いつもとは限りませんよ」

「彼らも必死なんだ。こっちも、必死にならなきゃ」

瀬戸崎は男の顔写真をもう一度見た。浅黒い肌の痩せて鋭い目つきをした男だ。周りの男たちは彼をよく知っていて、一目置いている感じだった。

翌日、経産省の部屋に入ると、ネクストの鳴海に電話をした。

〈大丈夫ですか。昨日の勉強会は大変だったそうですね〉

「耳が早いな」

〈実は僕も聞きたいと思って申し込みましたが、断られました。自動車メーカーの関連会社しか出席できないと〉

「だからきみはダメなんだ。そうだって言えばいいんだ。まったくのウソじゃない。蓄電池を作って、関連会社のどこかに納めてるんだろ。テスト用だとしても。次は僕に言ってくれ。役所の事務の体質を知ってるだろう。まったく融通が利かない」

真面目《まじめ》すぎて、消極的すぎる。そこがきみのいいところなんだが。瀬戸崎は頭の中で呟《つぶや》いた。

「外部の者の新しい見方が、彼らの技術を生かす道を開くんだ。だからきみのような新鮮な頭脳が必要なんだ。次回はぜひ一緒に行ってくれ」

〈次回があるんですか〉

「僕はそのつもりだ。しかし、彼らがどう言うか。気に入らないことは聞きたくないだろ。ところで、戸塚金属加工の戸塚元作さんを知ってるか」

〈知ってますよ。お世話になってます。ピストンを製作している工場の社長です〉

「袋叩きに合いそうになった時、彼に助けられた。関連会社のリーダー的存在のようだったが」

〈戸塚さんらしい。頑固だけど、けっこう進歩的な人です。僕の話も真剣に聞いてくれます〉

「きみの名前を出しても大丈夫か」

〈ネクストの鳴海で分かると思います。知らないと言われたら、ショックですが〉

笑い声が聞こえた。

（3）

その日の午後、瀬戸崎は近藤と戸塚を訪ねた。

近藤が電話をすると、早い方がいい、これから来いと言われたのだ。

戸塚金属加工は大田区の中小企業が集まっている地区にあった。

東京都大田区、神奈川県川崎市、横浜市を中心に、東京都、神奈川県、埼玉県に広がるのが京浜工業地帯だ。日本の三大工業地帯の一つで、太平洋ベルトの中核でもある。

シャッターが上がり、中からは旋盤やドリルなど工作機器が動く音が聞こえてくる。

ヤマトの関連企業はピラミッド構造になっている。戸塚金属加工は二次下請けになっている。戸塚のところでピストン、ピストンリングを作り、それを一次下請けに納入し、エンジンが作られる。メーカーはそれらの部品を車のボディに入れ込み組み立てていく。

戸塚は機械油の染みだらけのつなぎ姿で現れた。手についた油をウエスで拭いている。

「昨日はありがとうございました」

「用はなんだ。礼を言うために来たんじゃないだろう。昨日の続きなら、今は忙しい」

ぶっきら棒な声が返ってくる。

「収拾がつかなくなるところでした。あなたの言葉で皆さん、冷静になってくれました」

「俺の言葉じゃない。あんたらに、何を言っても無駄だと悟ったんだ」

「私たちもできる限りのことはやるつもりです。今日はその相談に来ました」

戸塚は眼鏡に手をやり、値踏みするように瀬戸崎を見ている。

「だったら、俺たちが今まで通り車のエンジンを作れるようにしてほしい」

横で近藤が目をむいている。

「できれば私だってそうしたい。あなた方がメーカーと協力して、エンジン車の燃費を上げ、排気ガスを減らすために、並大抵じゃない努力を続けていることも知っています」

瀬戸崎は戸塚を見据えた。

「繰り返しますが、ＥＶは世界の潮流なんです。日本一国では、どうしようもないことなんです。あなた方も本音では分かっているはずだ」

瀬戸崎は強い口調で言い切った。戸塚の表情は変わらない。

「あなた方も協力してほしい。自動車に限らず、あなた方の技術を必要としている場所はあります」

「簡単に言うな。俺たちの頭は固いんだ。何十年にわたり、車のエンジン部品一筋にやってきた。それを突然、思い付きのようなひと言で、切り捨てられたら誰だって怒る」

「思い付きではありません。止めようのない時代の流れです」

「それも分かっている。頭では分かっているが、ここが言うことを聞かないんだ。俺だって、本当はあんたらを殴りつけたいんだ」

戸塚は左手で胸を強く叩きながら言う。

「一緒に考えてくれませんか。あなた方が培ってきた技術は、車のエンジン以外の部分でも、必ず役に立ちます。今まで以上に社会に多くの貢献ができるはずです」

瀬戸崎は頭を下げた。近藤も慌てて瀬戸崎にならった。

突然の二人の行為に、戸塚は驚いた顔で瀬戸崎を見ている。

戸塚は二人を工場に連れて行った。工場では十人ほどの工員が働いていた。

「ピストンの部品を作っている。俺たちにはこれしかできない」

「本当にそうなんでしょうか」

瀬戸崎はリングを手に取った。丸い鋼の輪は美しい光沢を放っている。瀬戸崎は指先でリングをなぞった。吸いつくような金属面が指先に伝わってくる。

「あんた、表面加工の精度が分かるのか」

「理工学部材料工学科出身です。実家は自動車修理工場をやっています。旋盤やドリル、溶接も中学の時からやってました」

戸塚が改まった顔で瀬戸崎を見つめている。

「近いうちに自動車下請け会社の人たちを集めてもらえませんか。今後のことを話させていただけるとありがたいです」

横で近藤が頭を下げている。


翌週、戸塚の呼びかけで、彼の工場内で小さな会合が開かれた。

三十人ほどの社長たちが集まっていた。

瀬戸崎は自らが出向いて、ホワイトボードに映したパワーポイントを使って会合の趣旨を説明した。

「皆様の方がご存じだと思いますが、ＥＶとエンジン車の違いは、簡単に言うとエンジンがモーターに置き換わるだけです。従って、ガソリンタンクが蓄電池に変わります。ガソリンの給油は充電に変わります」

「前回も言ってたが、ガソリンスタンドもなくなるのかね。俺には信じられん」

「基本的にはそうなります。その代わり、充電スタンドになります」

「ガソリンスタンドのオーナーや、石油関係の企業からは文句は出ないのか」

「大きく言えば、日本の産業構造が変わります。内々には、ガソリンスタンドのオーナーにも伝えています。充電スタンドは、ガソリンスタンドほど大掛かりな設備は必要なくなります。その代わり、充電している間に、休憩のできる場所や食事のできる場所、仕事のできる場所が確保できることも、一つの経営方法かと考えています」

「充電設備の写真があっただろ。もう一度見せてくれないか」

瀬戸崎は現在使われている充電器と充電スタンドを映した。

充電スタンドには様々な形がある。自動販売機ほどの大きさのものは、急速充電器で出力五十キロワット。一般の家庭や、駐車場はポール型普通充電器で、二百ボルト二十アンペアが標準だ。高さ一メートル五十センチほどで、縦横二十センチ前後の角柱形と円筒形のものがある。

「ただ、屋外に置くものが多いので、絶縁はしっかりやる必要があります。取り扱い時の安全も重要です。誰もが手軽に扱えること。感電防止には最善の注意が要ります。基本はこれだけです。これに課金システムを付けて料金を取る。カードでもいいし、会員制でもいい。あるいは、レストランやホテルの料金に含めてもいい。ガソリンスタンド並みに普及すれば様々な利用方法が出てくるでしょう」

「カードが使える充電スタンドはすでに多くできてるのかね」

「自動車メーカー発行の充電カードやクレジットカードが使えるところもあります。しかしさらに便利なものが求められています」

「充電スタンド付きのコインパーキングはあるのか」

「まだ少ないですが、今後増えると思います」

「充電サービスができる電源車があれば商売になるか」

様々な意見が飛び始めた。

「ＥＶと言えば蓄電池の問題が大きかった。容量が少なくて走行距離が伸びなかった。すでに解決したのか」

「性能はかなり良くなっています。蓄電池の開発は時間も金もかかります。世界中がしのぎを削って競争しています」

「日本だってやってる。ヤマト自動車もかなりの投資をしています。たまに部品を頼まれます。実験用ですが」

「蓄電池開発は世界に任せる、ということも選択肢の一つとは思いませんか」

瀬戸崎が突然言った。

「何を言い出すんだ。世界の蓄電池の開発を待つか、手を引けということか」

「日本では、今の技術で十分ではないですか。標準の蓄電池一回のフル充電で三百キロ以上を走ることができます」

「目的地まで十キロのところで電池切れになったらどうする」

「百五十キロ地点で充電すればいいことです」

戸塚が瀬戸崎を見つめている。

「皆さんはトップを目指しすぎる。日本には日本流があっていいはずです。トータルとして好成績が取れれば、よしとすることも大事です」

「日本の自動車産業は常にトップを目指してきた。だから、ここまで来たんです」

時代が違います。昔とは環境が変わった。瀬戸崎はその言葉を飲み込んだ。

「個人的には最高の蓄電池開発より、充電スタンドを増やすことを考えています。十分に余裕を持ったドライブ。例えば日本中の駐車場に充電スタンド設置を義務付ける。そうすれば駐車している間に充電できます」

瀬戸崎は社長たちを見渡した。

「コンビニ、公共施設の駐車場、高速道路のサービスエリア、食堂などすべての駐車場にコイン式、あるいはカード式の充電スタンドの設置義務を与える。さほど広くない日本の国土では、最適だと思いませんか」

戸塚が考え込んでいる。

「中国やアメリカ、ロシアなどのように広大な国土を持つ国には適した方法ではありません。何もない砂漠の一本道を何百キロも行くのにＥＶでは怖くて走れない。でも日本は今の蓄電池で十分です」

瀬戸崎は確信を込めて言った。

さらに、と言って瀬戸崎は参加者たちを見回した。

「一般家庭用はまだほとんど出ていません。今後急速に出回る可能性があります。車を持っている家庭にも持たない家庭にもあると便利です。車で来たお客が使うことができます」

「安全で手軽な家庭用充電スタンドか。たしかに家で車の燃料補給ができれば便利だ」

前列の初老の男が呟くように言う。

瀬戸崎は集まっている社長たちの顔がわずかながら明るくなったと思った。

その日の夜、鳴海から電話があった。

〈今日、関連企業を集めて、勉強会をやったんでしょ。戸塚さんの工場に行った時に聞きました〉

「単なる顔合わせのつもりだった。今度は声をかける。戸塚さんの工場にはよく行くのか」

〈一年ほど前から、蓄電池のケースと充電ソケットの差し込みについて相談しています。戸塚さんは器用だから、何でも相談にのってくれるんです。顔も広いので関連の企業を紹介してくれることもあります〉

「中小企業は小回りが利くからね。ヤマトに売り込んでもらえばいい」

〈僕もそれを狙《ねら》ってるんですが、やはり大企業は長年の付き合いがあるらしくて、持ち込みすら難しいです〉

ネクストの蓄電池は性能的にはかなりいいらしいが、納入実績は大学の実験室が中心で企業への納入は試作品程度だ。

〈僕も勉強会に出ていいですか。中小企業と言っても、彼らはうちよりは伝統も実績もあります。うちの製品を紹介もしたいし、勉強もしたいです〉

「来週あるよ。各企業、持ち回りで開くことが決まった。戸塚さんも来ることになってるから、一緒に来るといい。ネクストの会社と製品説明の時間も作るようにする。せいぜい利用してくれ。自動車関係、機械部品関係の企業の交流会ってところか」

〈こういうの全国的に広めてください。うちにもチャンスがあるかもしれません〉

「もっと積極的に売り込めよ。製品には自信があるんだろ」

〈いいものは、放《ほう》っておいても誰かが見つけてくれる。そう言ったのは瀬戸崎さんですよ〉

「昔はそうだった。しかし、時代はスピードアップされたんだ。いい製品も時代に置いていかれる」

言いたくない言葉だが現実だろう。すべてがスピードアップされていく時代だ。一年、いや半年で新製品から過去の製品になる。

具体的なことが決まれば知らせる、と言って電話を切った。

このままだと、ネクストも消えていくベンチャー企業の一つになる可能性がある。初めて鳴海に会った時は情熱と自信に溢れた二十八歳だった。しかし今は――。


翌日、由香里から電話があり、有楽町の喫茶店で会った。

瀬戸崎がドアを入ると、奥の席で由香里がパソコンを打っている。入口に立ち、しばらくその姿を見つめていた。

顔を上げた由香里が瀬戸崎に気付き、手を上げた。

「ステラのデビッドソンが頻繁に日本に来る理由が分かった。彼、大洋《たいよう》自動車の吾妻《あづま》社長に会ってる」

瀬戸崎が座るなり、由香里がパソコンを閉じて言う。

「まさか、彼は――」

「その、まさかよ。大洋自動車の株の買い占め。子会社化を考えてるんじゃないかしら」

大洋自動車は国内業界四位の自動車メーカーだ。国内規模は小さめだが世界的に人気があり、独自のエンジンは特に高く評価されている。

前身は戦前の大洋工業の航空部で、陸海軍の需要に応《こた》えて当時日本最大規模の航空機製造を行っていた。敗戦後は財閥解体によって十数社に分割されたが、朝鮮戦争で数社の合併が認められると新たに大洋重工業を設立した。以後は大手の受託生産も行いながら、順調に業態を拡大していった。二〇一〇年代からは自動車および航空関連に特化する企業となっている。

「業界四位か。今のステラなら、無茶な話ではないな。しかし、株式を買って役員を送り込むのとは違う。子会社化だろ。今さら、何を考えている」

「株価は二千二十八円。筆頭株主になるには――」

「今のステラなら、財政的には問題ない。しかし、目的は何だ」

考え込んでいた瀬戸崎は由香里を見た。

「きみは知ってるんだろ」

「あなた、日本の産業を支える経済産業省のキャリアでしょ。それでよく、国の産業政策を立案できるわね」

瀬戸崎は由香里の言葉を否定できないもどかしさを感じた。たしかに当たっている。

「自動車メーカーとしての地盤を固めたいんじゃないの」

「どういう意味だ」

「ステラはたしかにEVの生産台数では世界一の会社。でも、車造りでは歴史は浅い。たかだか二十年に満たない会社。頑張ってはいるけど、車体については弱いのよね。最近では、走行中に屋根が吹っ飛んだ。スタイルについても、スマートとは言い難い。車体のデータも少ないし、経験も浅い。いちばん危惧《きぐ》されるのは安全性ね。デビッドソンはかなり焦っていると聞いてる」

「それで、日本の自動車会社を子会社化するってことか」

「あくまで私の想像だけど自信はある」

「あながち、あり得ないことじゃない。しかし、二千五百億円くらいかかる」

「あなたが言ったのよ。世界一の優良企業で、大金持ち。財政的には問題ない。競争相手が一社減るメリットもあるし」

「さすがに、ヤマト自動車は買えないか」

「ヤマトは特別。株式会社と言っても、元々は同族企業よ。結束が強すぎる。社会的な反発も大洋自動車の数十倍でしょうね」

「大洋自動車の生産ラインを使って車体を作り、後はステラの部品を入れ込んでステラ車を作るということか」

「手軽で信頼のおけるボディが簡単に手に入る」

「なぜ公になっていない。かなり大きなM&Aだ」

「それだけに、公にはしたくなかったんじゃない」

「すべてが水面下で動いていたというのか。で、結局潰れた話なんだろ」

「そうね。業界四位と言っても、日本の基幹産業の自動車よ。大洋自動車だって、社歴は六十年以上。プライドだってあるし、OBだって多い。なんて言われるか分からない。失敗すれば株価は暴落。潰れる可能性もあるわね。だから表面には出せない」

由香里の最初の勢いが萎《な》えていった。

「あなた、相変わらず、自動車関連会社との勉強会はやってるらしいわね。そんなこと、本当に役に立つの。不安を煽るだけだという声も出てる」

由香里が話題を変えるように言った。

「手遅れにならないうちにね。いや、もう遅いかもしれないんだ」

「でも、日本の自動車業界は今年も景気が良かった。大手製造業で唯一ベースアップも順調だった。これも危機感を悟られないため、なんて言わないでね」

「本心は生き残りに必死だと思う。自動車の価格はほぼ決まっている。ここ数年、下請けの製品の製造単価が軒並み落ちている。その差額が大きくなってメーカーの利益が上がっている」

「利益率を上げるには、それしかないってことか。下請けいじめになってなきゃいいけど」

大手メーカーは関連会社の整理に入っているのかもしれない。由香里の言葉を聞きながら、瀬戸崎はふっと思った。

瀬戸崎は由香里を食事に誘ったが、いつも通りに今夜中に書き上げなければならない記事があると断られた。

新聞社の前まで送って行った。

由香里は振り向きもせずに、エントランスホールに入っていく。

瀬戸崎がその姿を見ていると、スマホが鳴り始めた。

〈デビッドソンのジェット機が羽田にあるそうです〉

「行き先を調べてくれ」

了解、と近藤の声とともに電話は切れた。

もう一度、ビルの方を見ると、エレベーター前で同僚と話している由香里の姿が見える。

瀬戸崎は地下鉄の駅に向かって歩き始めた。

（4）

朝、経産省に向かって歩く瀬戸崎のスマホが鳴り始めた。

〈行き先は中国、北京です。管制官に聞きました。いくつかツテがあるんです。これで金持ちがすることの一端は分かりましたか〉

近藤が一気に言った。かなり興奮した声だ。

「誰と会うか分からないか」

〈無理を言わないでください。北京に友人はいません〉

「ここからが本番だ。デビッドソンは何のために北京に行った。何を考えている」

独り言のような声が出た。その時、ふっと一人の男の顔が浮かんだ。「専門は中国経済。中国語はかなりできる。人脈も広いし、客観的に見てる」由香里はそう言っていた。

「今、どこだ」

〈羽田です。管制官に会ってました。プライベートジェットの飛行予定を聞きに来ました〉

「すぐに帰ってこい。このことは、まだ誰にも話さないこと」

念を押して電話を切った。


近藤は一時間で瀬戸崎のところに来た。

二人で近くのコーヒーショップに入った。他の者には聞かれたくなかったのだ。

「わざわざこの時期に中国に行くとはな。会ったのは党の幹部か、自動車業界の者か。いずれにしても、要人と会ったのは間違いない。何を話すというんだ」

中国とアメリカは新型コロナウイルス発生以来、険悪な関係におちいっている。

南沙諸島周辺に海軍の艦艇を航行させる中国に、アメリカが国際法上、認められないと正式に表明した。

中国は香港に対しても国家安全維持法を成立させ、従来の特別扱いを取り消して、中国本土並みに扱うことを発表している。それにともない、民主化運動を扇動したという容疑で、活動家を複数逮捕した。ウイグル人の弾圧も、アメリカはジェノサイドと公式発言し、中国政府は内政干渉と反論している。台湾問題を含めてワクチン外交でアフリカ、東南アジアに経済進出を図る中国に対して、欧米諸国、日本はともに警戒を強めている。

何より、中国が新型コロナウイルスのパンデミックの責任を認めないことを、欧米は非難している。領事館の閉鎖から始まり、アメリカ国内の中国人の資産の凍結一歩手前まで行った時もあった。

「中国の要人と会うってことは、デビッドソンは、アメリカ政府にケンカを売ろうというのですか」

「そうかもしれんし、アメリカ政府の特使ってこともありうる」

瀬戸崎は言ってから考え込んだ。妙に現実味を持って響いたのだ。

「ステラはアメリカを代表する大企業、いや一時であったが世界一の企業になった。知名度、実績、デビッドソンは民間外交には打って付けの人物だ。大統領の特使として、周主席に会ったとしてもおかしくはない」

「だったら、なんのためにデビッドソンが日本に五時間も滞在したんです。毎回、国生氏と寿司《すし》を食べながらの雑談ですか。給油なしで、北京に直行できるプライベートジェットなのに」

近藤の言葉に瀬戸崎は考え込んだ。たしかに彼がそれほど暇だとは思えない。

「ステラの内部情報を調べてくれ。生産台数、それらの販売元、部品調達、使用特許、すべてだ」

「公開されているものが大部分ですが」

「だったら、その裏を調べてくれ。その情報が真実かどうか。この時期に、デビッドソンが北京にいるのなら、その理由があるはずだ。まさか、北京ダックを食べるためというのではないだろう」

瀬戸崎は大きく息をついた。由香里の言葉が脳裏に浮かんでくる。

「どこで誰に会ったかも調べてくれ。まずはステラCEOウィリアム・デビッドソンとはどんな奴《やつ》だ。資料には載っていない隠された部分があるはずだ」

瀬戸崎は一気に言った。近藤は首をかしげながら不満そうな顔をしている。

全身から不安が湧《わ》き上がってくる。その不安を振り払うように立ち上がった。


経産省に帰り一時間後、近藤がタブレットを持ってやってきた。

「瀬戸崎さんのストレージに入れておきました。個人情報など、前に送ったモノにはない情報です」

瀬戸崎はまとめられた資料に次々目を通した。

近藤が背後から覗き込んでくる。

「たしかにデビッドソンはかなりおかしな奴ですが、理想はあります。EVが世界を変えると信じて突き進んできました。だから、周りも常識外れの言動を許している」

天才とは未来を先取りできる者かもしれない。ステラの起業時、電気自動車がエンジン車を排除する存在になると誰が思っただろうか。そしてまた、電気自動車も次の世代の乗り物に取って代わられる時が来るだろう。

「僕もそう思っていた」

瀬戸崎はもう一度、タブレットを見た。

経歴は従来の大企業のCEOとはかなり違っている。二十代前半からベンチャー企業を立ち上げ、ステラは三つ目だ。趣味は自転車。フランスのレースにも出たことがある。その時、排気ガスをまき散らして走る車に嫌悪を抱き、世界中に電気自動車を走らせようと心に決めたらしい。

「特別に中国好きでもないようです」

「大気汚染は中国の専売特許だ。コロナで封鎖された時は、車は全面ストップ、大気はきれいだった。大気汚染を解消しようとしているのか。そのために中国に乗り込む」

「やはり、相当変わった奴なんでしょうね。この時期に中国側についたりしたら、世界から総スカンをくう。それでも十四億人の市場は魅力なんですかね」

瀬戸崎は考え込んだ。そんな単純な理由でアメリカを離れるとは思えない。中国と接近しすぎると、何が起こるか分からない。そんなことは分かっているはずだ。

「中国に市場を求めて行く必要はない。世界はステラを支持している」

「僕もそう思います。この時期の中国訪問は、祖国を敵に回すことになりかねません」

「だったら、なぜ……」

瀬戸崎は混乱していた。自動車関係ではステラの知名度は世界一だ。デビッドソンは世界一の富豪になった。その男がなぜ中国に行く。誰に会うのだ。何度も繰り返し、自問した。

「どこで、誰に会うかは分からないか」

「北京の日本大使館に問い合わせていますが、デビッドソンが北京入りした事実はないと言っています。引き続き調べるようには言っていますが」

「デビッドソンのプライベートジェットはガルフストリームだ。羽田では中学生の女の子が気付いた。もう一度、北京空港を調べるように言ってくれ」

分かりましたと言って、近藤は出て行った。

デビッドソンのジェット機が到着していないということは、着陸場所が違うのかもしれない。

瀬戸崎はスマホを出して、近藤を呼び出した。

「北京近郊の軍の飛行場を調べるように言ってくれ。ただし、注意するようにと。写真など撮るとスパイ容疑がかけられて、日本には戻って来られないと注意しておいてくれ」

瀬戸崎はスマホを切ると、再度、ボタンを押した。

〈本物の経産省キャリアの瀬戸崎さんですよね。やはり私の知る官僚とはかなり違うようだ〉

小西から意外そうな声が返ってくる。電話があるとは思っていなかったようだ。官民合同研究会で会った、「二十一世紀経済ラボ」の副所長だ。

瀬戸崎は簡単な挨拶の後、用件を切り出した。

「あなたは私の講演で、唯一賛同してくださった。失礼ながら調べさせてもらうと、中国に詳しいと聞きました」

〈政府ほどではありませんよ。資金と人員が違います〉

「しかし、違う角度からの中国を知っています。人民の声とも言うべきでしょうか。表面に現れにくい事実です。たとえば周主席の孫娘の話です。大変興味深かった」

笑い声が返ってくる。

二人は十分ほど話した。

「一方的なお願いで申し訳ありません」

〈持ちつ持たれつです。いつか、何かお願いするときはよろしく〉

「あなたも、普通の学者とは違うようです」

笑い声とともに電話は切れた。


二時間がすぎていた。

瀬戸崎と近藤は小会議室に座っていた。

小西に電話をした後、一時間もたたない間に返事があったのだ。デビッドソンの中国入国の情報を教えてくれた。やはり軍の飛行場を使い、入国手続きもジェット機内でしていた。中国では〈疾走〉

の本社に行っている。しかし、その他のことは分からないと言った。

「デビッドソンは北京近郊の軍の飛行場に降りた。〈疾走〉の本社で会ったのは、張ＣＥＯでしょうね」

突然、近藤が顔を上げて言う。

「軍が絡んでいるんだ。当然、政府の人間も同席しているだろう。〈疾走〉はカモフラージュかもしれない」

「ステラのＣＥＯがわざわざ出かけていくんです。契約の締結じゃないですか」

「中国とステラが何の契約を結ぶんだ」

瀬戸崎は呟くように言った。

「市場でしょ。十四億人は魅力です」

「僕にはどうしても、それだけとは思えない」

「だったら、何だと言うんです。まさか、ハニートラップにはまったと言うんじゃないでしょうね」

「デビッドソンは妻を愛してる。家庭を大事にしている。その点に関しては、普通の人以上だ。だから、ますます分からなくなる。ただしきみが調べた資料によれば、ということだ」

「妻と子供たちを愛している。だから、色恋沙汰《ざた》の弱みを握られると、言いなりになるしかない。こういうケースもありますよ」

近藤の言葉に瀬戸崎は反論できない。たしかに、その通りかもしれない。

「日本企業でステラが手を出しそうなのはどこだ。コクショウのほかに」

「思いつきません」

「まさか、ネクストじゃないだろうな」

瀬戸崎はスマホを出して、タップしながら言う。

「鳴海さん、あんた最近、デビッドソンに会ってないか」

〈デビッドソンって、ステラのＣＥＯのデビッドソンですか〉

驚いた声が返ってくる。

「きみのところもＥＶ用の蓄電池を作っているだろ」

近藤が驚いた視線を向けている。こう単刀直入に聞くとは思わなかったのだ。

〈彼のところは自社製品です。部品は世界から買っていますが〉

「彼が中国に行って、〈疾走〉の張ＣＥＯに会っている」

〈知りたいのは、ステラと中国の関係ですね。調べてみますよ〉

「中国に行く前に五時間ほど日本にも滞在している。誰かと会っているはずだが」

瀬戸崎は国生のことは言わなかった。

〈それも調べておきます〉

「きみじゃないのか」

笑い声が返ってくる。

〈だったら、触れ回っていますよ。世界一の富豪に会ってたって〉

ほんの一分ほど、いくつか言葉を交わした後、瀬戸崎はスマホを切った。

「信用できますか、鳴海さんの言葉。会ったのが本当ならば隠します。重要な話でしょうから」

「彼は、そんな男じゃない」

「だったら――」

近藤も次の言葉が続かない。

「もう一度、ステラの状況を調べ直してくれ。財務、今後の開発、現在の状況、すべてだ」

「デビッドソン本人はもういいんですか」

「会社だけでいい。海外依存度についてもすべてだ」

分かりましたと言って近藤はかすかに頭を下げると、会議室を出て行った。

瀬戸崎は鳴海の言葉を思い出していた。あの口調は何か心当たりがあるのかもしれない。

(5)

鳴海から電話があったのは午後二時をすぎてからだった。

〈時間はありますか。僕がそっちに行ってもいいですが〉

興奮した声が聞こえる。

「まず、何の話だ」

〈昨日、デビッドソンがまた日本に来ました。会った相手は――〉

「コクショウの国生社長だろ」

〈なんで知ってるんですか〉

鳴海の愕《おどろ》きを含んだ声が返ってくる。

「会って話した方がよさそうだ」

瀬戸崎は鳴海が指定したコーヒーショップに行った。

「日本で会っていたのは、国生優司。コクショウの社長です」

「EVの蓄電池がらみのベンチャー企業だったな」

「そうです。数年でかなり有名になりました。ベンチャー企業仲間じゃ、近年で一番の成功者です」

「歓迎していない言い方だな。問題があるのか」

「運がいいんです。大した技術でもないのに時流に乗ることができたっていうか。とにかく、特許料が億単位で入っているそうです。ああいうのベンチャー企業って言うのかどうか」

「いい話じゃないのか。仲間の成功は喜んでやれよ」

「エンジニアらしくないんですよ。成金丸出しで。瀬戸崎さんも会えば分かります」

「赤いフェラーリにロレックス、高層マンションか」

瀬戸崎は由香里と工場を訪ねた時のことを思い出していた。たしかに、エンジニアらしくはなかった。しかし、成金でもなかった。どこか共感したくなるところがあるのだ。

「知ってるんですか、瀬戸崎さん」

「一度会ったことがある」

鳴海の全身から力が抜けていくのが分かる。

「そういうことは最初に言ってくださいよ。なんだか、僕が間抜けみたいだ」

「なんの特許か知っているか」

「蓄電池です。電池そのものじゃないんですが、そこに使われているコネクターです。電圧を一定にできるんです。性能もいいし、汎用《はんよう》性がある」

「だったら、最高じゃないか。素直に喜んでやれよ」

瀬戸崎は鳴海を見て言った。

「ジェラシーだな。きみのところも電池のコネクターを作っているな」

「うちの主流じゃない。うちはあくまで蓄電池で勝負するつもりです。そのために、ベンチャー企業を立ち上げたんだから」

「コクショウは蓄電池はやっていないのか」

「ＥＶの蓄電池にも数年前から乗り出していますが、蓄電池会社としては後発です。特別な技術を持っているとは思えません」

「だったら、なぜデビッドソンが国生社長と会う。特別な技術というのは秘密にしておくものだ」

瀬戸崎は腕時計を見た。まだ午後三時すぎだ。

「これから国生社長に会ってくる。工場にいるだろう」

「彼の工場、知ってるんですか」

「一度会いに行ったと言っただろ」

「僕も行っていいですか」

「工場を見てみたいか。好きにしてくれ」

瀬戸崎がドアに向かって歩き始めた。鳴海が慌てて後を追っていく。


瀬戸崎は鳴海の運転するバンで、コクショウの立川にある本社まで行った。

「国生社長はいますかね。アポを取った方がいいと思います」

「従業員は見かけなかった。社長が飛び歩いているとは思えない。会えなければ、会社を見るだけでもいいだろう。赤いフェラーリもある」

下手に電話を入れて、断られると嫌だったのだ。前回の反応を考えれば、訪問が歓迎されるとは思えない。

工場の横には前回と同じ位置に、赤いフェラーリが止めてある。

初老の女性は瀬戸崎の顔を見ると、慌てて奥の部屋に入っていった。

「景気の良さそうな会社ですね」

鳴海が工場を見回しながら言う。たしかにかなり値の張る工作機械ばかりだ。しかし、しばらく動いた形跡はなく、従業員もいない。

「今の状況で、元気のいい製造業なんて医療とコロナ対策関係だけで、多くはないだろう」

「コクショウの売り上げの中心は特許料のはずです。コロナのダメージは大きくはないでしょう」

鳴海は工場隅の３Ｄプリンターのそばに行き、見ている。

奥のドアが開いて、油だらけのつなぎの男がウエスで手を拭きながら出てきた。手首のロレックスにも油と金属片が付いている。履いているのは傷だらけの安全靴だ。国生だった。

「あんた、また来たのか。経産省はよほど暇なんだな」

国生は露骨に不審と不快感を表した顔で瀬戸崎を見た。

「仕事中でしたか。お時間を取らせて、申し訳ございません。少し聞きたいことがあります」

「応接室にお茶を入れときましたから」

初老の女性の怒鳴るような声が工場に響いた。

国生はついてくるように言うと、本社家屋の方に歩いていく。

瀬戸崎と鳴海も後についていった。


「昨日もステラのウィリアム・デビッドソンＣＥＯに会ったんですか」

瀬戸崎の言葉に、国生がお茶を飲む手を止めた。

「銀座の寿司屋であなたと会ったと聞きました」

「あんた、いつから警察官になった。あんたに、そんなこと話す必要はないだろ」

「ごもっともです。しかし、重要なことなのです。リーマンショックからやっと、抜け出す兆しが見えたと思ったら、コロナ禍で二年間経済が停滞しました。次は――」

「仕事について話した。あんたがいくら経産省のお役人でも、内容まで話す義務はないだろう」

「我が国の自動車産業の存亡がかかっています」

国生が湯呑《ゆの》みを置いた。

「世界のステラのCEOが俺なんかに、なんで会いに来たか聞きたいんだな」

「その通りです。口出しをするつもりはありませんが、経産省の仕事には、日本企業を護《まも》ることも入っています。アドバイスくらいはできると思います」

「護ってもらう必要はないし、アドバイスもいらない。俺一人で十分に対応できるし、今までもそうしてきた」

「失礼ですが、アメリカの企業は契約に関しては、かなりキビシイです」

「俺は高校しか出ていないが、法律も少しは勉強した。必要に迫られてな。違法なことはしていない。そこのところは、弁護士がしっかり調べている。放っておいてくれないか」

「たしかにあなたは――」

国生が立ち上がった。

「あんたらと違って俺は忙しいんだ。帰ってくれないか」

「工場の3Dプリンター、粉末焼結積層造形方式なんですね。何を作ってたんですか。材質はチタンですね。粉が残っていました」

鳴海の突然の言葉に国生の動きが止まり、視線が鳴海に向いた。

「ステンレス、アルミ、銅など、金属粉末の材料にレーザーを当てて一層ずつ焼き固めていくんですね。見本としてだけじゃなく、実用品としても作れます。うちは、試作品作りに欲しかったんですが、高すぎて諦めました」

「あんた、役人じゃないのか」

「挨拶が遅れました。以前、三度会いましたが、やはり覚えていてもらえなかったようです」

改めましてと、鳴海が立ち上がり名刺を出した。国生は名刺と鳴海の顔を交互に見ている。

「ネクストの社長さんだったか。たしかにそうだ。思い出した。役人と一緒なんで、あんたも仲間かと思ってた」

「あなたは、ベンチャー仲間じゃ憧れの的です」

「バカなことを言うな。憧れの的なんていうのは、デビッドソンのような男のことを言うんだ。あいつは、運の塊のような奴だ。あいつは神様に愛され、俺は憎まれてる」

声と表情には悔しさが滲《にじ》んでいる。彼の中には、強烈なライバル意識があるのだ。

鳴海がベンチャー企業の社長と分かると、急に垣根が取り払われたように話し始めた。

「俺の技術はもっと世界に広まってもいいんだ。日本じゃ、これ以上のことはできない。海外に活路を開かなきゃ発展は望めない」

「デビッドソンのようにですか」

「あいつはいい。アメリカ人だ。なんで、俺は日本人なんだ」

吐き捨てるように言う。

「EVなんて玩具《おもちゃ》みたいなもんだ。エンジンとガソリンタンクの代わりにモーターと蓄電池を積んだだけで、世界のステラ、世界のウィリアム・デビッドソンになった。知恵やアイデアがどこにある」

興奮した声で言う。瀬戸崎と鳴海は思わず顔を見合わせた。

一時間ほど国生と話した。彼はデビッドソンとは、日本に来た時に会って、食事をするだけだと言った。いつも突然、彼から電話があるという。

「俺の夢は寿司を腹一杯食うことだった。初めての特許料の振込があった日、俺はあの寿司屋に行った。食いながら涙が出たよ。死ぬほど食ったよ。寿司を食うというより、夢を食ってたんだな。初めてデビッドソンと会った時も、あいつを連れて行った。ご馳走《ちそう》してやったよ」

国生は遠い昔を思い出すように話した。


「思っていたより、いい人みたいだ。少し変わった人ですが」

帰りの車で鳴海がぼそりと言った。

「かなり変わってる。デビッドソンに特別な感情を持ってる。嫉妬《しっと》、反感、それでいて憧れてる。仲間意識、親近感もある。ベンチャー企業の創始者は、みんなああなのか。いや、きみは常識的だな。まともすぎる」

国生は自意識過剰で、空気が読めなくて、身勝手で、それでも、どこか憎めない男だ。

「デビッドソンも、彼について書かれたものを読む限りでは、かなりの変人です。脳が百年ほど先に行ってて、精神は異次元をさ迷ってると書いてあるものもあります」

「いつか、会ってみたいね」

「僕も必ず誘ってください」

鳴海の目が輝いている。やはり彼も変わっているのかもしれない。

「国生さんがいま自社で作っているのは試作品だけです。おそらくあの3Dプリンターで。それも去年からは開店休業状態です」

鳴海の言葉を頭の中で反芻《はんすう》した。調べたことと大きくは違っていない。

「儲《もう》かってはいますが、大きくはありません。いや億単位だから十分凄《すご》いか。立ち上げから十五年以上続いているベンチャー企業です。いくつか失敗はしています」

「特許収入であろうが、現在は裕福なんだ。それはそれでいいだろう」

祖父と父親が失《な》くしたものを取り返した。そして、今度は自分の夢を実現させようとしている。

「それにしても国生社長、いやに我々を警戒していましたね」

鳴海が我に返ったように言う。

「きみもそう感じたか。何かを隠しているのか。それとも違法行為をしてるのか。心当たりはあるか」

「分かりません。気になるのは、やはりなぜデビッドソンが彼と会ったかということでしょう。もっと調べてみます」

鳴海の声が心なしか弾んでいる。

瀬戸崎の脳裏に国生が別れ際に呟いた言葉が甦《よみがえ》ってくる。「国境なんて、クソくらえだ」たしかに国生はそう言った。

瀬戸崎のスマホが震え始めた。

〈デビッドソンが会っているのは〈天津汽車〉の劉梓琳《リウツーリン》よ。うちの北京駐在員に調べてもらった〉

名乗る前に由香里の声が聞こえた。興奮して声が少し高ぶっている。

〈天津汽車〉は中国政府系の最大手の自動車メーカー、劉梓琳はＣＥＯだ。

「〈天津汽車〉は国営だろ。中国政府と会っているのと同じだ。何のためだ」

〈中国に工場を作るための打ち合わせらしい。これもうちの駐在員の情報よ。日本政府には、こういう情報は送られてこないの〉

「外務省に聞いてくれ。デビッドソンが中国の〈天津汽車〉の劉梓琳に会ってる。アメリカ国内じゃ、話題になっているはずだ。アメリカにも新聞社の駐在員はいるだろ」

〈バカ言わないで。外務省にも駐在員はいるでしょ。彼らがやるのは海外旅行に来た国会議員の接待だけなの。情報を得るために高給をもらってるんじゃないの〉

由香里が皮肉を込めて言う。

〈ステラが二〇三〇年に向けて、本格的に中国に乗り出そうとしていると考えていいのでは〉

「表面上はそうなんだろうが、中国に工場を作って、そのままというわけにはいかない。アメリカ政府も黙ってはいないはずだ。それをあえて行うからには、何か理由があるはずだ」

瀬戸崎は考えたが何も浮かばない。いや、浮かびすぎて焦点を絞れないのだ。

〈本人に聞くしかないようね〉

「デビッドソンは、今どこにいる」

〈東京にいるはず〉

「ウソだろ」

瀬戸崎の口から思わず声が出た。

「中国から、直接アメリカに帰ったのではなかったのか」

〈政府はこんなこともつかんでないの〉

ステラは東京にも拠点を置いている。電気自動車の工場はないが、販売とアジアの情報収集とＡＩ開発を重点的に行っている。実験室を兼ねた小さな作業室も持っていて、日本製の部品チェックを行っていると聞いたことがある。

「なんで、そんな情報が入る」

〈インタビューのアポが取れたからよ〉

瀬戸崎の身体が固まった。

「僕も行っていいか」

〈いいわけないでしょ。日本政府の役人と一緒だなんて。彼の口が開くと思ってるの。こういうのは、自分で切り開くのよ〉

スマホは切れた。たしかに由香里の言う通りだ。

瀬戸崎は考え込んだ。横で鳴海が瀬戸崎をチラチラ見ている。

「運転に集中しろ」

「デビッドソンが日本にいるのですか」

瀬戸崎の話を聞いていて分かったのだろう。

「ステラの本社を知ってるか」

「カリフォルニア州サンフランシスコ・ベイエリア地域のパロアルトです」

「東京本社だ」

「品川インターシティのビルにあります。何度か前まで行きましたが、入ったことはありません」

「入りたいとは思わないか」

「僕も行っていいんですか」

鳴海の顔が輝き、車のスピードが上がった。

（6）

三十分後、瀬戸崎と鳴海は品川インターシティに立っていた。

通りを隔てて高層ビルが三棟並んでいる。品川駅近くの外資系企業が多く入っている高層ビルだ。この中の一棟にステラの東京本社がある。

「二つの階に事務所があります。下の階はアジア地区の統括事務オフィスです。ここには簡単な実験室を兼ねた、部品の検査室がついています。上の階は社長室と重要な会議室と聞いています。中の様子は不明です。僕の知り合いで入った者はいません。で、どうするんですか」

「ビルを見てるだけじゃ、子供の使いだ。せっかく前まで来たんだ。挨拶して行こう」

「僕もついていっていいんですか」

「そのために来たんだろ。ただし、追い返されなければな。僕だってアポなしだ」

「無茶ですよ。やはり追い返される」

瀬戸崎は鳴海の言葉を無視して入っていく。

ビルの入口の警備員が二人に近づいて来る。瀬戸崎は経産省の身分証を見せ、ステラ社に来たと言うと、受付は二十五階だと言って通してくれた。

「水戸《みと》黄門《こうもん》の印籠《いんろう》みたいですね。魔法のカギだ」

「権威主義の名残《なご》り。日本凋落《ちょうらく》の原因の一つだ」

二人はエレベーターに乗り、二十五階に向かった。

受付で、瀬戸崎は名前と身分を告げた。

「デビッドソンCEOに会いたい」

「約束はおありですか」

「いま、約束を取っています。経産省の瀬戸崎と伝えてください」

女性は電話でしばらく話していた。

「重要な会議中です。約束を取ってからおいでくださいということです」

「水戸黄門の印籠もここまでですか」

鳴海が瀬戸崎の耳元で囁く。

「コクショウ、国生氏の件です、とお伝えください」

瀬戸崎の言葉に女性は再び受話器を取った。


部屋番号を聞いてエレベーターに乗った。社長室は二十八階だという。

「金持ちのやることは分かりません。なぜオフィスと同じ階に社長室を作らないんですかね」

「ホテル代わりなんだろ。スイートは上の階が多いから」

ドアが開くと若い男が立っている。

二人は部屋に案内された。広い部屋の半分が共有部分になっていて、ソファー、チェア、ホワイトボード、コーヒーメーカーなどが置かれている。何組かのグループが話し合っていた。日本人は各グループ数人だ。

奥は衝立《ついたて》が付いたデスクが並んでいた。会議室というより、自由空間と仕事場が混在している。

その真ん中を通って、突きあたりの部屋に入った。さほど広くはない部屋で、大型デスクに座った男がコンビニのソバを食べていた。横にコーラの一リットルボトルと缶ビールが置いてある。

「食べながらでもいいかね。会議で昼食が遅れてしまった。三食食べないと妻に叱《しか》られるんだ」

デビッドソンが顔を上げ、二人に向かって笑顔で語りかける。聞きとり易《やす》い英語だ。髪を短く刈り込み、髭《ひげ》の剃《そ》り跡が目立った。メディアで見る写真の通りだ。

瀬戸崎はデスクの前に行き、英文の名刺を置いた。デビッドソンはちらりと見ただけで取ろうともしない。

「気にしないで食べてください。アポなしで来た我々に非があります」

デビッドソンが目で座るように合図した。デスクの周りに十脚ほどのパイプ椅子がある。

「コクショウの国生氏の件で話があると聞いている」

「問題があるんでしょう。具体的に教えてくれませんか」

デビッドソンは箸《はし》を止めて瀬戸崎を見た。

「中国では、〈天津汽車〉の劉梓琳氏に会っているし」

箸をプラスチック容器の上に置くと、デスクの横にずらした。

デスクの上に置かれた名刺を引き寄せて見た。

「日本政府の役人だな、ミスター・セトザキ。それをどこで聞いた」

「中国への企業進出については、我が国でも注意をしています。具体的には言えませんが、耳に入ってきました」

「そういう事実はない。これはかなりセンシティブな問題だ。世間に流れれば――分かるだろう。株価にも大きな影響を与える。推測で話されると困るんだ。我が社は有能な弁護士を多く抱えている」

「十分承知しています。誰にも話すつもりはありません」

「何が望みだ」

「私たちは、あなたの正当なライバルになりたい、と言えば分かっていただけますか。中国をライバルにするより、遥《はる》かに都合がいいでしょう」

デビッドソンの顔にかすかに笑みが浮かんだ。皮肉を込めた笑みだ。瀬戸崎は確信した。やはり、デビッドソンは中国がらみのトラブルを抱えている。

デビッドソンが瀬戸崎に射るような視線を向け、どこまで知っているのかと目で問いかけている。

「私の所属している経済産業省は日本の――」

「産業の将来計画を立てる部署なんだろう。ＥＶもそこに属している」

瀬戸崎の名刺にはＥＶの単語が出ている。

「ライバルとして競い合うには、中国よりあなたを選びたい。我々に言えるのはそれだけです」

「私もライバルには日本を選びたい。勝てる相手だ。少なくとも公正だからね」

「中国には勝てないと――」

「相手は国家だ。それも独裁国家。国家対個人の戦い。そりゃあ、分が悪い」

「法律も規則も自由に変えられますからね。いざとなれば、罪をでっちあげて刑務所に放り込む」

「その通り。あんた、本当に日本の官僚か」

デビッドソンは名刺を持って立ち上がり瀬戸崎の前に来た。

「こう見えても私は忙しい。まわりくどい無駄話は聞きたくないんだ」

「私だって同じです。日本の産業政策を背負ってる。日本の自動車産業をこのまま潰したくはない」

デビッドソンは瀬戸崎の顔を何度も覗き込むように見ている。

「一緒に戦ってくれるのか。しかし、我々も弁護士を総動員して調べ尽くした。彼らも同様のことをしてる。逆らえば、容赦なく訴訟に持ち込む気だ。中国政府の狙いは、訴訟に勝つことではない。長引かせることだ。時間稼ぎだ。製品差し止めになれば、その間に自国の生産体制を整えることができる。外国の他社に対する警告にもなる」

デビッドソンが大げさにため息をついた。彼の言う製品とは電気自動車だ。

やはり中国の目的は自動車生産で世界一になること。それには、将来、いちばんのライバルとなるステラを取り込むことだ。それができないなら潰す。

「秘密を教えてやろう。我が社は世界一の虚構企業だ。株価なんてものは、外野の一言で崩れ去る。あんたも専門家だ。分かってるだろう。今の状況で、おかしな噂《うわさ》が立つと株価は大暴落だ。会社存亡の危機になる。あんたがもしステラの株を一株でも持ってるなら、売り払ったほうがいいぞ。ＣＥＯが言ってるんだ」

半分やけのように言う。

「ステラの強みが何だか分かるか」

デビッドソンが瀬戸崎を見据え、唐突に聞いてくる。

「歴史がないことでしょう」

デビッドソンが意外そうな顔をした。瀬戸崎が微笑《ほほえ》んだ。

「過去を考えることなく、未来だけを見つめて突き進むことができる」

デビッドソンが瀬戸崎に握手を求めてきた。瀬戸崎が握ると強く握り返してくる。

「その通り。歴史なんか振り返るものじゃない。まして、懐かしむようになれば終わりだ。歴史とは、未来に向けて作っていくものだ」

「しかし、寂しいこともあります。国と同じです。歴史のある国は文学、音楽、美術などの文化の面においても、また科学や技術においても、深みがある。企業にも歴史は大切じゃないですか。歴史があってこそ、より良い未来を考えることができる。そういうものだと思います」

デビッドソンが頷《うなず》いている。

「だがこだわりすぎると、過去に縛られるという負の部分も出てきます。特に現代においては、科学技術には新しい概念が必要とされています。ＧＡＦＡがいい例です」

「デジタル企業が生まれた背景には、過去に囚《とら》われない新しい概念があったからだ」

「日本人は過去に囚われすぎる。ノスタルジーの国です。日本からジョブズやあなたは生まれない」

瀬戸崎は言い切った。

「日本では過去の技術の組み合わせ、あるいは発展形は生まれた。車でいえばハイブリッド車だ。アメリカじゃ、あんなややこしいものには誰も手を出さない」

「あなた方は、電子機器としての車を作り上げた」

「そう、ステラのＥＶは電子機器の集合体だ。常に新しい情報がインプットされて、最新のものにアップグレードされる。パソコンやスマホのソフトのアップグレードと同じだ。ハードは古くなっても、ソフトは最新だ」

「日本のメーカーだってやりつつあります」

「ステラの真似《まね》にすぎない」

デビッドソンが言い放ち、改めて瀬戸崎を見ている。

やがて目を逸《そ》らすと、デスクの上のビールを一気に飲んだ。

「一つ聞いてもいいですか」

瀬戸崎はデビッドソンに言った。

「一つでも、二つでも。私に答えられることなら」

「大洋自動車を吸収合併するという噂を聞きましたが」

瀬戸崎は由香里から聞いた話を思い浮かべていた。

「当たってもいないが、外れてもいない。ステラの車はボディが弱い。高速走行で振動がひどくなる場合がある。解決まであと一歩だが、時間が必要だ。我々の歴史は新しい。新興企業の弱みだ」

デビッドソンが顔を上げて瀬戸崎を見た。

「ゼロから始める必要はありません。ボディに強い企業と組むか取り込めばいい」

「その通り。ボディなんかに時間と金をかける気はない。我々の強みはモーターと蓄電池、そして車を最適空間にするノウハウだ」

「それに、ステラという名前です」

デビッドソンが声を上げて笑い出した。

「その通りだ。それがいちばんの強みかもしれない。ブランドは伝統が作るんじゃない。最初のアイデアにつく言葉だ。アイフォン、アイパッドはシャネルやグッチと同じだ。ステラもね」

「それで、大洋自動車の買収話は真実なんですか」

「いずれ大洋自動車は、我々、ステラのために車のボディを作ることになるだろう。会社の形はどうであれ」

自信を持って言ったデビッドソンが瀬戸崎を見つめている。

「どうかしましたか」

「きみは英語がうまいな。どこで習った」

「うまくはありませんが、正確に話すよう心がけています。あなたの英語が分かりやすいからです」

「国生は英語がほとんどできなかった。しかし、よく話はした。単語を並べるだけだが、彼の話は不思議とよく分かるんだ」

「精神が同じだからでしょう」

デビッドソンが声を上げて笑った。

「きみとは、また近いうちに会いそうだ」

デビッドソンが名刺を出して、携帯電話の番号を書いて瀬戸崎に渡した。

「私もそう願います」

瀬戸崎はデビッドソンが差し出す手を握った。強い握力を感じる。

部屋を赤く染めていた光が急激に薄れていく。その後には高層ビルの明かりが眼前に広がっている。


その日の夜、由香里から電話があった。

〈あなた、デビッドソンと会ったでしょ〉

「彼から聞いたのか」

〈コクショウ、国生との関係、ステラの中国進出についての話、アポなしで乗り込んできた経産省の面白い男。あなたしか、いないでしょ〉

「どんな男か見たかったんだ。誰でも世界一の金持ちには興味があるだろ」

〈それで、どうだったの〉

声が次第に高ぶってきている。

「フランクで楽しい男だった。世界一の大金持ちとは思えなかったよ。改めてファンになった」

〈私を出し抜いて、何を話したの〉

「出し抜いては言いすぎだ。雑談だよ。車についての」

〈国生さんや中国工場についての雑談でしょ。どのくらいいたの〉

「一時間くらいかな」

〈ウソでしょ。私が三十分のインタビュー時間を約束するのに、何度電話したか知ってるの〉

由香里が大声を出した。

「話の内容は、会った時間の長さじゃないだろ。きみの方が多くの情報を引き出してる。記事を楽しみにしてる」

瀬戸崎はスマホを切った。考えてみると、初めて由香里より先にスマホを切った。

改めてデビッドソンの顔と言葉が浮かんだ。夢溢れる高校生がそのまま大人になったような男だ。

ユーモアと好奇心。天真爛漫《らんまん》さと、どこか危うさを感じさせる。

デスクの名刺を手に取った。空きスペースに手書きされた携帯電話の番号を眺めた。

第四章　スーパーシティ

（1）

午前中の会議が終わり、部屋に戻った時だった。

ポケットでスマホが鳴っている。

〈環境大臣の高山《たかやま》ですが、一度会いたいと思っています〉

挨拶《あいさつ》抜きの声が聞こえる。環境大臣――。

「私は経産省の瀬戸崎ですが、間違い電話ではないですね」

何度か同席してはいるが、会議や委員会の場での話だ。直接話したことはない。

大臣が会ったことのない相手に直接、電話をすることは珍しい。まず秘書が事前に、大臣が電話をする旨を伝えてくる。

〈経産省の瀬戸崎さんに電話をしています。お会いできませんか〉

「日にちと時間、場所を教えていただけますか」

〈今からではダメですか。あなたは、どこにいますか〉

「経産省庁舎です」

〈だったら、環境省の大臣室に来てくれませんか。それとも――〉

「お伺いします」

〈では、お待ちしています。十五分あれば来られますね〉

瀬戸崎の返事を待たずにスマホは切れた。

半信半疑だった。大臣本人から電話が来たのは初めてだった。あれは本当に本人だったのか。もう少し、確かめるべきだった。

しかし、環境省の大臣が何の話だ。一瞬考えたが、上着を持って立ち上がった。


きっかり十五分後、瀬戸崎は環境大臣室のドアをノックした。

「よくいらっしゃいました」

高山香織《かおり》は四十三歳。当選二回で環境大臣として初入閣した。

肩まである髪を薄いブラウンに染めている。もと大学文学部社会学科の准教授だ。テレビのコメンテイターとしての高山を時々見ていたが、学者というより押しの強い評論家的な立ち位置で話していた。大柄で派手な顔つきは見栄えがする。政権が大きく変わったとき、時の総理に請われて政界入りした。前回の選挙では十万票を集めている。

入閣時は、女性活用の数合わせと揶揄《やゆ》されていたが、持ち前の押しの強さで頭角を現している。当選二回で、環境大臣とはいえ大臣になったのだ。いずれは党の幹部になるだろうと、評価も高い。

高山は瀬戸崎にソファーを勧め、自分もその前に座った。

「実物の方がカッコいいわね。実は動画ではあなたを何度も見てるの」

「なんの動画ですか」

「EV関係の講演会をやったでしょ。自動車メーカーの経営者を集めたのと、関連の部品工場の経営者たち。勉強会だったかな。政治家対象のもあったわね。秘書が出て、面白かったって。私も行けばよかった」

　経産省の方針で講演はビデオで撮って、希望者には貸し出している。

「うちの職員には必ず見るように言ってある」

「言っていただければ、環境省でもやりますよ」

「ＥＶ関係はうちでもやっています。職員は全員、能力のある者ばかりです」

　高山が笑いながら言って、表情を引き締めた。

「あなた、政府内きってのＥＶ推進派なんですってね」

　瀬戸崎は返事に困った。現状ではそれしかないと思っているだけだ。

「でも、自動車は国土交通省の管轄じゃないの」

「日本の基幹産業です。その産業が危機的状況にある。経産省としては全力で支え、護《まも》る方針です」

「やはり、あなたも環境を第一に考えてるんでしょ」

「それもあります。ＥＶは走行時、二酸化炭素を出しませんからね。非常に分かり易《やす》い。しかし、電気を作る時には、やり方によりますが二酸化炭素は出ます」

「たしかにね。それもあるって、他の理由はなんなの」

「日本の産業を護りたいという経産省の役人的理由です」

「面白いことを言う人ね。ＥＶが日本の産業を護ることにつながるの」

　高山が身を乗り出すようにして聞いてくる。何も知らなくても分かったふりをする大臣の多い中で、分からないことは分からないと言える数少ない大臣だ。

「あと、十年もすれば世界の自動車の主流はＥＶになります。それまでに、日本の産業構造を変えておかなければ、日本は沈む一方です」

「日本の主流産業の構造を変えるか。さすが経産省ね。うちとは、言うことが違う」

「二酸化炭素を減らすことと、ＥＶの普及を同じと考えている人が多いですが、必ずしも同じとは言えません。動力源として電気は必要です。電気を作るためには、発電所がいります。発電所からは二酸化炭素が出ますから」

「そうよね。世界の自動車がすべてＥＶになっても、二酸化炭素はゼロにはならない」

実はね、と言って、高山は真顔になって瀬戸崎を見据えた。

「私、ＥＶなんてほとんどしらないの。最初、ＥＶをイブって読んだわよ。これからはイブの時代よねって。マスコミや官僚さんたち、キョトンとしてた。あとで、女性の時代とゴロを合わせたんだって、ごまかしたけど。でも、未来を象徴してて、いいと思わない。これからは、電気自動車のこと、イブって呼べばいいのにね」

大臣は一気に言って、軽いため息を吐《つ》いた。

「政治家なんてそんなものよ。昔、ＩＴをイットと言った総理もいたでしょ。頭の中は空っぽ。エイ、ヤァの勢いだけで行っちゃう。でも、それも必要でしょ」

大臣は悪びれる様子もなく明るく言う。この人の強みだろう。

「単純計算で、日本ではＥＶの充電のために、百万キロワット級の原発が十基必要だという研究結果も出ています」

「じゃ、環境を守るにはどうすればいいの。経産省、というよりあなたはどう考えてるの」

「システムとして考える必要があると思っています」

高山が怪訝《けげん》そうな顔で瀬戸崎を見ている。

「生活圏全体をシステムとして考えるということです。いつ充電するか、どこで充電するか、何を使って充電するか。発電システム、蓄電システムなども含めたＥＶです」

「あなた、それを環境に絡めることはできないの」

高山が嬉《うれ》しそうな声を出した。

「それが一番だと思います。しかし、すべてがあまりに早急に動き始めました。地球温暖化が技術革新を追い抜いて走っています。人類はそれに対応していかなければなりません。世界的にいろんな目標設定がされていますが、現状では無理があります」

「急激なＥＶ導入は、日本政府からも自動車業界からも歓迎されないというわけね。きわめて日本的な発想ね」

瀬戸崎は答えることはできなかった。官僚の立場として、政府批判はできない。

「私は、というより環境省としては、ＥＶを広めたい。ドーンとアドバルーンを打ち上げて、国民の注目を集めたいのよ」

ふうっと息を吐いた。「環境省を政府の重要省庁に格上げしてみせる」環境大臣の就任インタビューで熱っぽく話した高山のことを思い出していた。

「環境省なんて、何も生み出さない。あってもなくてもどうでもいい、という人が多いのよね。むしろ、ない方がやりやすいという業界がね。特に経済界の人たちは」

大臣就任要請の電話があり、お受けしますと言ってスマホを切ったとたん、記者たちの前で、口をすべらせた。「もっと重要な省の大臣になりたかった」翌日撤回したが、本音だったのだろう。

「今では、日本政府で最も重要な省だと思っている。地球温暖化については、政府も国民も、もっと積極的に取り組んでいくべきよね。日本は世界を引っ張っていく国だと思っている」

高山は神妙な表情で、自分自身に言い聞かせるように、ゆっくりと話し始めた。

「環境省が期限を決めて電動車以外の新車販売停止を打ち出したら、あなたどうなると思う。経産省と正面衝突かしら」

高山は電動車という言葉を使った。おそらくこの言葉に、ハイブリッド車が含まれていることは知っている。瀬戸崎を試しているのか。

「口先だけのポピュリズムだと思います」

「なぜなの」

高山はさらに身を乗り出してくる。瀬戸崎は戸惑っていた。自分の疑問をこう素直に出してくる大臣は初めてだった。

「そんなに単純な話ではありません。まず関係省庁が違います。日本の基幹産業の大転換です。申し上げたように、日本の産業構造を変えると言っても過言ではありません。口先だけでは混乱を招くだけです」

「そうね。戦後の日本経済を支え、引っ張ってきた産業を根底から変えようというんだものね。環境省には荷が重すぎるか」

「自動車産業は完全なピラミッド構造をしています。自動車メーカーは、その頂点にすぎません。その下には無数の部品工場があり、販売店があり、石油産業があり、保険会社があります。その構造を変えるのです。ピラミッド全体への影響は計り知れません。そういった関連産業の転換を考慮したうえでのＥＶの推進です」

高山は頷《うなず》きながら聞いている。

「経産省はそれを覚悟で話を進めているの」

「少なくとも私は。しかし思うようには進んでいません。あまりに関係する産業が多すぎます」

「省自体は問題が大きすぎて、動けないというのが本音なのね」

瀬戸崎は答えることができなかった。たしかに、他省に関係するものも多い。つまり、関連する産業自体が大きすぎるのだ。

一時間ほど大臣室で話して、経産省に戻った。

「あなたが、環境省に来てくれればね」

瀬戸崎が帰るとき、ドアの前まで送ってきた高山が、手を握って言った。


経産省に戻ると、近藤が笑みを浮かべて声をかけてくる。

「イブ大臣はどうでしたか。今でもイブですか」

「高山大臣は社会学の准教授だった。本気でＥＶをイブと読んだと思うか」

「冗談だったと言うんですか」

「神のみぞ知るだ。ユーモアを解する人であることは確かだ」

近藤の顔から笑みが消えた。

平間が瀬戸崎を呼ぶ声が聞こえる。瀬戸崎は平間のデスクに行った。

「高山大臣に会ってきたのか」

声を潜めるように聞いてくる。すでに瀬戸崎が環境省の高山大臣に呼ばれたことは、経産省に知れ渡っているらしい。

「誰《だれ》に聞きましたか」

「高山大臣から小笠原次官に電話があったそうだ。ＥＶプロジェクトの瀬戸崎を環境省に出向させていただけないかと」

「そんな話は出ませんでした」

「十分ほど前の話だ。小笠原次官は大慌てだったらしい。もちろん断った。環境省にＥＶの主導権を取られたらたまらないからな」

「高山大臣は引き下がったのですか」

「おまえ、あっちに移りたいのか」

「そうじゃありませんが――」

本気で引き抜きたいなら阪口大臣に電話するはずだ。電気自動車をやるなら、環境省を忘れるなという挨拶程度のものだろう。

「経産省と環境省とは、今後は連絡を取り合っていくことを提案してきた。小笠原次官は承知せざるを得なかった。すぐに延期になっていた、プロジェクト開始の連絡があると思う」

平間が瀬戸崎の肩を叩《たた》いて、改まった顔で瀬戸崎を見た。

「それで、高山大臣の話は何だった。どうせ、ＥＶと環境問題を組み合わせてやろうという話だろ」

「国民にとっては、それが一番分かりやすいですから。事実だし、環境を持ち出されて反対すれば悪役になりますから」

「たしかにな。うちもその路線を強調すべきだろ。環境派の国民はある意味、単純だ。深くは考えない。これは人には言うなよ。誤解されやすい」

平間が慌てて言った。

遠くで音が聞こえる。その音が次第に近づき、瀬戸崎の頭全体に響き渡る。

無意識のうちにベッドの隅のスマホに腕を伸ばしていた。

〈今日、何か用があるか〉

「何もありません。寝てました」

戸塚の声に反射的に答えていた。今日は——日曜日だ。

「だったら、俺《おれ》とデートだ。二十分後にあんたのマンションの前で」

スマホは切れた。時計を見ると八時を指している。急いでシャワーを浴びて服を着替えた。

マンション前の道路に出ると、赤い軽自動車が通りの向こう側に止まっている。

ウインドウが下がって、戸塚が顔を出した。

「どこに行くんですか」

瀬戸崎は助手席に座って聞いた。

「デートだと言っただろ。楽しいところだ」

戸塚はサイドミラーを確認して車を発進させた。

「その楽しいところって、どこですか」

瀬戸崎が聞いても答えない。

戸塚は無言で運転している。ハンドルを両手で握り、前方を睨《にら》むように見ている。全神経を運転に集中しているという感じだ。話しかけるのが怖いほど、運転に集中していた。

車は高速道路に乗り、制限速度ちょうどで走っていく。大師《だいし》で高速道路を降りた。

北へ向かい多摩川を渡ると、やがて道路の両側に、小さな工場が続き始めた。車は大田区の中小企業が集まっている地区を走っている。

大田区には四千以上の工場が集まっている。図面さえあれば、数日で製品ができ上がるほど多様な工場が並んでいる。中でも東京湾近くの地域は機械金属加工や電気関係の工場が多く集まっている。

車のスピードが落ちて速足で歩くような速度になった。戸塚の顔から今までの緊張感が取れて、いつもの表情に戻っている。日曜日のせいか人通りもほとんどなく、走り慣れた道なのだろう。

「この辺りはヤマト自動車の関連会社の工場が多いですね」

「知ってるのか」

戸塚の言葉が返ってきた。しかし、やはり前方を睨みつけている。

「親父《おやじ》に連れられて、部品を買いに何度か来たことがあります。実家が自動車の修理工場なんです」

「後は継がないのか、なんて野暮な質問だよな。あんたはハーバードにも留学したエリート官僚だ。キャリアって言うんだろ。ネクストの鳴海から聞いたよ」

「自動車産業を護るのも重要です」

「あんたの言うようにEVにシフトすると、この辺りの工場の七割が潰《つぶ》れる。いや、もっとかな。ほぼ全社がヤマト自動車に関係している。完全に時代の流れに乗り遅れてる。新たな分野を開発しなかった俺たちの自業自得と言われれば身もふたもないが、親の代から続いてきた工場がほとんどだ。このまま潰すには惜しい。俺は日本の技術の損失と思ってる。なんとかできないかな。この通りだ」

戸塚が頭を下げたが、顔は前方を向いたままだ。

「やめてください。一緒に考えましょう。この国は技術立国と呼ばれた時代もあったんです。ジャパン・アズ・ナンバーワンです。必ず、いい方法があるはずです」

「鳴海が言ってた。あんたは頼りがいのある人だと」

「過大評価です。彼にも何もやってあげられない」

「あんたと話してると、勉強にもなるし、元気が出るとも言ってた」

「彼の蓄電池は性能的にはかなり先を走ってるんですが、形状を含めて汎用性《はんよう》がないんです。資金力不足で多くの試作品が作れないのが原因ですね。政府の補助金を出したいが、彼は宣伝が下手です。製品のデータを見れば、その良さは分かると思ってる。役人なんて素人同然ってことが分かってない」

戸塚は通りをゆっくりと車を進めた。瀬戸崎にこの辺りの現状を見せたいのだろう。シャッター通りなのは日曜のせいだといいのだが。

通りの端にある沢村《さわむら》金属加工と看板のかかった工場の前に車を止めた。

短くクラクションを鳴らすと、奥から油染みだらけのつなぎの男が出てくる。年齢は四十前後か。

「沢村真一《しんいち》だ。沢村金属加工の三代目だ」

戸塚の紹介に、よろしくと頭を下げた。

「戸塚さんが運転する車に乗るのは疲れるでしょう。運転中は運転に集中する。戸塚さんの座右の銘です。でもけっこうしゃべってる」

「運転が下手だからだ。仕方がないだろ」

「若いころはハマのジャガーと呼ばれてたんです。暴走族のボスでした」

沢村が笑いながら言う。

「彼に憧《あこが》れて私も入ったんですがね。半年で彼と一緒にやめました」

「昔話はよそう。気が滅入《めい》る」

戸塚は勝手に工場の中に入っていく。

「日曜日も工場を開けてるんですか」

「日曜は自分の時間です。ここにいるのが好きなんです」

沢村は工場内を見回した。

瀬戸崎は沢村に案内されて工場内を見て歩いた。

「従業員は七人。五年前は十人いたんですが、今はこの通りです。機械が人を必要としなくなったこと、と、景気のせいかな。元請けはいいらしいが、その恩恵が下請けまで回ってきません」

自動式の旋盤やNC機器、3Dプリンターもある。数年前のものだが、数百万はしただろう。

「お願いがある。ここの連中を助けるために、ひと肌脱いでくれ。みんなも、この前の集まりは勉強になったと言っている。自分たちの置かれている状況が分かって、刺激になったとも。やたらに補助金や助成金を付けろと言うんじゃない。例えば――」

後の言葉が続かず、戸塚が考え込んでいる。

「とりあえず、僕にできるのは勉強会です。お互いの技術の紹介です。意外と皆さん、ご近所さんが何をやってるか知らない。技術が結びつけば、ヤマト自動車以外にも目が向きます。今作っている製品の利用も、広がる可能性が出てくる」

「我々には、そんなことすらできていなかったということですね」

沢村が自嘲《じちょう》気味に言う。

「自動車の全体図を見たことがありますか。エンジンだけでもいい。自分たちがどこの部品を作っているか。どういうところが難しくて、どんな工夫をしているか。現在の車は電子機器も多い」

瀬戸崎の脳裏に、父親の真太郎がボンネットに屈《かが》み込んでいる姿、深夜に電子機器の専門書を読んでいる姿がよぎった。

「あなた方の会社の技術紹介は作れませんか。会社紹介のパンフレットに書いてあるようなものじゃなくて、今まで製作した部品の詳細図や特許などを載せた、プロを唸《うな》らせるものです」

瀬戸崎は戸塚と沢村に問いかけた。二人は顔を見合わせている。

「それこそが自社の技術で、人には見せたくない、教えたくないと言う人もいるでしょうが、その程度で真似《まね》されるくらいでは大した技術ではありません。お互いに自分たちの作っている部品について話せば、全体が見えてきます。今まで見えなかったものもね。そうすれば、新しいものも生まれる可能性があります」

　戸塚も沢村も神妙な顔で瀬戸崎の言葉を聞いている。

　瀬戸崎は沢村たちと今後について話し合った。工場を出るとすでに陽《ひ》が沈み、街は薄闇《うすやみ》に包まれている。道路の両側に、錆《さび》の浮いたシャッターの下りた工場が続き、ゴーストタウンのような空気が漂っていた。


　翌日、瀬戸崎と近藤は、経産省の小会議室にいた。

　二人は二時間前からパソコン画面を睨んでいた。

　画面には戸塚から送られてきた、ヤマト自動車関連会社十二社の業務内容、関連技術、取得特許が出ていた。昨日、話し合って送ってくれるよう頼んだものだ。すべて公開されている。同様のものが今後、送られてくることになっている。

「個々の企業の技術レベルは高そうだ。ただ、発想力がないんだろうな。世界的な大会社の下請けであぐらをかいていたツケが回ってきたんだ」

　無意識のうちに呟《つぶや》いていた。

「ヤマト自動車の製品だけを作っていれば、会社は安泰、順調でしたからね。会社独自の発想力が育たなかった」

「ただし今まではだ。これから冬の時代が来ることを覚悟してもらわなきゃ」

「けっこう難しいですよ。まだハイブリッド車は景気がいいですから。多くの者に危機意識がない。事実、このコロナ禍の間にも収益は上がっています」

「今後、数年で大きく変わる。その時にはもう遅い」

精密加工、特殊機器製造など、おそらく親会社の要求のままに技術を磨いてきたのだろう。特許にしても、親会社の要求の過程で生まれたもので、その生かし方までは考えていなかったのだ。

「これらの技術を広く認知させて、必要としている企業を結びつける。我々にできることはそれくらいしかないですね」

「まず、それからだ。やりながら次を考える。今度は、我々だけじゃなく、彼らにも考えてもらう」

瀬戸崎はパソコンに目を移した。

（2）

瀬戸崎は由香里と平和島《へいわじま》にあるベンチャー企業ネクストの事務所にいた。

事務所と言ってもマンション一階の一室だ。広さは3ＬＤＫ。リビングが作業室になっていて、中央に大きな木製のテーブルが置かれている。壁際の大型ホワイトボードには、数式や図形がぎっしりと書かれていた。

テーブルの上には、複数の電気自動車用蓄電池が置かれていた。側面に書かれている「ネクスト31」というのは、三十一番目の試作品という意味だ。そのことを聞いたのは、二年前、初めてここに来た時だ。その時の番号は十九だった。

テーブルの上は分厚い板が敷かれ、傷だらけだ。壁際のデスクにはハンダやドライバー、レンチなどの工具が整頓されて置かれている。

二人は鳴海からテーブル上の製品の説明を受けていた。

瀬戸崎は電気自動車関係のベンチャー企業を取材したいという由香里に、ネクストを紹介したのだ。

「やはり問題は蓄電池です。高い、大きい、重い。まさに三悪です。さらに寿命の問題があります。充電性能の劣化が早い。今の製品では長くて五年で交換が必要です。その廃棄も問題になっています。我々の製品もまだまだです」

鳴海が由香里に説明した。

鳴海を含めて三人いるネクストのエンジニアの一人、夏野《なつの》が恨めしそうな顔で瀬戸崎を見た。

「これでも、かなり高性能なんです。世界でもトップクラスです。代表の要求が高すぎます」

我慢できないという顔で夏野が口を出してきた。

「目標はエンジン車と同様に、普通に走れるEVだ。残りの電気を気にすることなく。この蓄電池ではまだ心もとない」

「今でも十分だと僕は思います。これ以上の性能追求には見切りをつけて、どこかのメーカーと契約して大量生産に切り替えるべきです。今の性能のままで、従来の一割は安くできます。関連部品にも目を配れば、二割は安くなります。これって画期的です」

「それじゃ十分ではない。何度言ったら分かってくれるんだ」

鳴海がデータを見ながら言う。

「僕は魔法使いでもないし、嘘《うそ》つきでもない。できないものはできないんだ。これで精一杯だ」

突然、夏野が声を上げると、頭を下げたまま顔を上げようとしない。何を考えているのか。不気味な雰囲気が漂っている。

瀬戸崎はコクショウの国生を思い出していた。「かなり変な男」瀬戸崎の印象だった。

「いろんな方法があると思います。車の走行距離を伸ばすだけなら。例えば――」

黙り込んでいた夏野が、ホワイトボードに図形を描き始めた。それを鳴海が無言で見ている。

「僕もそう思う。しかしユーザーが求めているのは、第一に蓄電容量なんだ。電池にどれだけ電気を蓄えておけるか。それによって走行距離が決まる。性能のいい電池は充電時間が短く、走行距離が長い。非常に公平で、世界共通だ」

鳴海の言葉に夏野は叩き付けるようにマーカーを置くと、隣の部屋に入っていく。

「私たち、帰った方がいいんじゃない」

鳴海と夏野のやり取りを見ていた由香里が、瀬戸崎に小声で言った。

二人が来た時から、この調子なのだ。

「心配しないでください。いつものことです。彼、徹夜で試作品を作り上げたんです。しかし、計算通りの結果が出なかった。あとひと踏ん張りで達成できるはずなんです」

鳴海が瀬戸崎と由香里に向かって言う。

「きみがそう言うなら、いいんだけど。本当に彼は大丈夫なのか」

隣の部屋からは物音ひとつしない。

「もう寝てると思います。寝不足のときは機嫌が悪いんですよ。それに彼は、隣の部屋で生活してるんです。家に帰ったと思えばいい」

鳴海が時計を見た。

「遅いな」

「誰か来るのか」

その時、ドアホンが鳴った。

入ってきたのは、戸塚と沢村だった。

「ついでだったんで、みんなで会った方が楽しいかなと思って」

鳴海が笑みを浮かべて瀬戸崎に言う。

「三人は知り合いなんですか」

「俺が沢村を鳴海に紹介した。あんた、言ってただろ。鳴海のところの蓄電池は汎用性がないって。金がないんでサンプルが思うように作れないって。沢村のところにはかなりいい3Dプリンターがある。今日は蓄電池ケースをいくつか持ってきた」

沢村金属加工には高性能の3Dプリンターがあった。それを使って作ったのだろう。

戸塚が由香里に視線を止め、瀬戸崎に移した。

「あんた、結婚してなかったよな。恋人か」

「東洋経済新聞の記者、柏木由香里さんです。ネクストと鳴海君の取材に来ました」

「恋人が新聞記者でも、おかしくはないだろ」

「高校の同級生です。成績は彼女のほうが上でした。少しだけど」

「そんなこと聞いてない。この男、役人にしてはいい奴だ。仲良くしてやりなよ」

戸塚の言葉に由香里はニコニコ笑っていたが、瀬戸崎の足を強く踏んだ。

沢村が持ってきた箱から複数の電池ケースを出して、テーブルに並べた。

それから一時間余り、蓄電池とケースについて話していた。

由香里は写真を撮りながら、時折、初歩的なことについて聞いている。戸塚は嬉しそうに丁寧に答えていた。

「コクショウという会社を知っていますか」

瀬戸崎はふっと思いついて戸塚に聞いた。

戸塚が即座に頷く。

「国生が社長だろう。偏屈な変わりもんだ。趣味も悪い。ロレックス、銀座のクラブ、ドンペリ、女、成金を絵に描《か》いたような奴だ。だが、ベンチャー企業の成功者だ。俺が知ってる中で一番の金持ちだ。赤いフェラーリを持ってる」

「ウィリアム・デビッドソンが彼を訪ねています」

戸塚の顔が引き締まった。横で聞いていた沢村の表情も変わった。

「デビッドソンってステラのCEOで、世界一の金持ちなんだろ。なんで二人が知り合いなんだ」

「EVつながりじゃないですか」

「そんなこと分かってるが、ステラがコクショウの部品を使ってるなんて聞いたことがない。第一あいつ、いま何もやってないぞ」

そうだろうと、同意を求めるように沢村を見た。沢村も頷いている。

「国生には会ったのか」

「先日、鳴海君と会いに行きました。ユニークな方でした」

由香里が目を吊《つ》り上げている。鳴海と会いに行ったことは言っていない。

「そういう言い方もできるんだな。悪い奴じゃないが、付き合いにくくなった。俺はおまえらと違う、という態度が鼻につくんだ」

「付き合いが悪くなって、評判が落ちたのは最近じゃないですか。昔は変わり者だがいい奴だった」

沢村も国生を知っているようだ。

「金ができると、いろんな奴らがあいつの周りに集まるようになったからな」

戸塚がしみじみとした口調で言う。

「銀行なんかですか」

「もっと、たちの悪い奴らだよ。一億円以上だまし取られたという話も聞いた」

「あの結婚詐欺の話ですか」

鳴海が戸塚に聞く。

「そう。彼は工業高校出で、その後は都内の企業に就職した。それが突然、ベンチャー企業を立ち上げた。最初はパソコンを組み立てていたが、そのうちに何でもやり始めた。器用だったんだな。当初はメチャメチャ働いて勉強もしてた。いつ寝てるのかって思うくらいに。頭は良かったんだ。家の都合で大学へは行けなかった。あの頃《ころ》は若いもんの鑑《かがみ》と思ったもんだ」

戸塚は当時を懐かしむように話すと、息を吐いた。

「ところがある時から突然変わった。何かの装置が当たったんだ。バカ売れしたらしい。金ができ、取り巻きも増えて、以前とは変わった。だが、女に対する免疫ができてなかった。だから女に一億もの金を持ち逃げされても、被害届けも出していない。俺だったら、とことん探して、見つけ出したらぼこぼこにして警察に突き出してやる」

戸塚が興奮した顔と声で言う。

考え込んでいた沢村が口を開いた。

「デビッドソンが国生さんのところに行くとなると、コクショウを子会社化するつもりですかね。でも、今は何をやってるのか」

「僕もそれが知りたい。コクショウの技術が優れていたと言っても、今のコクショウと組んでもステラにはメリットはないでしょう」

「私もそう思います。だが、ステラのＣＥＯがわざわざ会いに行くとは、何かあることは確かです」

三人が勝手なことをしゃべり始めた。戸塚が由香里に向き直った。

「あんた、新聞記者だろ。何か心当たりがあるか」

「コクショウが中国に工場を作るという話は聞いたことがあります。ひょっとして、それと絡むのではないですか。デビッドソンも中国には行ってるようだし」

そう言って瀬戸崎を見た。しゃべりすぎたかと問いかけている。

「現在中国は、これはという企業には食指を動かしています。コロナで弱体化した企業で有望と思われる企業に対して、中国国営企業と業務提携するか、株を買いあさって子会社化しています。青田買いもやっている。その一環ですかね」

瀬戸崎は推測を交えながら言った。

中国はコロナ禍から短期間に抜け出し、年内にＧＤＰもプラスに転じた。その後も順調に経済成長を維持している。

「何か分かったら、報《しら》せてください。どうも気にかかります」

瀬戸崎と由香里は戸塚たちに挨拶をして、ネクストを出た。


その日の夕方、鳴海から電話があった。

〈コクショウのことが気になって、調べていました。ワールドスイッチという企業をご存じですか〉

「知っている。しかし、ＥＶとは関係ないだろう」

〈電動スイッチ関係の企業です。ＥＶ用蓄電池に幅広く使われています〉

「電動スイッチってなんだ」

〈蓄電池に使われている装置の一つです〉

「重要な部品なのか」

〈重要です。世界需要も大きい。ワールドスイッチのものは汎用性もあるし、性能、信頼性両方で、今のところ、世界一です。電圧の安定度が抜群なんです〉

「コクショウと、どういう関係がある」

〈その部品には、コクショウの特許が使われています。コネクターの話はしましたよね。最初は製品を納めていましたが、数が追いつかなくなって特許使用を許可したみたいですね〉

「だったら――」

〈コクショウを押さえれば、ワールドスイッチの部品を押さえることができます〉

「つまり、ステラの蓄電池はワールドスイッチの部品を使っている。その部品の特許はコクショウが持っている。ということは、コクショウを押さえれば、ワールドスイッチの部品が作れなくなり、最終的にステラのＥＶの蓄電池は作れないということか」

〈作れない、というのは言いすぎですが、金が絡むのは確実でしょう。それもかなり膨らむ可能性があります。ステラに不利なことは明らかです〉

「だから、デビッドソンはコクショウの国生に会った後、中国に飛んだというわけか」

〈おそらく、そうでしょう。中国がコクショウの技術と特許を手に入れれば、中国での今後のＥＶ開発はさらに速く進むでしょう。ライバル社に圧力をかけることも可能です〉

「その部品は他社の製品で置き換えはできないのか」

〈できないことはないです。部品ですから。しかし、直ちには難しいでしょう〉

「なるほどね。ステラの株価は実態以上の評価がついている。少しでも不安要素が表面化すれば、株価暴落の可能性は高い。できる限り穏便に済ませたいというのが、ステラの本心か。だからデビッドソンが自ら飛び回ってる」

瀬戸崎が一気に言った。

〈世界にも影響が及びます。今まで通りに、ワールドスイッチの部品提供とはいかないでしょう。中国がどこかで締め付けを厳しくすると、業界全体が大きな影響を受けます〉

鳴海の真剣さが伝わってくる。

「デビッドソンが、国生に何を提案したか知りたい。おそらく、国生は断ったのだろうが」

〈たしかに、何かを隠している様子でした。はっきりさせた方がいいですね〉

「中国進出を考えているのなら、企業合併を提案されているはずだ。その中には、技術の全面開示も含まれている。特許はよく分からないが、手遅れになる前に彼とはもう一度話した方がいいな」

瀬戸崎は話しながら自分に言い聞かせる口調になった。

その夜、瀬戸崎は眠れなかった。何かが引っかかるのだ。中国、コクショウ、ワールドスイッチ、その真ん中にステラがある。国生は中国で工場を作る。デビッドソンが中国に行く。日本政府は蚊帳の外だ。

瀬戸崎はベッドから出て、デスクに座った。パソコンを立ち上げステラのサイトを表示した。

華やかで優雅なサイトだ。一流の企業のサイトを一流のデザイナーが作成している。夢、未来という言葉が多用されていた。

車、ＡＩ、宇宙、ロケット、スーパーシティ――。事業も多種に及んでいる。これらすべてをデビッドソンが手がけているというのか。

気が付くとカーテンを通して薄い光がさし始めている。

瀬戸崎は経産省の部屋に入ると、近藤を呼んだ。

「なぜデビッドソンがコクショウの国生社長に会っていたか分かった。中国進出を思いとどまってほしかったんだ」

中国進出には、中国政府は中国企業との合弁会社を作ることを条件としている。その場合、すべての技術公開が求められる。同時に特許についても、共同使用となる。

「でも、ステラはコクショウの製品は使っていないはずです」

「直接にはね。しかし、ワールドスイッチの製品は使っている」

瀬戸崎はデスクにパソコンから印刷した一枚のペーパーを広げた。

「これは電動スイッチと言って、蓄電池の重要部品の一つだ。今のところ、世界トップの製品で、ステラの蓄電池にはすべて使われている」

「どう関係があるんですか」

「部品の一部にコクショウの特許が使われている」

近藤が納得した顔をした。

「コクショウが〈疾走〉と合弁会社を作り、中国で生産するとなると、特許の問題が出てくる」

「当然、中国はそれを見越して、コクショウに破格の好条件を出して、中国進出を後押しした。いつかは、その特許を問題にするということですね」

「すでに問題になってるじゃないか。だから、デビッドソンが中国に行って張と会い、日本で国生と会っている」

瀬戸崎の言葉に、近藤の顔に驚きが現れた。

「国生さんはどうするつもりでしょう」

「彼は中国へ行く気だ。中国語の本があった。上級用だったから、かなり話せるはずだ」

「日本としてはどうすればいいんでしょう。国生さんを思いとどまらせることはできないんですか」

「難しいだろう。私企業の問題だ。おそらく異例の好条件なんだ。これも中国の手だ」

「このまま進むと、ステラ側にはどういうデメリットがあるんですか」

「特許使用料が上がると、部品の値段が上がる。最悪、部品供給を止められる」

「他社から買えばいいでしょう。中国の息がかかっていない国の企業から」

「コクショウの特許は世界で使われている。かなりいいモノだ」

「代替が利かないということですか」

「今のところは。いずれ出るだろうが」

それに、と言ってしばらく考え込んだ。

「今のステラにとって、こういう問題は命取りだ。デビッドソンはそれが分かってるからこそ、飛び回っている」

「どういうことです」

「株価の問題だ」

瀬戸崎は昨夜、鳴海に話したことを近藤に話した。

「国生に会う必要がある」

瀬戸崎は呟くように言った。

午後、瀬戸崎は近藤の運転でコクショウに行った。赤いフェラーリが陽の光に輝いている。

国生は前回と同じように、油に汚れたつなぎ姿で現れた。

瀬戸崎は自分の推測を国生に話した。国生は否定も肯定もせず無言で聞いている。

聞き終わった国生は窓に視線を向けた。視線の先には緑の畑が広がっている。その手前の工場敷地内に赤いフェラーリが見える。周りから排除された異質な存在。それは国生自身の姿にもつながる。

「いいところですね」

瀬戸崎の口から無意識に出た。

「俺にとっては、あまりいい思い出はない」

「一時、人手に渡っていましたね。申し訳ないが調べさせていただきました」

国生は一瞬、驚いた表情を見せたが、すぐに元に戻った。

かすかに息を吐いて、視線を窓に向けた。

「俺には夢があってね。世界でも有数の蓄電池会社を作ることだ」

国生は窓から瀬戸崎に視線を戻して言う。

「そのためには、中国進出はどうしてもやりたい」

「そんなに急ぐ必要もないのでは。優良な特許をお持ちだ。まずは国内で出資企業を探すこともやってみられたら」

「三年かけてやった。我が社のことは調べたんだろ。現在は製品を作ることより、製品コンサルと特許使用料で保《も》っている会社だ。その特許も、今では、さほど画期的なものじゃない。これでは、大きくは伸びない。さいわい新型蓄電池も作っていた。かなりの額の資金が必要だったが、銀行は相手にもしてくれなかった。彼らにとって、俺なんて学歴もない、単なる成り上がりなんだろうな。新しいアイデアもあるんだが。俺が動けるうちに発展させたい」

「言葉は悪いが、中国企業のやり方は知っているでしょ。技術移転ですよ。すべての製品の」

「日本企業はうちの技術には食指を動かさなかった。たしかに、うちには実績はない。この国の銀行は技術ではなく、実績を評価する。未来ではなく、過去をね。日本の限界だと思った。だったら、外に出ざるを得ない」

そうだろうという顔で国生が瀬戸崎を見ている。そして、さらに続けた。

「中国が出してくれた条件は最高だった。日本の起業家が聞けば腰を抜かす。数週間後には契約が成立して、すぐに工場建設に入る。あの国はやると決めれば早い。コロナの時も武漢に一千床の病院を十日で作った。この国とは違う」

瀬戸崎は何も言えなかった。しばらくして、やっと口を開いた。

「ステラとはどういう話を」

「出資したいと、かなりな額を提示された。しかし、中国企業の半分にも満たない。俺は金よりも実際に製品を作って、それを世界に売ってみたい。どこまで行けるのか、試してみたい」

「丸裸にされた企業も少なからず知っています。あなたもそうならないとも限らない」

「覚悟はしてる。どうせ元に戻るだけだ。俺にとっては、日本でこのままでいるよりは、やる価値がある。後悔はしない」

国生は言い切った。静かな口調だが強い決意を感じる。

瀬戸崎の横で近藤が引きつった表情で聞いている。

「デビッドソンは貴社の特許を買い取るとは言わなかったのですか」

「言ったよ。莫大《ばくだい》な金額だった」

「あなたは、なぜ売らなかったのですか」

「夢があると言っただろ。父も祖父も果たせなかった夢だ。自社を世界的な企業にする。祖父は植木用のハサミを作って、中東に輸出してた。遠い中東の地でブドウを摘み取るために使われてたんだ。祖父は自分が作ったハサミで、ブドウの房が摘み取られるのを見るのが夢だと言ってたそうだ。祖父が作ったハサミで摘み取られたブドウがワインとなって再び日本に帰ってくる。ロマンを感じないか。俺の作った部品が世界中に広まり、車を動かしている。そのために俺は蓄電池を作りたいんだ」

瀬戸崎は由香里が話した国生の過去を思い出していた。政策の失敗で国生の祖父は死に、会社は潰れた。同じ理由でその後も少なからず人が死んでいる。それが国生の父であり、母なのだ。その原因となった政策を進めた政治家は、中小企業の経営者の死など、考えてもみないだろう。

「これで答えになっているか」

国生が瀬戸崎を見つめている。その目は穏やかで、今までとは違って見えた。

瀬戸崎は頷いた。

国生はしばらく考えていた。

「うちの技術は、大したものじゃない。しかし、これで終わりというわけでもない。俺は中国で大きな力を付けたい。さらに世界が求めるモノを作りたい」

国生が強い意志を込めた声で言う。

「俺は政治家や官僚が嫌いだった。いや、憎んでいた。無能な政治家たちが俺の祖父を殺し、両親を死に追いやったと信じてきた。奴らはのうのうと生きている。自分の犯した過ちにさえ気付いていない。官僚も同じだ。政治家に媚《こ》びて、国民を救おうともしない。政治家の愚かな政策にも黙従する」

「私は――」

違うと言いたいが、後の言葉が続かない。

「しかし、あんたは違うようだ。最後にあんたのような官僚に会えてよかったよ」

「私も話を聞けてよかったです」

瀬戸崎は心底そう思った。

「あなたの意志は重要だと思います。私も自分の仕事に責任を感じます」

瀬戸崎は立ち上がった。

「ちょっと待ってくれ」

国生は応接室を出ていく。窓から工場に走っていく国生の姿が見えた。

十分ばかりして大事そうに箱を抱えて戻ってきた。

テーブルの上に箱から出した金属部品を置いた。

「これが現在の俺の飯のタネだ。大した特許じゃない。ちょっとしたアイデアだ。その点からいえば、アイフォンもフェイスブックも、アイデアにすぎない。これでノーベル賞は取れない。すぐに新しいものが出て、過去の技術になる」

しゃべりながら分解していく。

瀬戸崎と近藤は身を乗り出して、いくつかのパーツに分かれた金属部品を見ていた。この金属片が、世界のステラを存亡の危機に晒《さら》しているのだ。

国生は横に図面を広げた。

「頭に叩き込んでおけよ。写真撮ってもいいぞ」

「冗談でしょ。これで年間、何億も稼いでるんでしょう」

「特許はしっかり押さえてある。真似なんてできない。とっくに、世界中で分解して調べられてる」

瀬戸崎は言われるままに部品と図面をスマホで撮った。

「俺の技術は、たまたまうまくいった。しかし、世の中には様々なやり方がある。問題はそれに気付くかどうかだ。新しいものにこだわるのもいいが、周りを見て過去を再考することも重要だ」

国生が手を差し出してくる。瀬戸崎がその手を握ると、強く握り返してくる。

三人は外に出た。

スレート葺《ぶ》きの粗末な工場が世界に通じる門のようにも思える。しかし、国生にとっては、祖父と父が首を吊った場所でもあるのだ。

近藤が敷地の隅に止められたフェラーリを見ている。

「門柱と看板代わりだよ。富と成功の象徴と見られている車だ。だが俺は、乗ったことがない」

国生が笑いながら言った。

「そう言えば工場には看板がないですね」

「俺が納得の行く仕事ができたら付けるつもりだ」

「その時にはぜひ見たいですね」

瀬戸崎は本気でそう思った。

車に乗り込むと、近藤がスタートさせた。

バックミラーを覗《のぞ》くと、工場の前に立つ国生の姿が見えた。

瀬戸崎の脳裏に、国生が言った言葉が浮かんだ。「新しいものにこだわるのもいいが、周りを見て過去を再考することも重要だ」

「そうだな」

瀬戸崎は呟いた。

車は中央自動車道を走った。両側に調布《ちょうふ》の住宅街が見える。

「中国政府は何を考えている。いや、企《たくら》んでいる」

瀬戸崎は自問するように呟いた。

「世界を支配することじゃないですか。中華思想です」

近藤が前方を見たまま答える。

「無理な話だ。世界は広い」

「中国発のコロナウイルスは、数か月で世界を支配しました。今の時代、方法さえ適切であれば難しい話ではない気がします」

「アメリカが黙っていない。ＥＵだって、日本だってそんなことは許さない」

「そういう問題じゃないと思います。数年前まで、世界は中国を市場としてしか見て来なかった。いや、現在でもそうかもしれない。単に、十四億の巨大な市場だと。しかし、現実はそうじゃない。今度は中国が世界を市場として見始めたんじゃないですか」

近藤の言葉は重い響きとなって、瀬戸崎の精神に響いてくる。

「その市場に中国がＥＶを売り込むというのか」

瀬戸崎は考え込んだ。アメリカ三億人、ＥＵ五億人。八十億人の世界から見ると、大したことはない。もし、中国が残りの国を取り込むつもりだとしたら。

「良いものを安い値段で提供すれば、拒む者はいない」瀬戸崎の脳裏に、周主席の言葉が浮かんだ。昔、町の店主から聞いた言葉と同じだ。時代の流れは止めることができない。

「エンジン車では中国は世界一にはなれない。車は部品の集合体だ。エンジンという心臓部を核としたね。その心臓部は誰にでも作れるわけじゃない。歴史と経験と技術の結晶だ。しかし、その心臓を代用できることが分かった。モーターだ。技術はいるが、エンジンほどではない。大工場でも町工場でも、さほど性能の変わらないモノを作ることができる。モーターと蓄電池さえ都合が付けば、後のパーツはどうにでもなる。それがＥＶだ」

「中国は本気で、世界最高のＥＶを作るつもりなんですかね」

瀬戸崎の脳裏にデビッドソンと国生の顔が浮かんだ。その二人が中国に向かった。

「おそらく――。止めることのできない、時代の流れだ」

瀬戸崎は確信を込めて言い切った。

車のスピードが落ちた。都心に入ったのだ。

瀬戸崎は経産省の部屋に戻ると、まっすぐに平間の前に行った。

「中国が狙《ねら》っているのはステラ社です」

瀬戸崎の声に室内から音が消えた。全員の視線が瀬戸崎に集中している。

平間は何を言うといった顔で瀬戸崎を見ている。

「バカを言うな。現在のステラの株式総額は約六千億ドルだ。日本円で六十六兆円あまり。筆頭株主はＣＥＯだ。ブランド評価は世界一位の自動車会社だ。株の買い占めは難しい」

平間が言う。

「その通りです。ＣＥＯのデビッドソンが筆頭株主です。だから彼が世界一の大富豪になりました。ステラは実態が伴わない間に株価が上昇して、過去に例を見ない大企業になってしまいました。つまり、何かあれば大暴落の危険をはらんでいるということです」

瀬戸崎の言葉に平間が考え込んでいる。

「おまけに、ステラはアメリカ政府ともめています。中国がつけ入る隙《すき》は十分にあります。今はもっと情報が必要です」

「実は、俺もそう思ってた。今の状態だと、ステラは期待だけの会社だ」

平間がとってつけたように言う。

「期待だけでそれだけ株価が上がれば大したもんだ」

「同時に危うさも持っている。その期待の一端でもほころびが出れば、株価は一気に下がる」

「十分考えられる。新興企業のもろさだ」

部屋中に勝手な言葉が乱れ飛んだ。

「中国にステラを売り渡すとでも言うのか」

「いや、そんなことはあり得ません。金なら十分すぎるほど持っています。デビッドソンは志を持って、ＥＶ開発に人生を捧《ささ》げてきたはずです。何かあるはずです」

まだコクショウの特許の話はしない方がいい。上の者を混乱させるだけだ。とりあえず、今はもっと危機感を持って臨んでもらいたい。

「ステラは生産台数から言えば、世界で二十位です。まだ中学生にもなっていない。未来への期待だけの企業です。何かあれば、株価は暴落します」

「何かってなんだ。言ってみろ」

「例えば、事故を起こしたり、欠陥車が出たら――」

瀬戸崎は言葉に詰まった。たしかにステラはもろい会社だ。デビッドソン一人で、保っている。評判には最も神経質になるはずだ。

「ステラが中国と組むというのか。やはり信じられない。重要な弱みでも握られたか」

「ハニートラップじゃないですか。中国に頻繁に行ってるんだから、何が起こってもおかしくはない」

どこかから声が上がった。

「それはなしだ。デビッドソンは家族思いだ」

「他社で強力な蓄電池搭載のEVが出るとか」

「どこかのEVの会社がその蓄電池を独占すればどうなる」

「調べてみる価値はある」

瀬戸崎の言葉に、横に立っている近藤が驚いた表情で見ている。

「ただし、口外は禁止する。きみは自分が経産省の一員であることを忘れないように。みんなもここでの会話は他言無用だ。マスコミに漏れると、何を書かれるか分かったもんじゃない」

平間が立ち上がり、部屋中を見回しながら言った。


その夜、瀬戸崎は迷った末、デビッドソンに電話した。

二度目のコールが終わらない間に陽気な声が聞こえた。

〈ハーイ、セトザキ。私も電話しようと思っていたところだ。おまえの用はなんだ〉

「コクショウの特許の話です」

明らかに空気が変わるのが感じられた。

〈それで、おまえはどこまで知ってる〉

「ステラの蓄電池に使われている部品の特許が、中国に握られる可能性がある。それに、ステラが新しく計画している工場を中国に作るよう強要されている」

後半は想像だったが、デビッドソンの声を聞いて確信に変わった。

〈我が社の弁護士、役員が様々なケースを調べた。得るもの、失うもの、変わらないもの。株価への影響もだ。その結果、中国の提案を呑《の》んだ。中国に新工場を作ることに決定した〉

「決定したのですか」

〈正確に言うと、決定しそうだ〉

「では、まだ契約書にサインしたわけではないんですね」

〈私が引き延ばしている。最後のあがきというやつだ。しかし、中国には急《せ》かされている〉

「コクショウの国生さんも中国に工場を作ることに決定しました。現在、北京にいるはずです」

〈ユウジはいい奴だ。日本に行ったときは、スシをごちそうになってる〉

「今日、彼に会って話を聞きました」

〈もう少し早く彼の特許に気付いていれば、なんとかなったんだが〉

「それは我々、日本政府も同じです。彼の特許の重要性に気付かなかったのは、完全な失策です。今後、ステラはどうするつもりですか」

〈中国経由の部品を買うことになる。それについては問題ない。問題は価格だ。従来に比べ、倍近くなる。おまけにステラの出方によっては、さらに高額になる可能性も知らせてきた。私は脅されてるんだ。その他に、様々な障害が生まれるだろう。中国の目的は、ステラの乗っ取りだからな〉

デビッドソンの大きなため息が聞こえる。

〈なにより気に障るのは、ステラが中国製の主要部品を使っていると宣伝されることだ〉

たしかにそれは大きな問題だ。特にアメリカ国内では致命的だ。

〈特に中国製電子機器は今後問題が多くなる。国家の安全保障が絡んでくる。バックドアやスパイウ

エアの懸念が拭《ぬぐ》えない。アメリカやヨーロッパでの売り上げに大きく響くことは確実だ〉

「他社のメーカーの製品で代用することはできないんですか」

〈アップル製品がなぜ売れてるか分かるか〉

デビッドソンが問いかけてくる。

「彼らは常に最高を目指している。妥協を許さない」

瀬戸崎は答えた。

〈現在、ワールドスイッチが最高品だ。それを超える物を作ろうとしているが、いつになるか〉

デビッドソンの声が小さくなった。

〈我々のミスだ。大きなミスだった〉

「部品の安定供給を条件に、中国に製造工場を作るように提案されたんですね」

〈よく知っているな〉

「中国の常套《じょうとう》手段です。少なからぬ日本企業も同様の目に合っています」

〈しかし日本の自動車工場は、かなりの規模で中国で操業を続けているだろ〉

「中国にとって、大して魅力的ではないからでしょう」

〈中国にとって魅力的とはどんなことだ〉

「ステラのような未来型の企業です。得るところは大きい。おまけにブランドになる。何としても手に入れたいはずです」

ステラが中国で生産を始めれば、その考え方、技術からも学ぶことは大きい。

〈我々も大いに考えた。ヤマトやその他の例も弁護士たちが精査している。それでも、メリットがあると結論を出した。十四億の魔力だ〉

「それは民主主義国家の常識に基づく正論です。しかし、香港やウイグル、南沙諸島の例があります。彼らの超法規的処置は一瞬で状況を変え、数値を変え、未来を変えてしまう。危険であることは間違いない」

瀬戸崎は一気にしゃべった。

デビッドソンの息遣いが次第に変わっていく。

〈そんなことは分かってる。私自身はまだ納得したわけじゃない〉

「合弁会社を求められたでしょう。おそらく国営の天津汽車です。成立すると、直ちに技術、特許移転が求められます」

〈これ以上、私を苦しめないでくれ。この半年、さんざん悩んだ結果だ。それより、自国の心配をしろ。自動車業界は大転換期だ。先進国でいちばん遅れているのは、日本だ〉

デビッドソンの苦しそうな声が返ってくる。

今度は瀬戸崎が黙った。そんなことは、分かっている。分かっていないのは——。

〈あんたはステラをどう考えてる。株式時価総額六千億ドル、業界一位の自動車メーカー。そのうち私が持っている株は二十パーセント。数えたことはないが、膨大な額なんだろうな。しかし、自動車の生産台数では十位にも入っていない。こういうのを虚構と言うんだ〉

改まった口調の声が返ってきた。

〈日本語では、砂上の楼閣と言うんだったな。ユウジが教えてくれた。どこかが崩れ始めると、雪崩となって周りを巻き込みながら崩れていく〉

「ステラは砂上に作られた楼閣。コクショウの一つの特許で崩れゆく、ということですか」

〈世界の投資家どもとファンドが虎視《こし》眈々《たんたん》と狙っている。あいつらは、ステラの株が上がっても下が

っても儲《もう》けようとする。その差が大きければ大きいほどいいんだ〉

デビッドソンが吐き捨てるように言う。しかし瀬戸崎は、どこか面白がっているようにも感じる。

〈中国はそのキーワードをつかんだ。中国で世界最大のステラの工場を作るのが、蓄電池部品の安定供給の条件だ〉

「政府の人間を送り込んできて、いずれ経営に口をはさんできます。いくら拒んでも、あなたはアメリカ人で中国人ではない」

デビッドソンが深く息を吐いた。

さらにと言ってから、デビッドソンがためらいがちに言葉を続けた。

〈拒むと、今後ステラの車は事故が多発すると言ってきた。どういう意味か分かるな〉

声が途切れた。瀬戸崎は言葉を探したが思い浮かばない。

〈電話を感謝する。私も自分を見直すことができた〉

そう言うと電話は切れた。

瀬戸崎は再度、スマホのボタンを押した。

〈次は何ですか。私でお役に立てることは何でもやります〉

瀬戸崎が名乗る前に、小西の明るい声が返ってくる。

「お願いばかりで申し訳ない。いつか、このお礼はします」

〈大いに期待しています〉

二人は三十分ほど話した。小西が真剣な表情で話を聞いているのが感じられる。

〈私にとっても大いに興味があります。できる限りのことはします〉

電話が切れると、瀬戸崎は視線を窓の外に漂わせた。

その先には高層ビル群の明かりが競い合うように乱立するのが見える。

（3）

瀬戸崎は小笠原とともに、帝国ホテルに向かう車に乗っていた。

「今日の会合は日本自動車工業会に呼ばれたものだ」

「なぜ私が同行を」

「分かってるだろう。先日の〈官民合同研究会〉での暴走の仕返しだ」

小笠原がそう言って笑ったが、すぐに顔つきが厳しくなった。

「彼らのご指名だ。再挑戦を挑んできた。と、いうのは冗談だ。EV関係では君の方が私より理解が深い。いい機会だ。彼らと忌憚《きたん》なく話してほしい。というより、彼らの真意を読み取ってほしい」

「私には荷が重すぎます」

「であれば、政府より業界が一枚上手ということか」

小笠原が正面を向いたまま独り言のように言う。

瀬戸崎がどう答えようか考えているうちに、車はホテルのロータリーに入っていった。

車が止まるとダークスーツの男が近づいてきて、ドアを開けた。

小笠原と瀬戸崎はエレベーターに案内され、高層階の特別会議室に通された。

部屋に入って、瀬戸崎は思わず立ち止まった。

大型テーブルの一方には五人の男たちが座っていた。日本の大手自動車メーカー五社の社長たちだ。

小笠原と瀬戸崎は彼らと対面する形で座った。

「実は、前からきみに会わせてほしいと、小此木社長に頼まれていたんだ」

小笠原が囁《ささや》くと、小此木に瀬戸崎を紹介した。

「やっと会えました。経産省のエースと聞いています。毎月、秘書からあなたの書いたものを見せられます。正確に将来の日本の自動車産業を予測していると」

テーブル越しに小此木の方から手を出してくる。瀬戸崎はその手を握った。

「申し訳ありません。前向きなことを書いてなくて」

月ごとに省内報告が出ていて、その中で自動車関係の記事は瀬戸崎が書くことが多いのだ。瀬戸崎は悲観的なことしか書いたことがない。現状を考えると、そうなるのだ。

「あくまで予測です。何もせず、現在のままで進めばということです」

「非常に参考にさせてもらっています。それに、きみがアメリカで書いた論文も。たしか、スーパーシティに関するものでした」

「ヤマトも富士山の麓《ふもと》で実証実験をされる予定でしたね。楽しみにしています」

「機会があれば、ぜひおいでください。知恵を貸してください。歓迎します」

無言で話を聞いていた小笠原が、さて、と言って向かいの五人を見た。

「先日の研究会ではハプニングもあったと聞いています。失礼があったのであればお許しください」

小笠原はハプニングという言葉を使った。瀬戸崎の講演のことを指しているのだ。

「研究会ですから、様々な意見があってしかるべきです。ただ、今後の日本の産業にも少なからず影響が及ぶ事項です。政府と民間との意思統一が必要かと思い、このような場を設けさせていただきました」

日本自動車工業会会長、ヤマトの小此木社長が挨拶をした。

「中国はいかがでした。張氏とは話し合えましたか。それとも会ったのは呉氏でしたか」

小笠原が聞いた。中国の動向も聞き出せたということか。

「その報告もございます。結論から言うと、中国もハイブリッド車の生産には大いに乗り気だと感じました。我々に技術提携を持ちかけてきました」

「中国政府主導のインドネシアに建設中の〈東方汽車集団〉のハイブリッド車工場の建設再開はどうなりましたか。新情報はありますか」

「インドネシアには、まだコロナの影響が根強く残っているので、一時停止しているとのことです。近いうちに建設が再開します」

「具体的な日程は未定ですか」

「年内にはということです」

「もし、そうであれば、中国はハイブリッド車の生産を認めたことになります。なにしろ年六十万台生産の工場です。二〇三〇年以降もハイブリッド車の新車販売が可能ということですね」

小笠原が念を押すように言う。

「契約書に署名したわけではないが、そういうことです」

「欧米での販売が禁止されるのは痛いですが、中国での販売に支障がなければよしとしましょう。おそらく、インドネシアを中心に東南アジアの国々も中国に従うでしょう。そうなれば、欧米が孤立する可能性も出てきましたね」

瀬戸崎は思わず息を飲んだ。初めて聞く中国の明確な動向だった。

「世界の自動車産業が二分されるということですか」

「しばらくの間は、ということです。いずれはＥＶに収斂《しゅうれん》するでしょう。我々がほしいのは時間です」

小此木の言葉に他の社長たちも頷いている。

「我々は三〇年までにリッター五十キロを目標にハイブリッド車のさらなる燃費向上に努めます。達成できれば、二酸化炭素問題は、ＥＶより有利になります。政府にはそのことを世界にアピールしてほしい」

小此木はきっぱりとした口調で言うと、小笠原に視線を止めている。

瀬戸崎は小笠原を見た。彼は無言のままだ。

「欧米が言いたいのは、燃費より二酸化炭素の――」

言いかけた瀬戸崎を小笠原が制した。

「話はよく分かりました。政府としても我が国の方針として世界に発信します。より高性能のハイブリッド車を売り出すと。一番の核となるのは、やはり中国の動向です。他に動きがあれば、教えてください」

「千人計画は一時中止と聞いています。すでに科学技術においては、十分な国際競争力が付いたと判断しているのでしょう」

「中国独自のハイブリッド車の研究も進めているのですか」

「おそらく。これからは強力なライバルになります。さすがに詳しくは話してくれませんでしたが」

「皆さんには日本の自動車産業ばかりでなく、ＩＴやエネルギー業界を含め、全産業を牽引《けんいん》していただきたいと思っています」

その後、自動車業界からは自動運転のための法的制度の改革、公道使用の許可、車載用ＡＩの仕様などが話された。政府の対応が知りたいのだ。

会議は二時間ほどで終わった。

今後、政府と自動車メーカーは情報交換を密にして、意見調整して進めることを約束した。


「どうだったかね」

帰りの車で小笠原が瀬戸崎に聞いた。

「正直、納得がいきません。彼らの話では、中国と日本が中心となって、EVとともに、ハイブリッド車を世界標準にしようということです。インド、インドネシアなどのアジアと中東、アフリカと共闘して欧米包囲網を築こうとしています」

中東は石油を高値で売るためにも、ガソリンを使うハイブリッド車を選ぶだろう。アフリカはすでに中国に取り込まれている。

「つまりEUとアメリカを中心とした欧米圏と、中国と日本中心のアジア、アフリカ圏です。中国は世界を二分しようとしている。そして、いずれはすべてを自国に取り込む気だ」

瀬戸崎は話しながら全身に震えを感じていた。もし、これが事実だとすれば――。

「きみはどうすればいいと思うのかね」

「中国よりも、時代の流れに従うべきです。産業中心ではなく。できるだけ早急に、EVにシフトすべきです。世界は地球温暖化防止に進んでいます。たとえそれが政治的意味合いを持っているとしてもです」

「自動車業界の意向は、どう考えるべきだと思う」

「彼らの技術も努力も素晴らしい。しかし、今後は、単なる燃費や技術だけでは決まりません。地球温暖化防止という言葉こそが強力な力を持ちます」

「だからと言って我が国の政策が、強国の意向や政治家の意思で決まるわけでもない。いろんな要素が絡み合っている。それをまとめるのが官僚の仕事だとは思わないか」

かって小笠原が、官僚とはネゴシエイターだと言ったのを覚えている。綿密な交渉材料を作り上げる職人。政治家がそれを使って国益を勝ち取る。確かに、その通りなのかもしれない。

すぐに経産省の総合庁舎が見え始めた。

明日の朝、小笠原は阪口大臣と中国に発《た》つ。今日の会合では、そのことについては一言も触れなかった。小笠原が彼らから、中国関係の情報を聞きたかったのは明らかだった。


翌日の夜、瀬戸崎は地下鉄の駅に向かって歩いていた。

「少しお時間をいただけませんか」

スーツにネクタイの若い男が声をかけてきた。

「怪しい者ではありません」

身構えた瀬戸崎に、男は名刺を差し出した。ミライ自動車、社長室秘書、藤原紀夫《ふじわらのりお》とある。

男はタクシーを止めて、瀬戸崎を先に乗せると乗り込んでくる。

渋谷駅の近くでタクシーを降りた。

裏通りにある小さな居酒屋に案内された。

カウンターの奥に男が座っている。ミライ自動車社長の竜野《たつの》宗規《むねのり》だ。まだ五十すぎのはずだが、髪は半分が白い。

「どうしても、あなたと話したくなりましてね。あなたに、迷惑もかけたくない。いや、こんな方法を取ったことが迷惑でした」

「私も雑談でいいから、自動車業界の本音を聞きたいと思っていました」

瀬戸崎は竜野の横に座った。

「ここには私のボトルがあります。焼酎《しょうちゅう》でいいですか」

瀬戸崎がはいと答えると、コップを頼んで注《つ》いだ。

「ここはおでんが美味《うま》い店です。適当に頼んでいいですか」

「おでんは大好きです」

「小笠原の部下には気を使います。料亭というわけにはいきませんから。ここは私が新入社員の時からよく来た店です」

竜野は小笠原と呼び捨てにした。

「昔、小笠原の部下を食事に誘いました。他意はなかったんです。高校、大学の後輩でした。後輩におごる気楽なつもりで私が払った。その日の深夜、雨が降り始めていました。私が家に帰ると、門の横にその男が立っていました。小笠原に言われたと、雨に濡《ぬ》れた封筒を渡されました。中に食事代が入っていました。午前二時です。彼は雨の中を傘もささずに立っていました。以後、私は、若手官僚の方とは食事をしていません」

「初めて聞いた話です」

「小笠原とは大学時代の同級生です。同じ工学部の機械科です。研究室も一緒でした。成績は彼のほうがチョットだけ良かったかな」

笑いながら言った。

今ごろ小笠原は、中国で〈疾走〉の張ＣＥＯと会っている。日本の自動車産業の将来を決定づける会談となるはずだ。

「昨日は疲れたでしょう、老人たちの話を聞くのは。いや、説得する、になるのか」

「そんな顔をしていましたか。今後は気を付けます」

「研究会であなたが話したのとは、違う路線を取ることになりました。あなたも言いたいことがあったはずだ。小笠原が懸命に止めていた」

「いつも、ああいう形の会議が開かれるんですか。各社、息が合ってました」

「今回は異例です。自動車業界に異例のことが起こりつつある。二〇二〇年の総理の発言で決定的になりました」

二〇五〇年、日本のカーボンニュートラル達成宣言を言っているのだ。

「先月の官民合同研究会であなたが述べた考えは、昨日の自工会会長の言葉の後でも変わってはいませんか」

「いささかの変化もありません」

瀬戸崎は言い切った。竜野の顔にほっとした表情が現れた。

「昨日の会議はあまりに一方的でした。会長の小此木さんの意見が業界の統一見解ではありません。こういう形で、あなたに伝えるのは本意ではないが、前の研究会でのあなたの言葉には感心しました。日本にもこういう官僚がいるんだと心躍りました」

竜野が瀬戸崎のコップに焼酎を注いだ。

「私の得ている情報では、中国はハイブリッド車の生産続行を認めたわけではありません。現時点では彼らにとって最も都合がいい環境対応車としているだけです。状況によっては、いつでも変わるということです。現在、正しい情報こそが自動車業界を救う、ひいては日本の産業を救うと考えています」

「同じ意見です」

「残念ながら日本の自動車技術は進みすぎました。今さら、ゼロからの出発など考えられないというのが正直な気持ちでしょう。特にヤマトさんは、長年世界の自動車産業を牽引してこられた。技術も抜きん出て高い」

瀬戸崎は新垣を思い浮かべていた。彼も自分たちの技術を世界一と自負している。良いものさえ作れば、世界に受け入れられると。

「うちはハイブリッド車は後発でした。それが幸いしました。今はEVに全力投球できます。しかし、これも世界的に見れば後発ですがね」

竜野は寂しそうに笑った。

「エンジン車にはそこそこの自信がありましたが、EVとなるとね。さほどの技術力はいらないというのが本音です。排ガス規制も関係ないし、燃費もモーターと蓄電池の性能次第です。我々は箱を作ってモーターと蓄電池を積み込めばいい。なんとも寂しい話です」

「車体技術があるでしょう。日本車の車体はコンパクトで安全性にも定評があります」

「その最高の車体にモーターと蓄電池を積んだものが、これからの自動車です」

「それだけじゃないでしょう」

「おっしゃる通り。それだけじゃなかった。自動車会社がICT、AIの会社になってしまった。これからの自動車は、未経験のIT企業ですら簡単に参入できる。いや、企業特性を生かして、より良いアプローチができます。うちも自動運転には力を入れています。しかし、日本ではアメリカや中国のように思うような実証実験ができない」

道路規制が強すぎるのだ。まず法的な整備から考えなければならない。こうした制約があらゆる業種で足かせになっているのは、否定できない。コロナのワクチン開発も同様な問題があった。

「次があります。技術の進歩は限りがありません」

「燃料電池車ですか。研究は進めています。しかし、自動車というのは、環境整備が大変なんです。エンジン車が現在のように普及しているのは、日本中どこに行ってもガソリンスタンドがあるからです。自動車整備工場も同様です。水素ステーションなど見たことがないでしょう。故障したらどこへ持っていけばいいか。それも問題です。まず法的な整備から始めなければなりません。やっと、ＥＶの充電スタンドを時折見かけるようになりました。だがそれも注意していたらということです」

竜野が瀬戸崎を見ている。政府も頑張ってほしい、という無言の圧力を感じる。

「いずれは水素で船が動き、飛行機が飛ぶ時代が来ることを信じています」

「燃料電池車の時代まで、日本の自動車メーカーが生き延びることができるか、不安になることもあります」

瀬戸崎は竜野のコップに焼酎を注いだ。

（4）

翌日の午後、瀬戸崎は平間に呼ばれた。

「小笠原次官がきみに話があるらしい」

「何でしょう。何か聞いていますか」

「次官は現在、首相官邸だ。阪口大臣と中国訪問の報告に行っている」

「中国関連の話ですか」

「羽田から直接官邸に向かった。部屋で待っているようにとのことだ」

「中国では張ＣＥＯの他に、誰に会われたんですか」

「私は知らない」

おそらく政府の要人にも会ったのだ。

「まだ公にはできないんだが、来月の国連での演説で、総理は世界に向けて、二〇五〇年、カーボンニュートラルの実現を再度公約するらしい。これで日本は後戻りできなくなる」

「国内では言っていることです。実現に向けて計画を進めればいい」

「同時に、日本は二〇三〇年に乗用車の新車販売をＥＶとハイブリッド車で半分ずつにすると発表するらしい。ハイブリッド車の生産は以後も続ける」

「それでは、世界の流れに逆行することになります」

「中国が同調する。今回の中国訪問で、その回答を大臣と次官が引き出してきた」

「中国がハイブリッド車を本気でやるとは思えません」

中国はハイブリッド車を製造する限り、日本を追いかけることになると知っている。ナンバー2に甘んじるとは思えない。

「そのために二人は中国に飛んだ。確約を取ってきたのは確実だ。ヤマトの小此木社長の裏付けを取ってきた」

瀬戸崎は何と答えていいか分からなかった。言葉の約束など何の意味がある。世界の動向はカーボンゼロであり、電気自動車なのだ。ハイブリッド車は入っていない。

瀬戸崎は平間に連れられて次官室に行った。

「話が終わったら教えてくれ。あまり過激なことは言わないように」

平間は言い残すと出て行った。

一時間ほどして小笠原が入ってきた。

「待たせたな。総理との話が予想外に長引いた」

「私に話があるようですが――」

「中国での話を先に聞かないのか」

「周主席に会ったのではないでしょうか。〈東方汽車集団〉のハイブリッド車の工場のことで」

「なぜ、そう思う」

「中国もハイブリッド車の生産を本格的に始めるということでしょう」

「きみが言っていた、中国が二〇三〇年にハイブリッド車も含めたエンジン車を製造中止するという話はどうなるんだ」

「計画に変更はないと思います」

コクショウの国生を中国に呼び寄せ、本格的に蓄電池の生産に乗り出す腹だろう。

「矛盾しているとは思わないのか」

「矛盾だらけの国です。驚くこともないと思います。二〇三〇年、日本もハイブリッド車を捨て、EVに切り替えるべきです」

「まだ蓄電池に問題があると言ったのは、きみではなかったのか。今でも日本で世界と対抗できる蓄電池が開発できると信じているのかね」

小笠原は瀬戸崎を見据えて聞いた。

瀬戸崎は即答できなかった。現在、多くのベンチャー企業が研究開発を行っている。しかし、世界も同様だ。その中で日本が抜きん出ているとは思えなかった。

コロナのワクチン開発もそうだった。日本でも製薬会社、研究所、大学を挙げて、様々な方法でワクチン開発を行っていた。しかし、欧米にはかなわなかった。ライセンス生産も一社との契約が取れただけで、ほぼすべてを輸入に頼った。ワクチン接種には大きな遅れを取り、コロナ禍から抜け出すには時間がかかった。この遅れには、政治的な失策も大きく響いている。適切な助言を与える専門家がいなかったのだ。おまけに、迅速で合理的対応が取れない、官僚体質も足を引っ張った。

「期待の持てるベンチャーもあります」

「それでは答えになっていない。産業界を納得させるだけのデータと試作品が必要だ」

小笠原の言葉は反論できない現実を含んでいる。しかし、不確実なことだから夢が持てる。全力を尽くすことができる。

「日本には現在、ハイブリッド車という、世界で最先端の技術がある。どの国も日本のレベルに達していない最高の技術だ。だったら、それで戦うべきだと思わないか」

しかし――と言って、瀬戸崎は言葉を詰まらせた。それも、過去の技術だと言いたかった。だが、日本の技術者は血の滲《にじ》むような努力をして、ここまでたどり着いたのだ。それを否定することには躊《ちゅう》躇《ちょ》があった。

「まだEVにこだわるのか」

「時代の流れです」

「総理は中国と共同で、全力を挙げて二〇三〇年問題に取り組むと言っておられる」

「危険です。中国が降りたらどうするのです。EVに舵《かじ》を切ったら。日本だけが孤立します」

「現在、中国ではハイブリッド車に向けて、多くの予算と人をつぎ込んでいる。ここまで来れば、後戻りできないはずだ」

「それができるのが中国です。彼らは国を挙げて二〇四九年を目指しています」

「中華人民共和国、建国百年か」

「すべてが建国百年に向けての布石です。それまでに、軍事、経済共に世界一を達成する。自動車産業もその一つです」

瀬戸崎は繰り返し執拗《しつよう》に食い下がった。

「きみには、このプロジェクトから外れてもらう」

瀬戸崎は顔を上げ視線を止めた。小笠原が見つめている。

「私は――」

まったく予測していなかったことではないが、実際に告げられると動揺した。

「長い期間ではない」

「総理の意向ですか」

「いや、私の決定だ」

頭から血の気が引いていくのを感じた。言葉が出てこない。

「スーパーシティの実証実験の計画がある。きみには責任者になってもらう」

「なぜ私なんですか」

「きみのハーバード大での論文は、『人と町の未来』。あれこそ、スーパーシティだった」

そうだろう、という顔で小笠原が瀬戸崎を見ている。

今、世界で多く進められているスマートシティは、エネルギー、交通、防犯など、ある分野に特化したデジタル技術の実証などが中心になっている。町と人のつながりという観点には、さほど重点が置かれていない。

それを一歩進め、デジタル技術を最大限に利用して、人が最も快適に住める町のシステムを構築することに重点を置いたものが、スーパーシティだ。

当時から瀬戸崎は、スマートシティも町ではなく、人が中心になるべきだと考えていた。

「あの論文は次世代のスーパーシティです。まだ時期尚早かと思います。まずはＥＶの――」

「きみの言うように、時代は我々の意識を飛び越えて走っている。コロナ禍がそれをさらに推し進めた。今から計画を進めてもおかしくはない。不満があるのか」

小笠原が瀬戸崎の言葉を遮って言う。

瀬戸崎の最近の発言と行動が原因なのは明らかだった。ここに来て政府はハイブリッド車の生産を前提に、政策を進めるつもりだ。中国サイドに舵を切ったのか。しかし、中国の意思はどれが真実だ。

「考えさせてください」

「今日の午後にでも正式な辞令が出る」

「選択の余地はないということですか」

小笠原は答えない。その通りだという意味だ。

小笠原が立ち上がり、デスクに向かった。話はこれで終わり、帰ってくれ、という合図だ。

瀬戸崎は一礼して部屋を出た。

エレベーターに乗ったとたん、平間が入ってきた。

「次官の話は何だった」

「ＥＶのプロジェクトから外されました。スーパーシティの担当になれと言われてます」

「やはりね。気にしない方がいい。あの人は隠れエンジン派だ。娘婿の父親がヤマトの役員なんだ」

「このまま日本と中国は、ハイブリッド車とＥＶの併用で進むのですか」

「そうなるだろうな」

エレベーターが止まった。

「上が決めたことだ。我々は従えばいい。深く考えることはない」

平間が瀬戸崎の肩を叩き、エレベーターを降りて行く。

閉まり始めたドアを開けて、瀬戸崎は平間の後を追った。

瀬戸崎が遅い昼食から戻ると、平間が付いてくるように言う。

大臣室に入ると、阪口大臣がソファーに座っている。その横に小笠原次官がいた。

「総理から打診があった。スーパーシティについてだ」

阪口大臣が瀬戸崎に視線を向けて言った。

現在、政府では「まるごと未来都市」をキャッチフレーズに、世界最先端の「スーパーシティ」国家戦略特区制度を造り、実証実験を行おうとしている。全国に複数のスーパーシティを造り、二〇三〇年を目処《めど》に検証を行うのだ。

ここでは、移動、物流、支払、行政、医療・介護、教育、エネルギー・水、環境・ゴミ、防犯、防災・安全、の中から、少なくとも五つ以上の領域にまたがるDX、デジタルトランスフォーメーションが提供されることが条件だ。

「スマートシティではなく、スーパーシティですか」

「そうだ。スーパーシティだ。EVの研究開発を絡めてやってほしい。きみがグループリーダーだ」

「国内でもいくつかの企業がやっています。政府の事業としての位置づけは何ですか」

「二〇三〇年に向けて、省エネの目玉プロジェクトだ」

「やるなら、早急に立ち上げる必要があります」

この時期に立ち上げるとなると、かなりの遅れになるはずだ。民間はすでに建設に入っている。

「今回は省庁の枠を超えて、幅広い視野での研究開発にしてくれ。人選は君に任せる」

大臣がこれでどうだという顔で瀬戸崎を見つめている。

「全員、君が最適だという結論だ。引き受けてくれないか」

「やはり、私には荷が重すぎます」

「大学時代のきみの指導教授、秋月さんもきみを推薦している。スーパーシティにはEVが欠かせない。ぜひ、きみにと。いや、きみにしかできないと」

瀬戸崎はテーブルに置かれた図面に目を止めた。

「二〇三〇　夢の未来都市」のタイトルが付いている。

人口七万人の中規模地方都市だ。政府はスーパーシティの特別区を作って、その建設と運営を瀬戸崎に任せたいと打診しているのだ。

「中国に対抗しようというのですか」

「本音はそうだ。このままでは、世界に置いて行かれる」

瀬戸崎はデビッドソンの資料にあったスーパーシティを思い浮かべていた。彼もすでに建設に着手している。

「この計画は三年、いや五年前のスーパーシティです。やはり日本は遅れています」

「だから急いでいる。すでに構想を持っているきみが最適だと判断した」

ウソだと叫びたかった。ハイブリッド車に否定的な自分を排除するためだ。

「今週中に新しい計画をまとめて、来週中に人員を集める。同時並行で基礎計画を立てて、一年でスーパーシティを建設する」

「無理ですよ。有能なチームがそろっていても、数年かかります」

「一年でやってくれ。きみにはすべての便宜を図る」

責任も取れということだ。

「今週——いや、明日までに返事をしてくれないか」

大臣は硬い表情で言った。


その日、瀬戸崎は定時に役所を出た。

マンションに戻るとパソコンに向かった。

ハーバード大学に留学していた四年前に書いた、『人と町の未来』のファイルを開き、読み直した。

あれからさらに時代は進んでいる。

瀬戸崎が考えていたスーパーシティは、人と町、各種システムとの結びつきであり、関《かか》わり合いだ。

自立型のエネルギーを中心にしたもので、当時としては斬新《ざんしん》なものだった。

通信、情報、センサー、人工知能、ロボットなどの先端技術が人と町に結びつき、人と町が効率的、合理的に管理運営される。エネルギー不足、人手不足、高齢化、経済活性化、環境対策などをまとめて解決できると考えていた。この基本構想に、最新のＡＩとビッグデータ、そして電気自動車など、最新技術を絡めれば、世界に通用する新しいものになるかもしれない。

窓の外が明るくなり始めたころ、キーボードを打つ手を止めた。

二時間余り仮眠を取った後、瀬戸崎は経産省に向かった。

瀬戸崎は平間のデスクにファイルを置いた。徹夜で作り上げた五十ページを超える、スーパーシティ計画書だ。

平間が無言で見ている。

「これを一晩で作ったのか」

ページを繰る手を止めて、顔を上げて言う。

「過去にやったことと、最近聞きかじっていたことを融合させてまとめただけです。具体性に欠けるし、多少の矛盾もあります」

「やりながら修正すればいい。しかし、このタイムスケジュールで大丈夫なのか」

「部屋を用意していただければ、人選を進めながら作業を始めることができます。参加が決まった者には、随時取り掛かってもらいます」

「必要な者を言ってくれ」

「サブリーダーに近藤を付けてください。お互いに気心が知れています。その他の者のリストです」

瀬戸崎は一枚の紙を出した。十名は具体的な名前が書かれている。残りの十名は、担当の仕事が書いてある。適当な者が思い浮かばなかったのだ。

「省庁を超えた人材が必要です。強制はやめてください。志願者だけでいい。ただ、これからの日本にとって、必ず重要な役割を果たす仕事だと強調してください」

「来週までには集める」

「今週中にしてください」

「分かった。部屋はすでに押さえてある。必要な事務機器を言ってくれ。今日中に運び込む」

平間が受話器を取り小笠原に電話をした。これから、すぐに行きますと言って受話器を置く。

「民間から五人ばかり招きたいのですが」

「大臣はきみに任せると言っていた。人員も含めてだ。十分な予算も取ってある」

平間が瀬戸崎の横を歩きながら言う。

たしかに異例の額だ。単なる思い付きでもないのだろう。政府がこのプロジェクトに賭ける意気込みが感じられる。以前から考えていたもので、スタートの時期を狙っていたのか。


「このスーパーシティが国際標準になる可能性はないか」

小笠原がファイルから顔を上げて言った。

「ありません。完全に出遅れています。日本国内にスマートシティと名前のついたプロジェクトはありますが、実績を上げているのはないでしょう。スーパーシティはさらにその先を行く町です」

「この計画書だと世界に十分対抗できると思うが」

「言葉の上ではです。5Gについても、中国や欧米の足元にも及びません。世界より三年、いや五年は遅れています。それにやはり、規模が小さすぎます。世界で話題になっている同様なプロジェクトは、規模が一桁《けた》上です」

「日本の凋落《ちょうらく》は迫っているということか」

迫っているのではなく、もう始まっています、という言葉を飲み込んだ。

「一つ方法があります。中国は情報という観点からスマートシティを進めています。すべてを監視して社会を効率的、合理的に変えていく。そうなればプライバシーなど言葉の上だけです」

「一つ方法がある、というのは」

「原点に戻ることです。エネルギーです」

スマートシティは最初、スマートグリッドとしてエネルギーの高効率利用から始まった。情報通信技術を活用した、次世代の電力網を備えた町だ。それが進歩して、様々なデジタル技術を使った町へと変化していった。

「スーパーシティ内部でエネルギーの自立ができれば、環境保護にもつながり、国際標準に有利です。もちろん、情報は人権を侵さない限り最大限に利用します」

「中国はエネルギーについてはどう考えている」

「太陽光でしょう。しかし、それでは約半分がやっとです。夜間はゼロですから。蓄電池を利用し、残りは周辺都市からの配電です」

「日本でも同じようなものだろう。それとも、よほど効率のいい火力発電を行うか。だがそれでは、欧米の地球温暖化防止対策に逆行する」

「車はすべてEVとします。町中に太陽光利用の充電スタンドを設置して、駐車している車はすべて充電します。EVを移動可能な蓄電池として利用します。さらにすべての移動電源をAIで集中管理し、エネルギーの自立を達成します」

「中国はなぜその方法を使わない」

「スーパーシティに対する考え方の違いでしょう。中国は安全、安心を第一としたスーパーシティを考えています。町中に防犯カメラを付け、スマホの位置情報をセンターに集め、完全に住人の行動を把握するシステムを考えています。これは国家にとっても好都合です。その中国モデルをスーパーシティの国際標準にしようとしています」

瀬戸崎はファイルのページを示した。

「中国のメイン目的は、スマートフォン情報をビッグデータとして活用することです。そのモデルの検証としてのスーパーシティです。新型コロナウイルスの封じ込めには、有効でした」

安全、安心に名を借りた管理社会の実現だ。住人の行動は二十四時間監視されることになる。

「中国だからできることだ。我が国で同様のことをやろうとすると、国中で大騒ぎになる」

「中国のスーパーシティは、企業が利用者から得た情報を政府に提出する義務が課せられます」

中国モデルが国際標準になれば完全な監視社会になる。中国には違和感はないだろうが、西欧諸国からは大ブーイングが起こるのは必至だ。しかし中国はあえて、そちらの方向に進もうとしている。

「5Gに関しては中国が抜きん出ている。それを核に置かれたら、簡単に切り捨てることはできない」

「コロナ患者を個人特定することにより、切り抜けたことを強調しています。個人を監視できたからこそ、早期終結につながりました。命か人権かと問い詰められれば、人は多少の不自由は許せます。それが繰り返されると、いずれ完全な監視社会へと移行します」

「瀬戸崎君が中心になって、日本モデルのスーパーシティ構想をまとめ上げてくれないか。政府の全面協力は取り付ける」

小笠原は大臣に報告すると言って、ファイルを持って立ち上がった。

新しいスーパーシティの計画が始まった。


その日の夜、マンションに帰るなりスマホが鳴り始めた。

〈何かバカなことをやったの。週刊誌ネタにされそうなこと〉

高山環境大臣の嬉しそうな声が瀬戸崎の鼓膜に響いた。

「早いですね。私がEVを外されたことでしょ」

〈ゴメン、冗談よ。それにしても、阪口大臣は何を考えているのかしら。ＥＶ関係から、あなたを外すなんて。きっと何も考えていないのよ、あの人〉

トーンの変わった声が返ってくる。

〈で、どうなるの、あなたは〉

「スーパーシティをやることになりました」

〈素敵じゃない。ＥＶなんかより、よほど将来性があるんじゃないの〉

「そうかもしれません。高山先生も言ってましたね。これからは単独で考えてはいけない。環境はすべての要素が融合しあって、でき上がるものだって。人、住居、車、町、お互いに影響しあっていると。我々のスーパーシティはＥＶを中心にしたものです」

〈私、そんなこと言ったかしら。たしかにその通りよね。あなたなら、その調和を作り上げることができる〉

ところで、と声のトーンが落ちた。

〈スマートシティとスーパーシティはどう違うの〉

瀬戸崎は二つの違いを説明した。

〈すごいじゃない。そんな町に住んでみたいわね。で、お願いがあるのよね。いま、あなた人を集めてるんでしょ。うちからも何人か入れてくれない〉

「人選のリストは小笠原次官に渡しています。各省庁から最適の人を選んでくださいと」

〈だったら、直接、大臣に頼んだ方が早そうね。きれいな町を作ってね。ディズニーランドのような。頑張ってよ〉

電話は切れた。

自分でも思いもよらなかった言葉が出た。これからの世界は、共存がキーワードになるだろう。電気自動車とエネルギー。これ以上の共存はない。スーパーシティに関わるのも悪くはないかもしれないと思い始めた。


朝、部屋に着くと、平間から直ちに会議室に行くようにと部屋番号を告げられた。

「人数がそろった。おまえが指定した者と、こちらで選んだ計二十名。全員優秀な若手だ」

近藤を探すと、早朝に添付ファイルで送った資料をコピーしていた。

「次世代型スーパーシティ、計画グループ」発足第一日目だった。

瀬戸崎は部屋の前で立ち止まった。

中からはざわめきのような声が聞こえてくる。

「いったい何が始まるんだ。こんなところで遊んでいる時間はないぜ」

「誰だってそうだ。朝来たら、いきなり課長に呼ばれて、行けって言われた」

「省庁を超えたプロジェクトってわけか」

「僕は名指しで呼ばれたって聞いた。体のいい島流しじゃないのか。おまえら、何か心当たりはないのか」

若い声が勝手なことを言い合っている。

「こいつら、気合を入れなきゃダメですね」

資料ファイルの束を抱えた近藤が言う。

瀬戸崎の脳裏には若手官僚が顔を見合わせて、お互い相手を探り合っている光景が浮かんだ。なぜ、自分がここに呼ばれたのか。入省、早々に出世階段から弾《はじ》かれたのか。

瀬戸崎は部屋に入った。ざわめきが止まり、視線が一斉に集まる。

「おはよう。残念ながら今日は曇りのち雨だ。自分の今後の人生と比較するのもいいな」

窓の外に視線を向けて言う。雲が覆っていて、陽《ひ》が差す気配はない。

「瀬戸崎さんがいるということは、ＥＶ絡みですか」

中ほどから声がした。

「加藤《かとう》だったな。おまえ、ＥＶに興味があるのか」

「車には興味なんてありません。免許も持ってませんから」

どこかから笑い声が上がった。

「免許を取れとは言わないが、車の原理くらいは勉強しろ。エンジン車とＥＶの違い。ハイブリッド車、モーター、蓄電池とはなにか。そのくらいは知っておいてほしい。今後、きみたちが関わるスーパーシティにも大いに関係がある。僕もこの数年間で勉強した」

「私の専門は町造りです。修士課程は都市工学でした。国交省から来ました」

「だったら、このプロジェクトには僕より適任かもしれない」

二十人のメンバーはほぼ全員が二十代だった。瀬戸崎より年上は総務省情報流通行政局から来た一人だけだ。

「総理からゴーが出た。しかし、現在言われているスーパーシティではダメだ。国民だけでなく、企業も納得させるものでなければならない」

瀬戸崎は総理に話したのと同じことを話した。

話し終わってから、全員を見回した。半分以上の者が、納得のいかない顔をしている。無理もない。

突然、上司から経産省の会議室に行くように言われたのだ。他省の者は出向という形になる。

「一年間のプロジェクトだ。成功しても、失敗してもきみたちは一年後にはここを去ることになる。成功すれば実績になるし、失敗しても経験だけは残る。キャリアに傷がつかないよう頼んである」

「そう願いますよ。一年で、それだけのことをするなんて、とても無理な話です。僕はできたら、今抜けたいですよ」

声を上げたのは財務省の青木《あおき》だ。彼は二十九歳。リーダーが自分と三歳しか違わないので、言ってみたのだろう。

「私は一年後にハーバードに留学が決まっています。この一年は準備期間と思っていました」

「実は僕もそこに留学させてもらった。この一年は、必ず役に立つ。教授に話したら絶対にきみのメインテーマにしてくれる。先輩の僕が言うんだから間違いない」

瀬戸崎の突然の言葉に、青木は反論もしてこない。

「昼までは質問時間だ。何でも聞いてくれ。しかし、僕も勉強中だ。間違っていたら、誰でもいいから訂正してほしい」

瀬戸崎の言葉が終わらないうちに声がした。

「企業からも人が来るようですが、私の知らない企業ばかりです。大企業は関係しないんですか」

「すべて僕が選んだ企業だ。今は無名だが、五年後には誰もが知ってる企業に成長すると思っている。どこも、特殊な分野で世界に通用する技術を持っていると信じている」

「予算が書かれていますが、こんなに出るんですか。コロナで債務が膨れ上がっているのに」

「未来に対する投資だ。上層部も了承している。我々には国民に対して、無駄な投資をしたと思わせない義務がある」

「本当に総理が財務省を説得したんですか。あれだけ緊縮財政を主張してたのに」

「だから我々が説得力のある計画書を作り、実行する必要がある」

「期限はいつまでですか。ここに書かれている一年は本気じゃないですよね」

「本気だ、それは完成までの期間だ。計画書は半月で仕上げる必要がある」

「無茶を通り越して、無謀です。計画書の作成をやったことのない者が言ってる戯言《たわごと》です」

暗に瀬戸崎を非難しているのだ。

「僕はきみたちがスーパーシティについて、素人じゃないことを知ってる。その上、各省庁でトップを狙える優秀な者たちだ。そういう人選をしたんだ」

瀬戸崎は部屋中の者を一人一人見ていった。

「僕がこの計画を受けた理由を話しておく。二〇三〇年、世界は大きく変わる。特に日本は。エンジン自動車の新車販売ができなくなる。自動車関連企業はどうなるか考えてくれ。日本の基幹産業が大きく変革するんだ。今のうちに、新たな道の可能性を示しておかなければならない。このスーパーシティ計画を通して、新しい技術分野を探すんだ。そしてそれを発展させていく。国の重要な仕事の一つだと思う」

「スーパーシティの中に、将来の自動車産業の広がりを示すということですか」

「そうなればいいと思っている。今までとは違うスーパーシティの構想ができれば、必ず今後の変革も乗り越えられる」

全員の顔つきが徐々に変わってきている。真剣な表情で瀬戸崎の話を聞いている。明らかに部屋の空気が変わり、熱気を帯び始めた。

「自動車産業の未来を的確に指導する。自動車メーカーの周辺産業が、新しい分野へ転換しなければならない。その道筋を探ること。その移行への補助金を付けることが必要だ。そのためには、専門家のアドバイスも必要になってくる」

「それだけの計画書を二週間で作るんですか。やはり不可能です」

「二週間後にカーボンニュートラル計画の政府会議がある。総理はそこでスーパーシティ計画を発表するつもりだ。うまくいけば、この計画が正規のモノとなる。そして来月には国連で演説する。我々の報告書がなければ、総理も動くことができない」

「だったら、早いところ仕事に移りませんか。時間がもったいないです」

無言で瀬戸崎の計画書を読んでいた加藤が顔を上げ、大声を出した。

（5）

国際環境会議が東京国際フォーラムで行われていた。

世界百十カ国、三百五十人の参加があった。各国の環境への取り組みが発表され、議論される。最終日には共同声明が出される。

瀬戸崎も近藤とともに来ていた。

「あの人、瀬戸崎さんを見てますよ。知り合いですか」

近藤の視線を追うとたしかに見覚えがある。数人の男性と一緒にいるが、時折瀬戸崎の方を見ている。ブルーのパンツにグリーンのブレザーを着た背の高い女性だ。周りの男の一人は――ＳＰだ。

「高山香織環境大臣だ」

「本当です。なんだか、えらくあか抜けた雰囲気なんで気が付きませんでした」

瀬戸崎は高山の方に行った。高山が瀬戸崎に向かって笑いかけてくる。

「スーパーシティ計画のリーダーになったのよね。これからは、もっと一緒にやれるわよね」

「ＥＶとスーパーシティは家族みたいなものです。絶対に一体で考えた方がいい。エネルギーとＡＩがらみですがね」

「うちの省内でもそう言ってる人が多数いる。それと環境も忘れないで」

高山は笑みを見せた。彼女は明日の午前中に演説があるはずだ。

「我々のスーパーシティの基本となるのはエネルギーと情報です。ＥＶはその両方に関係がある。そのすべてに関係があるのが環境です」

「あなた、ラッキーね。いい部署に移ったわよ」

高山が嬉しそうに言う。慰めるのではなく、心底そう思っているようだ。

「あなた、中国には行ったことあるの」

「いいえ、ありません」

「行かなきゃダメよ。すごいわよ、あの国。中国のスーパーシティは進んでる。先週見てきたばかり」

「武漢にできている町ですか」

「私が行ったのは河北省のほう。人口百万人、面積千五百平方キロ、日本でいうと人口は仙台市ていど、面積は倍だけどね」

「見てみたいですね。今度、行かれる時は声をかけてください」

「よほど身元のハッキリした人しか入れないって聞いてる。でも、心の準備が必要な町ね。ありとあらゆる場所に監視カメラが付いてる。半分は目立つ場所。残りは目立たないように」

「どのくらい完成してるんですか」

「完成まであと半年と言ってたけど、とてもできそうにない」

高山が少し考え込んだ。

「でも、分からないわね。やると決めたら、とんでもないことをやる国だから。とにかく、すごいわよ。今後、五年で国内に五十のスーパーシティを建設する。海外にも建設予定らしい。町中にカメラを配置して、人の動きは完全に把握する。コロナにも負けない、犯罪ゼロの町がウリね。車はすべてEV。これは環境対策ね。二〇三〇年までに、ほぼ全土にスーパーシティを広める」

「コロナからの復活が早いはずだ」

横で近藤が呟いている。

「私は好きじゃないけどね。四六時中、トイレの中や身体《からだ》の中まで見られているようで」

高山が笑いながら言う。

「SDGsって知ってるでしょ」

「そのバッヂですね」

瀬戸崎は高山の襟のバッヂを指した。直径二・五センチほどの円形のカラフルなバッヂだ。最近は町中でも付けている人をよく見かける。

SDGsとは「持続可能な開発目標」の英語略称だ。

二〇一五年の国連サミットで二〇三〇年までの長期開発の指針として採択された。「十七の目標」と「百六十九のターゲット」で構成されている。目標の一つめは「貧困をなくそう」だ。そこには、二〇三〇年までに、現在一日一・二五ドル未満で生活する極度の貧困をなくす、といった具体的目標が複数上げられている。

日本が達成しているのは、十七目標の四番目、「質の高い教育をみんなに」だけだ。その他は、まだ未達成と評価されている。

「これからの世界基準になる。ヨーロッパじゃ、これを考慮しなければ、企業活動ができなくなる。商品の品質が少々劣っても、この錦の御旗を掲げていればなんとかなる。持続可能という言葉は、世界共通語。彼らにとって最も大切なのは、万人に共通する理念なのよ。この理念という単語こそが彼らのプライド。物質的には中国やアメリカ、日本にまで水をあけられている、勝てない彼らの唯一の誇りなのよ。これが消えてしまえば、自分たちの存在価値すら危うくなると信じてる」

「高山先生も、その理念には肯定的なんでしょ」

「政治家として、協力してるだけ。個人的には、そんなに神経質になる必要はないと思ってる」

高山は笑いながら襟のバッヂをつまんだ。政治家としては危ういくらいに正直な人だ。

「来月、国連で演説するのよ。総理と一緒にね。日本の環境への取り組みについて。総理肝煎《きもい》りの二〇五〇年カーボンニュートラルについてよ」

高山がふっと気が付いたように、声を上げて笑い始めた。

「中国の幹部もみんなこのバッヂを付けてるの。驚いたわ。あれだけ環境や人権について無関心で、いい加減で、めちゃくちゃやってる国がね。環境と謳《うた》えば、世界中が何にでも飛びつくって勢いよ。これからは環境よ、環境」

はしゃぐように言う。

「そうだ、演説にスーパーシティも入れましょ。十分くらいのスーパーシティの宣伝動画を作ってよ。ぜひとも国連会議の時に映したい。実は私、英語は苦手なのよ。でも、英語のうまさより中身よね。英語のナレーション入りの映像を流せば時間が稼げるでしょ」

秘書が寄ってきて、高山に耳打ちした。

「車が来たらしいわ。総理と会うことになってるの。今度、スーパーシティについて詳しく教えてよ。環境省と組めば、何でもできるわよ」

瀬戸崎に片眼《かため》をつむると、行ってしまった。

「中国は、ほぼ全土にスーパーシティを広める」瀬戸崎の脳裏に、高山環境大臣の言葉が甦《よみがえ》ってくる。

「ほぼ全土でか。しかも二〇三〇年までに」

声に出して言った。車はすべてEV。どういうことだ。

「どうかしましたか、瀬戸崎さん」

「何でもない」

なぜか寂しい気分だった。電気自動車からは外れたが、やはり頭から離れない。同時に何か割り切れない重苦しいものが頭の隅にある。

ポケットでスマホが震えている。

〈国生さんが中国に発ちました。羽田まで送って、会社に戻ったところです〉

鳴海の落ち着いた声が聞こえてくる。

〈国生さんとは、あれから何回か電話で話しました。今日の出発は瀬戸崎さんには黙っててくれって。それで伝えませんでした。でも、ゲートに入るとき、瀬戸崎さんによろしく伝えてくれって。もっと、早く会いたかったとも〉

国生のどこか世をすねたような高慢な、それでいて寂しそうな眼差《まなざ》しが甦ってくる。妙に空《むな》しい気分になった。

「これから、そっちに行っていいか」

〈いいですよ。僕も会いたいと思っていたところです〉

「先に帰る」

瀬戸崎はスマホを切って近藤に言うと、出口に向かって歩き始めた。

瀬戸崎は平和島に行き、ネクストの事務所を訪ねた。

鳴海は油で汚れたジーンズとネクストのロゴ入りの作業着姿で、瀬戸崎を迎えた。

「国生さんを見てると、やらなきゃって気分になるんですよ」

鳴海は照れたような笑みを浮かべて言い訳した。

「やはりきみにはその方がよく似合うよ」

「しかし、誰かが営業にも回らなければなりません」

瀬戸崎は電気自動車を離れてスーパーシティに移ったことを話した。鳴海は無言で聞いていたが、しばらくして口を開いた。

「瀬戸崎さんがEVから外されるなんて。EVを理解している政府関係者がいなくなる」

「日本は中国と提携して、ハイブリッド車に生き残りをかけるつもりだ」

「瀬戸崎さんを排除すれば、うるさい者はいなくなるか」

「中国はその間に、国生さんたちの力を借りて蓄電池開発を急ぐつもりだろう」

「私は国生さんを責める気にはなれません」

鳴海が顔を上げて、瀬戸崎を見つめている。

「同じような思いをしてきました。日本でベンチャー企業で成功しようと思うと、ハードルはかなり高い。しなくてもいい苦労もしなきゃならない。おまけに、失敗したら次はない。私も、何度もアメリカに行こうと考えました」

初めて聞く話だった。

「なぜ、日本に残ることにした」

「アメリカと連絡を取り始めた翌日にコロナ騒ぎです。すぐに渡航禁止です。会社の移転なんて考えられない状況でした。アメリカでは都市が次々にロックダウンされ、日本でも自粛生活に入っていきました。もう、動きが取れません。仲間とオンライン会議です。しかし、この時期はなかなか有効でした。お互いに冷静に考えをまとめることができました。今では日本でもやっていけるかなと思っています。世界進出は、その次です」

「今でも海外とは連絡を取り合っているのか」

「お互いに生き残るのに必死ですが、細々と」

鳴海は笑いながら言うが、彼なりの苦労と迷いがあったのだろう。

「で、今後はどうすればいいと考えている」

「それを考えています。国生さんとは連絡を取り続けたいと思っています。でも、コクショウとはライバル関係だし、ワールドスイッチは大きすぎます」

かなり切羽詰まっているはずだが、どこか面白がっているようなところがある。これもベンチャー魂か。

「特許に関しては、日本企業、特に中小企業は無頓着なところがある。最近は多少敏感にはなっているが、まだかなり甘い。日本人は目に見えないモノを敬遠するんだ」

瀬戸崎の言葉を聞きながら鳴海が頷いている。

先のコロナ騒動でも、過敏に恐れすぎたところがある。感染者の差別などその典型だ。目に見えないモノに対して敏感すぎるか、特許のように無頓着になりすぎる。

「政府の方針については、口出しする気はありません。自分たちの研究を続けるだけです」

「いやに諦《あきら》めがいいな。僕はこのままでは、日本の自動車産業だけでなく、その他の科学技術も国際競争に乗り遅れると思っている」

半導体に次いで、自動車はその象徴になるかもしれない。

瀬戸崎はテーブルの上の蓄電池に目をやった。位置を変えながらしばらく見ていた。

「ネクストの蓄電池の図面とその他の資料を見せてくれないか」

鳴海がキーボードを操作すると、画面に図面が現れた。片隅にＳＥＣＲＥＴの単語が入っている。もう何十回も見て頭に畳み込んでいる図面だ。

瀬戸崎は全神経を集中して見ていった。キーを叩くと画面が変わり、様々なデータが現れる。

「図面とデータを僕のスマホに送ってくれないか。調べたいことがある」

さすがに鳴海も即答はできず、横の夏野に視線を向けた。

「やはり難しいか。何年もかけた結果だからな」

鳴海がパソコンの前に行き、キーボードを叩き始めた。

「鳴海さん、本当にいいんですか」

夏野が横に行き囁いている。

「今さら隠してもしょうがない。何か考えがあって、送れって言ってるんでしょ」

鳴海はマウスを移動させてクリックした。

瀬戸崎のスマホに着信音が鳴った。

第五章　中国の野望

（1）

「さすがに盛大なパーティーですね」

近藤が瀬戸崎に身体《からだ》を寄せて囁《ささや》く。

「ヤマト自動車創業八十周年祝賀パーティー」が、帝国ホテルで行われていた。

政財界など、幅広く七百人ばかりが集まっている。

「そんなに嬉《うれ》しそうな顔をするな。遊びに来ているわけじゃないからな」

「分かってます。しかし、さすが日本を代表する企業の創業記念パーティーです。豪華の一語です」

ヤマト自動車の小此木社長はじめ、政財界の重鎮たちのスピーチが終わり、乾杯の後、懇親会が始まったところだった。

「それにしても、毒にも薬にもならない話ばかりでしたね」

「当たり前だろ。祝賀会に不景気な話はできない。前途の見えない業界だ。深刻な話を始めると泥沼に入り込むだけだ」

突然肩を叩《たた》かれた。振り返ると秋月教授が立っている。

「瀬戸崎君か。最近はよく会うね。今日は経産省の代表か」

「代表じゃないですが、自動車業界重鎮の話をしっかり聞いてくるように言われました」

「今はスーパーシティ構想のグループリーダーなんだってね。阪口大臣との話で、きみのことが出た。斬新《ざんしん》な町造りだと喜んでおられた。きみならEVを活《い》かせると思い、私も推したんだ」

「EVとは関《かか》わっていくつもりです。新しい町造りには欠かせないものだと思います。融合させたものを考えています」

瀬戸崎は間髪を入れず答えた。自然に口から出た言葉だ。

「いつかゆっくり話してくれ。しかし、パーティーの規模が違うね。集まっている人たちも」

秋月は周囲を見回しながら言った。

「今後の自動車業界を占うようで楽しみです」

「きみ、ついて来てくれ」

秋月はそう言うと歩き始めた。

人垣ができている。秋月はかき分けるようにして入っていく。瀬戸崎はなんとか後を追った。

中央にいるのはヤマト自動車社長の小此木晴彦だ。

「ヤマトの社長の小此木君は高校、大学と同級生だった」

もう何度も聞いているが、言葉通りかなり親しい友人のようだった。

秋月は遠慮することなく、小此木の前に行った。失礼、と言って話している間に割り込んでいく。

「瀬戸崎君か。よく来てくれました」

瀬戸崎に気付いた小此木が手を差し出してくる。瀬戸崎はその手を握った。

「先日は貴重なお話、有り難うございました」

「元気そうだね。スーパーシティ構想に移ったんだってね。夢のある仕事だ。ぜひ、ゆっくりと話を聞かせてほしい」

「私の方こそ、勉強させてください。ヤマトは、すでに建設に入ったんでしたね」

「ぜひ、見に来てほしい。歓迎するよ」

二人のやり取りを秋月が驚いた顔で見ている。

「なんだ、もう知り合いなのか。この業界は広いようで狭いからね」

秋月が残念そうに言う。

「秋月君はいい生徒を育てた。日本の若者も捨てたもんじゃない」

そろそろ時間です。秘書が小此木の側《そば》に来て言う。

「申し訳ない。総理に挨拶《あいさつ》しなければならない。きみとは、またぜひ、ゆっくり話したい」

小此木は秋月と瀬戸崎に向かって手を上げると、数人の男に囲まれてテーブルの方に行った。

「忙しい奴《やつ》だ。総理が到着したので、エスコートの仕事があるらしい」

秋月は小此木を目で追いながら言う。

「〈疾走〉という自動車メーカーを知っているか」

「ここ数年で急成長を遂げた中国の自動車メーカーですね。ＥＶ中心だが、ハイブリッド車にも進出の気配があります」

「私の研究室に来ていた中国人を覚えているか。紹介してほしいと言ってたな」

秋月はふっと気付いたように言うと、瀬戸崎の腕をつかんで二人組の男の方に歩き始めた。

服装はフォーマルになっているが、大学のパーティーと東京モーターショーにいた男たちだ。

「彼らは〈疾走〉のエンジニアだよ」

「彼らとは東京モーターショーで会いました」

「驚いたな。ますます狭い業界だ」

「まだ日本にいらっしゃいましたか。勉強熱心ですね」

瀬戸崎は男たちに皮肉を込めて言った。

「日本に学ぶことは山ほどあります。特にヤマト自動車の小此木社長の話は、勉強になりました」

男は懸命に平静を装いながら、言葉を選んで慎重に話している。

「日本にはどのような目的でいらしたのですか」

「視察です。大学や研究所を回っています。本当は企業を見たいのですが、なかなか見学を許してもらえません」

「ヤマト自動車はどうでしたか。先ほどは小此木社長と話しておられました」

「ただのご挨拶です。我が社も近い将来、ハイブリッド車を作りたい。その折にはぜひとも力になっていただきたいと」

「今後の予定は」

「自動車メーカーの方たちに挨拶です。我が社がハイブリッド車に本格参入の時はよろしくと」

その時、女性が男たちを呼びに来た。東京モーターショーにもいた通訳と称する女性だ。

「日本の各自動車メーカーの幹部に紹介してくれるそうです。また、ぜひお会いしましょう」

瀬戸崎は彼らが行ったのを確認して話し始めた。

「友人の新聞記者が彼らを中国大使館で見たと言っています。それ自体は、おかしくないんですが」

瀬戸崎は由香里から聞いた話をした。

秋月と近藤は驚きを隠せない顔で聞いている。

秋月は一瞬ためらったように言葉を詰まらせたが話し始めた。

「実は、彼らからきみについての問い合わせがあった。しかし、東京モーターショーで会ったとは聞いていない。彼らはきみのことはかなり詳しく知っていた。大学時代とアメリカ時代の研究内容まで。調べるのは得意なようだ」

「何のために私なんかを――」

「ＥＶしかないだろう。日本政府の動向について知りたいんだよ」

「官報に出てます。個人的な意見なんて、意味ありませんよ」

「彼らは日本政府の腹の内を知りたいんだろう。きみは、かなり積極的に話してるらしいがね。私の研究室にも、役人らしくない役人が、ＥＶについて、かなり突っ込んだことを言ってる、と伝わってくる。きみのことだろう」

「機密に当たる部分は言ってません。しかし、個人的な意見は、そう断って言うようにしています。あくまで個人の意見として。政府決定とは違う場合が多いですが」

「私も日本政府の動向は大いに気になるが、あえてきみに聞くのはガマンしている。後でトラブルになったら困るだろ。きみも彼らには気を付けた方がいい。機密情報に触れやすい立場だろうから」

横で近藤が驚いた顔で聞いている。

「僕のような下っぱが、秘密情報に触れる機会はないですよ」

秋月は軽く頷《うなず》いている。彼の友人には政府関係者のかなり上の者も多い。本音に触れる機会が多いはずだ。

瀬戸崎は大学での秋月とは違う面を見た気がした。彼は政治にはほとんど興味がないか、あえて知ろうとしないのかが分からなくなった。

「中国の真意が分かりません。彼らは三〇年ショックを実行するつもりなのか」

「私はまだ先の話だと思っている。コロナで世界は弱っている。そんな時に国家レベルの大改革をやると、何が起こるか分からない」

「中国はそれを狙《ねら》っているのでは、と思う時があります。世界のトップを狙うには今しかないと」

瀬戸崎は秋月の反応を窺《うかが》ったが、無言のままだ。

「エンジン車で中国が世界に出るチャンスはゼロに近い。しかし、ＥＶだと確率は上がります」

瀬戸崎は言い直したが、秋月の表情は変わらない。

「きみも聞いただろう。ヤマトの決定は出ている。二〇二五年までに、すべてのエンジン車をハイブリッド車へシフトする。ＥＶはその先の選択だ。もちろん、技術開発は進める。ただしこれはまだ内緒にしてほしい。小此木から直接聞いた話だ」

秋月は辺りを見回しながら、独り言のように言った。

瀬戸崎はふっと思い出した。アメリカ留学中に見た中国のユーチューブ映像だ。

リヤカーを三輪に改造した車にモーターと蓄電池を置いて、ハンドルを付けただけの乗り物が町を走っている。運転しているのは労働者風の若者だ。あれがＥＶの原点だ。エンジン自動車より遥《はる》かにシンプルで作りやすい。驚きとともに脅威に近いものを感じた。

「あの国は進み始めたら早いぞ。欧米や日本のように、立ち止まって国民の反応を窺う必要がないからな。ただ突っ走ればいい」

秋月の声が耳に響いた。

「瀬戸崎さん、彼らが小此木社長と話しているのによく気が付きましたね」

帰りの地下鉄の中で近藤が瀬戸崎に言った。

「二人が側にいたのを見たから言っただけだ。しかし、本当に知り合いだったとはね」

「カマを掛けたんですか。でも、彼らは認めた」

瀬戸崎はその時の状況を思い出そうとした。三人ともかなり自然な振る舞いだった。

（2）

翌日、瀬戸崎は鳴海を経産省に呼んだ。

瀬戸崎は新しいスーパーシティ計画について話した。

「切り替えが早いんですね。数日前はステラの話に興奮してたのに。僕は眠れませんでした」

鳴海が皮肉を込めた声で言う。彼にとっては、瀬戸崎の行動が理解できないのだろう。

「これでもけっこう悩んだんだ。しかし、上の指示だ。辞めるか、やるかしかないだろ」

「それで、やる方を選んだ。賢明な選択だと思いますよ」

鳴海がやっと笑みを浮かべた。

「世界にも類を見ないスーパーシティにしたい。EVを中心に据えた、アフター・コロナ時代の新しい町だ」

「EVにこだわる必要があるんですか」

「大ありだ。世界がEVに切り替わる時代の転換期だ。新しい流れの起爆剤にしたい」

電気自動車を単なる移動手段と考えるのではなく、蓄電池を積んだエネルギー運搬車として使えないか。瀬戸崎が常々考えていたことだ。新しい電気自動車の定義だ。しかし、まだ言葉に出すのはためらわれた。

「そう宣伝しているのは中国です。すでに取り掛かっているんじゃないですか」

「その通り。しかし、我々が目指しているのは遥かにその上をいくものだ」

「なんだか、詭弁《きべん》クサいな。中国の後追いをごまかすための」

鳴海が笑いをこらえながら言う。

「それも当たってる。我々は中国の後を追うことになる。しかし、すぐに追いつき、追い越す」

瀬戸崎の言葉は自信に満ちていた。

「エネルギー、ＥＶ、蓄電池、省エネ、防犯カメラ、ＩｏＴなどがキーワードとして、スーパーシティには必ず挙げられる。それに加えてビッグデータとＡＩだ。これらが絡み合った、最新のシステム。誰《だれ》しもが描いているスーパーシティだ」

「瀬戸崎さんもそう理解してるんですね」

「デビッドソンのスーパーシティも似たようなものだった。おそらく中国や韓国もそうだろう。中国は防犯カメラと称する監視カメラが数十倍多いだけだ。未来の町と位置づけて、国民の完全な行動把握を目指している。エネルギーについては、太陽光パネルはどこでもついてる。建物の屋根、壁、陽《ひ》の当たりそうなところすべてだ。風車も風が拾えるところでは乱立している。あと、新しいものと言えば燃料電池くらいだ。水素はどこから調達してくるか知らないが」

「もっと革新的なものってないんでしょうかね」

鳴海が考え込んでいる。

「僕もそれを考えている。あれば教えてくれ。きみの博識に頼りたくて呼んだんだ。実際に、何世代も未来の町を作りたい。世界は我々より進んでいる。後追いの我々が、遥かに先を考えるというのも面白いじゃないか」

「そううまくはいかないでしょ。中国じゃ、使用するデジタルディバイスはすでに5Gが標準になっています。より速く、よりクリアにです。日本はよたよたと後を追ってるだけ」

「きみまでがそう言うか。うちのメンバーも同じようなことを言っていた」

「それで、瀬戸崎さんは何と言ったんです。彼らに」

鳴海が興味深そうな目を向けてくる。

「世の中、通信だけで動いているわけじゃない。ＥＶだってある。バーチャルリアリティーだって、ホログラムだってある。きみたちは若いんだ。既成のものに目を捕らわれるだけじゃなく、ここを使え、と言ってやった」

瀬戸崎は人差し指でこめかみを突《つつ》いた。

「プロジェクト参加者は各省庁でも生え抜きの若手だ。僕は最高の人選をしたと思っている。失望させないでくれと、彼らに言った。明日までに各自十のアイデアを持ってくるようにと。これだけ言えば、何かが出てくると期待している」

「完全なパワハラですね。昔なら起爆剤になったでしょうが、今は完全にイジメです。訴えられる可能性大ですね」

鳴海が笑いながら冗談交じりに言う。やっといつもの鳴海が戻ってきた感じだった。

「いつから参加することができる。きみのことも、彼らに紹介したい」

「何を言ってるんです」

鳴海の表情が変わり瀬戸崎を見つめた。

「このプロジェクトには民間も参加することになっている。きみがその第一号だ」

「僕に相談もなくですか」

「イヤなのか。このプロジェクトの核になるのはＥＶと蓄電池だ」

「ありがとうございます。精一杯頑張って、新しいＥＶを考えます」

鳴海が立ち上がり、姿勢を正して頭を下げた。

「頑張る必要はない。いいアイデアさえ出してくれれば」

「ところで、場所はどこなんですか。まだ決まってないなんて言わないでください」

「土地は百万平方メートル確保してある。そこに創る町をひと月で考えてほしい」

そのとき、ドアが開いた。四人の若者が立っている。全員が二十代に見える。

「彼らは民間の参加者だ。全員、企業のトップエンジニアとプランナーだ。少なくとも、一年間、仲良くやってくれ」

「政府内でプロジェクトに参加する者は、キャリアか技術系の専門職と聞いています。僕たち以上に優秀なんでしょ」

「みんな優秀だ。それぞれの分野でね。各自にテーマを与えるから、最高の仕事をしてほしい」

「本当に一年間のプロジェクトなんですか。これだけのことを一年で終わらせるのはもったいない気がします」

「だから、このスーパーシティ計画は日本全土へ展開できるスマート社会のシミュレーションにしたい。かなり難しいがやりがいのある仕事だ」

全員が瀬戸崎の言葉に聞き入っている。

「きみたちが作る町が認められれば、その後も続けることも可能だ。きみらが希望すればだが」

新しい職場に案内する、と瀬戸崎は「ニュー・スーパーシティ開発室」に鳴海たちを連れて行った。

（3）

瀬戸崎は店に入ると立ち止まった。カウンターだけの小さな店だ。

奥の席でデビッドソンが身体を丸めるようにして座り、ビールを飲んでいる。

瀬戸崎は、デビッドソンと国生が会っていたという寿司《すし》屋に来ていた。

昨夜、デビッドソンからスシをごちそうする、と電話があったのだ。国生が中国に発《た》って、日本では一緒に未来を語る相手がいないのだ。

「光栄です、ステラのCEOに招待されるとは」

瀬戸崎はデビッドソンの横に行って頭を下げた。

「そういう挨拶はやめてくれ。きみがマヌケに見える。ステラのCEOには誰でもなれる。ただし、私以上の能力があればの話だが。しかし、私には私以外なれない」

「たしかに、僕がマヌケだった。ただ、またあなたに会えて素直に嬉しかったんだ」

「じゃ、改めて。ウィリーだ」

そう言ってデビッドソンは瀬戸崎に握手を求めた。彼のフルネームはウィリアム・デビッドソンだ。

瀬戸崎はその手を握った。

「僕はアメリカではケイと呼ばれていた。ケイスケのケイだ」

「EVを外されて腐っていると聞いたもんでね」

瀬戸崎は誰から聞いたか尋ねようとしたが止《や》めた。由香里の顔が浮かんだのだ。

デビッドソンと最初に会った日、夜には由香里が彼のインタビューに行っている。

「日本の官僚である限り、よくあることだ」

「そうだな。イヤなら辞めればいい」

「それは僕にとって難しい。あなたほどの度胸も力もない」

「しかし、日本の自動車産業の舵取《かじと》りをやってる。ある意味、私以上の力を持っている」

「僕の上司はね。僕は彼のアドバイザーだ。あまり信用されていないが」

デビッドソンは大げさに肩をすくめた。

「今後はスーパーシティを立ち上げると聞いたが」

「上の者は適当な指示を出すだけだ。成功すればすべて彼らの手柄、失敗すれば担当者が責任を取る」

「それはアメリカ、いや世界共通のルールだ」

「ルールか。うまいことを言う」

「それが不満なら、組織を出て自分でやるほかないな」

「成功者、ウィリーのようにか」

「その通りだ。一人で総取りだ。ただし、いいことも悪いこともだ」

デビッドソンは瀬戸崎のグラスにビールを注《つ》いだ。

「スーパーシティにEVを走らせたい」

瀬戸崎が言うと、デビッドソンが動きを止めた。ビール瓶を置いて、瀬戸崎を見ている。

「今後、ますますEVに関わりそうな気がする」

デビッドソンがスマホを出してボタンを押した。液晶が光り多数のアイコンが現れる。

「私は子供のころからこれが不思議でならなかった。形はなく、見えないが、何かがすべてを動かしている。これは何だろうって考えた。人の生活を支え、豊かにしている。闇《やみ》を照らし、最適の空気を提供し、命を支える機器も動かす。分かるか」

「電子の流れ、電気だ」

「電灯もエアコンも冷蔵庫もパソコンも動かしている。だから、車も電気で動かなければならない」

デビッドソンは何のためらいもなく言い切った。

「電気があればすべての用が足りる。これが私のスーパーシティのコンセプトだ」

「僕が『人と町の未来』で書いたことだ」

デビッドソンが瀬戸崎を見つめている。

「実は私は、ステラの東京本社できみに会う前からきみのことを知っていた」

グラスを取ると一気に飲んだ。

「四年前を覚えているか。ハーバードでは毎年、学内発表会があるだろう。その時、きみは発表した。聴衆の中に私もいたんだ」

デビッドソンは上着の内ポケットから小冊子を取り出した。

ハーバード学内発表会で使った、『人と町の未来』。それと、『エネルギー、自立型スーパーシティ』だ。

「感心したよ。東洋の特徴を生かしているというのか。何度も読み返した」

「前に会った時に言ってくれればよかった」

「別れるとき気付いて、確信が持てなかった。四年前とはどこか違っていた。きみが帰ってから、間違いないと思って、探してみた」

デビッドソンがカバンからタブレットを出して立ち上げた。

車が広い道を走っていく。両側には緑の並木が続き、それが輝く高層ビルに変わる。全面が太陽光パネルに覆われているのだ。やがて前方に森が見え始める。

「これが私のスーパーシティだ。もちろん自立型だ。きみの論文から学んだ」

「ＥＶがエネルギーを運ぶんだな」

「環境問題の解決にもなる。車は単なる人や物の輸送や移動の手段じゃない。蓄電や電気の運搬車だけでもない。私はそれを超えたものにしたいんだ」

デビッドソンの言葉に、瀬戸崎はステラのＥＶを考えた。ここ数年の車は電子部品の集合体だ。運転手に語りかけ、問いに答え、道案内をする。混雑を避け、最短ルートも指示する。

「情報源だ。車が動くことによってそれが情報となる。一台では意味を持たないが千台、一万台、十万台となると意味を持つようになる。所有者の位置を時間と空間を超えて集めることができる。その流れで様々なことが分かる」

ビッグデータを言っているのだ。巨大ＩＴ企業はスマホや車の位置データを集めることで新しい社会を作ろうとしている。

「自動車の役割が数年前とは変わっている。人と一緒だ。年を追って賢くなる」

デビッドソンが呟《つぶや》くように言う。

自動運転車となれば、性能のいい、しかも最新の位置情報が必要だ。そのために、車のソフトは常に最新のものでなければならない。ステラの車は停車している時に、必要なデータは日々最新のものに自動的に更新される。パソコンやスマホと同じだ。

「今や、車は単なる移動手段じゃない。我々は動くコンピュータを目指している。相談相手であり、教師であり、友人だ。それは、人、車、家、町が一体となったものだ」

「たしかに、スーパーシティだな」

瀬戸崎の呟きにデビッドソンが頷く。

「ステラが目指す車を核とした未来の町造りだ。そこでは車は一つのパーツにすぎない。スーパーシティは、ＥＶ以上に夢のある仕事だと思う」

「ヤマト自動車が富士山麓《さんろく》に作ろうとしている」

「聞いている。素晴らしいものだ。しかし、私の構想はさらに壮大なものだ」

デビッドソンは夢見るような口調で言う。たしかに今までの話を聞いた限りでは、デビッドソンのスーパーシティの方が夢を感じさせる。

「すべては初心に帰れということだな」

デビッドソンがポケットからステラ１のミニチュアカーを出して、カウンターで動かし始めた。

「これは私のお守りだ。いつも、これを見て初心に帰ろうとしている」

「日本の経営者とエンジニアもそうであってほしい」

瀬戸崎は官僚と政治家もという言葉を飲み込んだ。

デビッドソンはそのミニチュアカーを瀬戸崎の上着のポケットに入れた。

「きみにあげよう。我々の友情のあかしだ」

「もらえないよ。こんな大事なもの」

「日本人の悪い癖だ。こんなミニチュアカーは金属の塊にすぎない。私は目を閉じると、そのミニチュアカーが疾走している姿が頭に浮かぶんだ。そして語りかけてくる。初心に戻れと。だから私の精神《こころ》の中には常にその車が走っている」

「大切にするよ」

瀬戸崎はポケットの中の車を握り締めた。

「きみのスーパーシティ・プロジェクトの目的の一つは、中国に対抗するためか」

「それも一つだ。本当の目的は試してみたいことがある。ＥＶを町中を走る血液にしたい。エネルギーを運ぶ血液として使いたい」

瀬戸崎は言い切った。必ずそうしてみせる。

デビッドソンが呆《あき》れたような顔で、瀬戸崎を見ている。

「だったら、ハイブリッド車なんか捨ててＥＶに全力投球すればいい。しかし、日本企業と政府にはそれができない」

デビッドソンの言葉に、瀬戸崎は苦しそうに息を吐いた。

「やはり、エンジンが捨てきれないのか」

「この国には、過去に生きている者が多すぎる」

「ＧＡＦＡが生まれない国だ」

「今回は後がない。この戦争に敗れれば、日本は立ち上がるチャンスを失う」

瀬戸崎はあえて戦争という言葉を使った。マスコミに知られれば、少なからず波紋を引き起こす言葉だ。しかしこれは、明らかに戦争だ。日本が絶対に負けられない戦争なのだ。

「そうだな。自動車産業は日本の屋台骨だ。その骨格がボロボロになっている」

「しかし、悪いのは中国ではない。新しい時代と世界に舵を切りきれなかった日本の責任だ」

「きみは、エンジン車を捨てて、ＥＶに全面切り替えすべきだと思っているのか」

「フィルムカメラは生き残っているか。レコード、カセットテープはどうだ。一部のマニアの趣味としてはいいが、過去の遺産だ。復活はあり得るだろうか」

瀬戸崎がデビッドソンに視線を向けると、デビッドソンは首を横に振った。

「自動車は、中国にとって捨てるものも失うものもない。ゼロからの出発だ。これほど大胆なことができる事業はない」

瀬戸崎の声が大きくなった。自分でもかなり酔っているのが分かる。

「ステラの最大の強みを教えてやろうか、ケイ」

デビッドソンの声も乱れている。

「歴史がないことだ。捨てるものも、しがらみもない。前に進むのみだ。きみが言った言葉だ」

デビッドソンが歌うように節を付けて言う。その声は強さに溢《あふ》れ、清々《すがすが》しさに満ちている。

「中国はすでに浙江《せっこう》省の湖州市の北西に町造りを始めているという話だ。あんな農村部にだ。何か情報はないのか」

瀬戸崎はデビッドソンに聞いた。

コロナ前の時点で、中国では五百以上のスーパーシティ計画が進行していた。すでに河北省雄安新区、深圳《しんせん》、杭州《こうしゅう》、武漢などはデータ共有メカニズムを構築している。コロナが終息してからは、農村部にも町造りを進めている。これは小西から聞いた話だ。

「その話、誰から聞いた。私は知らない」

「噂《うわさ》だ。単なる噂」

瀬戸崎は平静を装って答える。デビッドソンが知らないとなると、これは機密に入るのか。いや、高山環境大臣は河北省のスーパーシティではあるが、訪問している。

「私はそんな噂は聞いてない。かなり注意して状況把握には努めているが」

デビッドソンが瀬戸崎を見据えて言う。

その夜、日付が変わるまで、二人は一緒に未来を語り合った。

瀬戸崎は久し振りに、アメリカで友人たちと徹夜で語り合った日々を思い出していた。

翌日、経産省に行くと、近藤が飛んで来た。

スマホに表示された一枚の衛星写真を瀬戸崎に見せた。

「中国の内陸部だな」

「浙江省、湖州市の西北三十キロ地帯です」

「自衛隊の女性からか」

近藤が無言で頷く。写真の右上に〈極秘〉の印が押してある。

数か月前、昼食を食べている時にその女性の写真を見せられた。迷彩服を着て、銃を持っている。高校の同級生で、防衛大学校に行ったと説明した。ガールフレンドかと聞くと、そうなってほしいと答えた。

「所属は」

「情報部とか言ってました。軍事用の衛星写真を分析しています。彼女が中国は元気があるって」

「新しい町造りのことか」

「今までの町とは違っていると言ってました」

「どう違うか言ってなかったか」

「防衛機密に入るそうです。この写真がここにあることが分かると、彼女に殺されます」

「スマホでスマホ画面を盗み撮りしただけだろ。画面がかなり粗い」

「送信だと履歴が残りますからね。僕も必死でした。これは絶対に誰にも言わないでください」

瀬戸崎はもう一度、スマホを手に取って拡大と縮小を繰り返した。町の拡大画像は画素数が少なすぎて、屋根の形がかろうじて分かる程度だ。

二時間後、瀬戸崎と近藤は市ヶ谷《いちがや》の防衛省にいた。

瀬戸崎は小笠原を通して、防衛省に衛星写真を見せてくれるように頼んだのだ。

一時間近く待たされて、現れたのは小柄な女性だった。

「防衛省情報本部の三等陸佐、速水敦子《はやみあつこ》です」

速水は背筋を伸ばし、気をつけの姿勢で言う。

右手に大型のファイルを抱えていた。

「高校時代の同級生です。何を思ってか防衛大学校に進みました。今じゃ、情報部の少佐です」

近藤が瀬戸崎に女性を紹介した。

「その言い方は正しくないです。三等陸佐です」

化粧はしていないが、耳にピアスの穴が開いている。髪は黒くショートカットだ。目鼻立ちのはっきりしたスレンダーな美人だ。肌が薄い焦げ茶色なのは、日焼けのせいか。

「情報処理班で衛星写真の分析をやっています」

「単刀直入に聞きます。中国、浙江省の湖州市の北西に新しい町ができているのは本当ですか」

速水三等陸佐は近藤をちらりと見て、話し始めた。

「詳しくは分かりません。ただ、トラックを含めて車の出入りが激しいので、そう判断しました」

「建物を作っているだけじゃないですか」

「車の数が多すぎます。あと、半月もすれば概要がはっきりします。その折にはお知らせします」

瀬戸崎はデスクに置かれた写真の一枚を手に取った。朝見た写真と同じものだが、クリアさは数段上だ。

「中国の町造りは今に始まったものではありません。他の国で数年かかる建設を一年以内にやってしまいます」

「それだけ雑ということですか」

「ものによります。一般国民に関するものは、そうかもしれません。しかし、国の根幹となるモノに対しては、手抜きはないでしょう。政府や軍の施設です。一般の日本人は中国を甘く見ているところがあります。数年前までは、日本を真似《まね》ているようなところがありました。しかし、今は違う。独自の技術を持って、それを進化させる力も持っています」

瀬戸崎は二〇一一年の中国での高速鉄道事故を思い出した。脱線事故で、壊れた車両をその場に埋めてしまった。さすがに国内でも問題になり、掘り出して調査を始めた。

コロナワクチンは、欧米に負けず早急に製造に成功した。すでに科学技術は日本を追い抜いている分野がかなりある。

「たしかに町を造っています。軍事施設ではないので、我々は特別な監視はしていません。コロナ前にもこうした町造りはありました。しかし、コロナ後にはさらに顕著になりました。探しているのは、特殊な町なんですか」

速水が聞いてきた。

瀬戸崎は写真を覗《のぞ》き込んだ。一般的な工事現場の航空写真にも見える。

「これを使ってください。私が使っているモノです」

速水が拡大鏡を出した。市販されているものだ。

瀬戸崎は端から丁寧に見ていった。その横から近藤が覗き込んでくる。

「中国の町の特徴は監視カメラがやたらと多いことです。最近は町造りの最初から、監視カメラの死角のない配置を決めているようです」

「もっと詳しく分かりませんか。車の数とか、人の移動とか」

「これって、違法じゃないですか。私は陸上自衛隊の三等陸佐です。機密事項に当たることにはお答えできません」

「あなたの判断ではどうなんですか。機密事項に当たるのなら、なぜ近藤に話したのです」

「話したって程じゃありません。僕が悪いんです。町造りなんて言ったから」

近藤が慌てて言い訳した。

瀬戸崎は近藤の言葉を跳ね返すように話し続けた。

「私たち経産省も国民、国益のために働いています。私たちは他国の産業、経済を分析して、日本の将来の道筋を作ります。最近は中国の動向が、日本に大きく影響してきます。ご協力ください」

速水は数秒視線を下げて考えていたが、真剣な表情で話し始めた。

「私たちが注意しているのは、まず中国軍の動きです。大きな移動があれば、分かります。次に軍事基地の建設です。これも移動の装備で分かります。あれはただの町造りだから話しました。過去には頻繁な車の出入りでミサイル基地の建設を発見したこともあります。今度のは軍事基地ではありません。だから、さほど重要視はしていません」

「規模、人口、作っている企業、その関連企業など分かりませんか。完成はいつごろになりそうですか。なんでもいい、分かることを教えてください」

速水は近藤に困惑した表情を向けた。

「そんなに質問しないでください。彼女、困っています」

「重大なことなんです。日本の将来に関わることです。コレも、重要な国防の一部です」

「だったら、正式に文書を出してください。正式な情報収集であれば、資料の閲覧もできます」

「了解です。これから上と掛け合ってきます」

瀬戸崎はデスクの上の衛星写真に目を止めた。

「これ、持って帰ってもいいですか」

「ダメです。機密事項に入ります」

「そうでしょうね」

「待ってください」

歩き出した瀬戸崎を呼び止めた。

「やり方が違っても、経済産業省も防衛省も国と国民を護《まも》るという目的は同じです。正式文書による協力要請があれば、さらなる協力を惜しみません」

速水が言った。

経産省に戻る車の中で、瀬戸崎の頭の中は中国の衛星写真でいっぱいだった。他に建設中のものは数倍あるだろう。計画中の町は数百とも聞いている。中国はコロナ以後の数年間で、あれだけの町の建設を行っているのだ。

「我々も急ぐ必要がありますね。と、言っても今からじゃ、周回遅れというところです」

近藤が沈黙に耐えられないという表情で言う。

「問題は内容だ。彼らのスーパーシティが、五年先の未来都市なら、我々が作るのは十年先の都市だ。彼らが十年先なら、二十年先の都市を創る」

瀬戸崎は決意を込めて言った。

瀬戸崎は経産省に戻ると、小笠原に会って正式に防衛省との協力を申請するよう頼んだ。

ちょうど経産省に来た鳴海に、防衛省で見てきた衛星写真について話した。鳴海はカバンからタブレットを出した。数分操作した後、瀬戸崎の方に向ける。

画面には市ヶ谷の情報部の部屋で見たのと同じような衛星写真が出ている。

「ある意味、怖い時代です。秘密が秘密でなくなる。ヨーロッパのネットに載っている十二時間前の衛星写真です。赤丸がスーパーシティでしょう。青丸が計画中のものです」

瀬戸崎はタブレットの画像に見入った。

「拡大、縮小もできますよ。民生用ですが、軍事衛星並みの精度らしいです」

鳴海が指先で写真の拡大、縮小を繰り返した。

「コピーはできるのか」

「問題ないです。普通に見られるものですから」

鳴海が淡々とした口調で言う。

(4)

午後、瀬戸崎はスーパーシティ開発室に行くと、写真のコピーを各自に配った。

「時間があれば眺めるんだ。気が付いたことがあれば報告してほしい。これが、現在、中国で建設されているスーパーシティだ。計画中のものも多数ある」

「面積は我々の計画の十倍はありますね」

「大きさじゃない。機能性だ。どれだけ、効率の良い都市になっているかを推測しろ」

各自、写真のコピーを横に置くと、タブレットを出して調べ始めた。それを見て、近藤が瀬戸崎に向かって肩をすくめた。

「中国はすでに我々より数年先を走っている。特にコロナ禍の後は、新しい町造りに力を入れている。彼らのスーパーシティのコンセプトは、感染症を抑え込むには絶大な威力を発揮したからな」

「すごい数の防犯カメラです。町中の死角を失《な》くそうとしてるみたい。人権を無視したからできたことです。スーパーシティの目的が、住民の監視にあるとしか思えません。日本と一緒に考えるなんて無理なんです」

経産省の女性が、タブレットの地図を操作しながら言う。

「だったら、人権を無視しないで安全を確保できる方法を考えろ。追いつくだけではダメだ。追い抜き、突き放す覚悟でやってほしい」

全員がタブレットに見入っている。

「防犯カメラの数、位置、車の数と種類、建物の数や大きさで人口や規模は分からないか。町のエネルギー源や交通網が分かれば、どういう町造りを考えているか想像できる。他に、何か新しいものはないか。新しい形のスーパーシティの可能性はないか」

瀬戸崎はスタッフを叱咤《しった》するように声を出した。

「国生さんはこれらの町のどこかにいるんですね」

鳴海が北京近郊の町を見ながら言う。

その時、ふっと瀬戸崎の動きが止まった。国生が言った言葉を思い出した。

「新しいものにこだわるのもいいが、周りを見て過去を再考することも重要だ」

国生は瀬戸崎の目を見ながら言った。何かを訴えたかったのか。

瀬戸崎はスマホを出して、一枚の写真を鳴海に見せた。

「これは、コクショウがワールドスイッチに納入していたパーツだ。今はライセンス契約をしてワールドスイッチが自社で製造している」

鳴海はスマホを受け取り、拡大したり縮小したりしながら見ている。

「これはどこで手に入れましたか」

「国生さんが、製品を分解して見せてくれた」

「わざわざ分解して、見せてくれたんですか」

鳴海が念を押すように言うが、目はスマホの写真に吸いついたままだ。

瀬戸崎は手を伸ばしてスマホをタップした。写真は図面に変わった。

「部品を分解した後、図面も見せてくれた」

「この写真、私のスマホに送ってもらっていいですか」

「国生さんは部品も図面も、写真を撮ることを許可してくれた。僕の判断で誰に見せてもいいということだろう」

鳴海は瀬戸崎が送った写真を見ながら考え込んでいる。

「何か疑問があるのか」

「今日は、失礼させてもらいます。寄っていくところがあります」

「それじゃ、僕の頼んだこともよろしく。時間があったら、戸塚さんのところに行ってくれ」

瀬戸崎は鳴海にヤマト自動車関連会社の技術が、スーパーシティに使えないか調べてもらっている。

鳴海は何かを考えながら、部屋を出て行った。

その夜、久し振りに瀬戸崎は二十二世紀経済ラボの小西に電話した。

〈まだ似たような情報しか持っていませんよ。ステラのCEOが中国に出入りしてることは知ってる

でしょ。でも、あなたがデビッドソンと知り合いだとは驚きです。それもかなり親密な友達だとは〉

「だったら、彼が問題を抱えていることも」

〈中国にステラの工場を作ることですね。かなり現実味を帯びてきました。私の仲間はみんな驚いています〉

「どのくらいの確実性ですか」

〈かなり高い。なんとか、阻止できればいいんですが。友人ならなんとかするべきです。彼のためにも、日本のためにも〉

瀬戸崎には言葉がなかった。


翌日の昼前、瀬戸崎が若手に電気自動車の講義をしていると戸塚から電話があった。

〈あんた、今何してる〉

「仕事をしています」

〈外せない仕事か〉

「できれば外れたくない仕事です。どうかしたんですか」

〈瀬戸崎さん、ちょっと付き合ってくれんか〉

今までとは違った口調の声が返ってくる。懇願の響きが混ざっている。

「すぐに行きます。今、どこですか」

〈あんたの役所の前だ〉

瀬戸崎は訳を話して、近藤に講義の続きを頼んだ。

急いで外出の用意をすると、部屋を飛び出した。

門の前で通りを見ると、軽トラックが止まり、運転席の窓から戸塚が首を突き出している。

「何です、真剣な顔をして」

瀬戸崎は助手席に乗り込んだ。

「見てもらいたいものがある」

戸塚は前方を見たまま言う。

三十分ほど走ると、中小企業が軒を連ねる通りに入った。前に来たところだ。

「あんたは、日本の中小企業は技術は高いが、世界が見えていないと言ったな」

「侮辱したわけじゃないです。もっと——」

「いや、あんたが言う通りだと思った。俺たちは何も考えちゃいなかった。渡された図面通りのモノをより正確に、より大量に、より安く作ることしか、頭になかった。それが元請けからの要求だった。それで、十分に潤っていた。だから、今になってアタフタしてる」

「政府にも責任があります。もっと世界の動向を——」

「自分たちが作った部品がどこに、どのように使われるかさえ、考えない者もいる。これじゃいかんと思ったよ。せめて、どこの部品で、何の役割かくらいは熟知しておかなきゃな。あんたに言われて、俺は仲間の者にもそう言い続けてきた。その仲間の一人から電話があった」

戸塚はスピードを落とし、前方を睨《にら》むように見ながら話している。

「あんた、鳴海に言ったんだろ。コクショウの蓄電池の部品の話だよ。現在使われているステラの蓄電池の部品に使われている。その特許が、中国に押さえられるかもしれないって」

「ワールドスイッチの話ですね。そこの部品にコクショウが特許を持つ部品が使われています」

「俺流に調べてみた。俺のジャンパーのポケットを見てみろ」

瀬戸崎が戸惑っていると、さっさと見ろと繰り返した。

瀬戸崎は戸塚のポケットから折り畳んだ紙を出して広げた。ワールドスイッチの部品の写真だ。

「それはインターネットで調べたものだ。コクショウが関係している部品は、もう一枚の方だろう」

瀬戸崎はポケットに手を入れて、別の用紙を取り出した。昨日、鳴海に渡した国生の部品と図面を撮った写真だ。

「この部品です。何かいい知恵がありますか」

車が止まった。前に来た沢村金属加工の工場の前だ。

「いるか。俺だよ」

大声を出しながら工場の中に入っていく。

瀬戸崎は戸塚の後に続いた。

機械オイルのこげた臭《にお》いが漂っている。旋盤で精密加工をする時にはよく使ったものだ。

オイルの染みだらけのつなぎの男が出てきた。沢村だ。そのあとにもう一人が続いた。鳴海だった。

「ご無沙汰《ぶさた》してます。勉強会はまだ続けてます。瀬戸崎さん、ＥＶからスーパーシティ計画に移ったんですね」

「縁は切れてません。前より関係が深くなったと思っています。ＥＶの新しい役割を考えています」

「瀬戸崎さんが、国生がワールドスイッチに納めてた部品の写真を鳴海に見せたんだろ。今はライセンス生産になってるらしいが」

戸塚の言葉に沢村が鳴海に視線を向ける。鳴海が話し始めた。

「すいません、勝手なことをして。瀬戸崎さんに部品と図面の写真を見せてもらった後、戸塚さんに電話をしました」

「あの部品の特許を国生が持ってて、それがワールドスイッチの蓄電池に使われてるんだな。だから、ステラは中国に生産拠点を移さなきゃならない」

戸塚が瀬戸崎に向かって言う。

「代替品があるんですか。かなり性能がいいものです」

「それを調べてるんだ。特許に触れずに、同じ働きをする装置があればいいんだろ」

「ここにそんなものがあるんですか」

「おい、見せてやれよ。電話で話してた装置だよ。あんたが、写真を送ってきたやつ」

沢村は部品棚からこぶし大の金属の箱を持ってきた。

「な、国生の製品と似てるだろ。形が似てても仕方がないんだけど。これは、なんとなくピンと来たんだ。俺の勘はけっこう当たるんだ」

瀬戸崎は渡された装置を手に取って眺めた。たしかに形は似てなくもない。しかし、大きさは違うし、形も微妙に違う。

「形だけが似ててもね。第一、何の部品かも分からない」

「やはりダメか。申し訳なかった。時間だけ取らせて」

「蓄電池の電圧を制御するものです。使われている箇所は、蓄電池のこの部分です」

瀬戸崎はスマホを出して、写真を見せた。

沢村は拡大したり、顔を近づけたりしながら、十分ばかり見ていた。

「私はＥＶの蓄電池なんて写真で見ただけだったが、先日ネクストで初めて本物を見て触った」

「だからダメだって、瀬戸崎さんは言ってるんだ。自分が作った製品が最終的にどういった働きをするか、責任を持てって」

「役割は似たようなものかもしれないな。問題は形かな」

沢村は呟きながらスマホの写真を見ている。

「ステラ社が現在使っているのは、ワールドスイッチ社のものです。ワールドスイッチは世界最大手の蓄電池の――」

瀬戸崎の言葉を無視して、沢村は瀬戸崎のスマホの写真を転送すると、装置を持ったまま奥の部屋に入っていく。

戸塚と鳴海も後を追っていった。

瀬戸崎は一人とり残され、あらためて工場内を見回した。旋盤、ドリルなど工作機器が並んでいる。壁とその前のデスクには工具が整理されて置いてあった。ここで親の代、さらにその前の代から工場を続けているのだ。この火は何としても護っていかなければならない。

二十分ほどして、瀬戸崎が声をかけようと思ったときに三人が出てきた。

沢村と鳴海が両手に何かの装置を持っている。

デスクにそれを置いた。

「用途は同じものだ。蓄電池の電圧制御。沢村がこっちの方が形状が似ているというんだ。あんた、どう思う。形だけ似ててもしょうがないけど」

「たしかに形と大きさは近いですね。問題は性能です」

瀬戸崎はスマホの写真を出してデスクに置いた。

「材質はステンレスか」

「チタンです。だから高価です」

戸塚の問いに瀬戸崎が答える。

「ここのはステンレスだ。大きさもかなり違う」

「材質は変えても問題ないと思います。チタンにすればかなりコンパクトになります。その分、形も自由にできる。値段は高くなるが少し変更を加えれば、性能もワールドスイッチのものと変わらないと思います」

沢村は話しながらもスマホの写真を見つめている。

「思いますじゃだめなんだ。写真は鳴海が持っている。ゆっくり見て考えろ」

戸塚が思いがけず強い口調で言った。

瀬戸崎は彼らの話を聞いていたが、背を向けてスマホの電話番号をタップした。

「コクショウの特許の件だけど、解決策は見つかったか」

〈ワールドスイッチはやはりコクショウのモノを使うそうだ。うちとしては、中国の要求を飲むしかないな〉

デビッドソンの淡々とした声が聞こえてくる。

「突然、部品供給ストップか、値段を上げられるか。相手の機嫌を取りながら、綱渡りをするしかない。最後は何かと理由をつけて、技術と特許の譲渡を迫って来る。これが現状だ」

〈心配してくれてるのか。頑張れるだけは、頑張ってみるよ〉

電話は切れた。

「あんた、英語がうまいな。相手はアメリカ人のビジネスマンか」

「それに近いのかな。ステラのCEOです」

瀬戸崎が戸塚に答える。

「まさかウィリアム・デビッドソンですか」

沢村の言葉に瀬戸崎は頷いた。

「だったらこの装置は――」

「ステラの車の蓄電池に使えないかと思ったんだ」

沢村が無言で装置を見つめている。

「悪かったな。時間を取らせて。俺はピンと来たんだけどな。俺も潮時ということか」

「いや、ありがたいです。戸塚さんが気にかけてくれてただけでやる気が出ます。今後も、よろしくお願いいします」

戸塚の言葉に沢村が礼を言っているが、目はデスクの装置に向いている。

（5）

二日後、自動車関連企業の勉強会の後、瀬戸崎のところに戸塚がやってきた。

瀬戸崎は勉強会には極力出るようにしている。下請け会社の技術レベルや考え方を知るにはよい場だった。

「時間はあるか」

「これから経産省に帰るだけです」

「ついて来てくれ」

戸塚が先に立って歩き始めた。

通りに出ると、戸塚がタクシーに向かって手を上げた。戸塚は乗り込むと行き先を告げて、スマホを出した。十分ほど走ってタクシーが止まった。通りに、沢村が立っている。

戸塚は二人を近くのコーヒーショップに連れて行った。

沢村がテーブルの上に布で包んだものを置いた。戸塚をちらりと見て、布を開けた。中に金属の箱型の装置が入っている。

「プラグインハイブリッド車の蓄電池のケースだ。コクショウの製品とほぼ同じだろ。もちろん、性能もだ」

戸塚が瀬戸崎の方に押し出す。

プラグインハイブリッド車は、ハイブリッド車に外部充電機能を追加し、より電気自動車に近づけた車だ。蓄電池には、充電スタンドから直接充電できる。

「鳴海から送ってもらった図面と写真から沢村が作った。彼が昔、親会社に頼まれて作った試作品に似てるらしい。蓄電池に付いている冷却機能付きのコネクターだ。急速充電するときの熱を効率よく逃がす工夫を彼がした」

瀬戸崎は装置を手に取った。コクショウの装置よりわずかに軽い。

「ずいぶん小型ですね。同じ性能なら、問題ないと思いますが、僕が思っても仕方がない。ネクストに持って行って、調べてもらうのがいちばんです」

沢村の目が赤い。顔色も悪くかなり疲れているようだ。

「こいつ、先日あんたと会ってから寝てないんだ。ずっとこいつにかかりきりだった。今日もギリギリまでやってて、勉強会に出てこれなかった」

「大げさに言わないでください。やりたかったから、やってみた。こんなに時間を忘れてやったのは何年ぶりかです」

瀬戸崎のポケットでスマホが震えている。ステラの表示が出ている。

「ちょっと、失礼します」

瀬戸崎はスマホを耳に当てた。

〈いよいよ、期日が迫ってきた。きみには申し訳ないが、中国と手を組まざるを得ない。きみには知らせておいた方がいい気がしてね〉

「いずれ、中国に取り込まれる。これは中国政府の方針だ。アメリカ政府の助けは得られないのか」

〈それも私のポリシーに反する。なんとか頑張りたいが、もう限度だ。工場を中国に作るだけだ。他の自動車メーカーと同じだ〉

言葉は強気だが、デビッドソンの声はかなり憔悴《しょうすい》している。彼なりに悩んだのだろう。

ステラの東京本社で、そして数日前の銀座の寿司屋で夜中まで話し込んだ時のデビッドソンの笑顔と声が、瀬戸崎の脳裏をかすめた。

〈日本時間で、明日の午後七時には北京に到着していなければならない。食事の後、契約だ〉

「羽田には寄らないのか」

〈今回は直接、北京に行って、そのままアメリカに帰る〉

「北京に行く前に、羽田に寄ってくれ。見せたいものがある」

〈もう、手遅れだ。東京での時間は楽しかった。きみには感謝している。またいつか会いたい〉

瀬戸崎の言葉を待たず、電話は切れた。

「何か悪い電話か。英語は分からんが、かなり切羽詰まった話し方だったが」

戸塚が聞いてきた。沢村も瀬戸崎を見ている。

瀬戸崎はスマホをタップした。

「いま、沢村さんと戸塚さんに会っている。ステラの蓄電池がらみだ。彼らが興味深い部品を持ってきてる。例の部品の代わりとして使えないか調べてくれないか」

〈沢村さんが作っているやつですね。僕らも興味があります。実験装置もそろってます。まずは、図面と写真を送ってください。すでに取っている実験データがあればそれもお願いします〉

瀬戸崎は試作品を様々な角度から写真に撮って鳴海に送った。

〈解析して一時間後に電話します〉

瀬戸崎の返事の前に電話は切れた。

「鳴海のところか。蓄電池のベンチャーだからな。いい結果が出るといいが」

戸塚の言葉が終わらないうちに、瀬戸崎のスマホが震え始める。

〈うちのエンジニアに見せたら、本物を見たいそうです。明日にでも――〉

「今からそっちに行ってもいいか」

瀬戸崎はデビッドソンからの電話について話した。

「もう手遅れかもしれない。しかし、できる限りのことをしたいんだ」

話し合う声が聞こえたが、すぐに鳴海の声が返ってきた。

〈了解です。体制を整えて待っています〉

瀬戸崎、戸塚、沢村の三人は平和島にあるネクストに向かった。

ドアを開けると鳴海が立っている。

さほど広くない実験室に十人ばかりの若者が集まっていた。

「うちの研究開発室のメンバーです。社員としては三人。あとは協力者です。全員に集合をかけました」

「こんなに大勢いたのか。心強いよ」

「半数は自宅でやってます。残りの半数は、大学との掛け持ちです。ここに詰めているのは僕を入れて三人。重要な実験とミーティングには全員集まりますが」

「実験を始めましょう。明日の夕方までに詳細なデータが必要なんでしょ」

夏野の言葉で、沢村はテーブルの真ん中に持って来た試作品を置いた。全員が集まって試作品を見ている。

鳴海の指示で三つのグループに分かれ、試作品のデータ収集を始めた。

日付が変わった直後、鳴海が瀬戸崎のところに来た。

「このままでも十分使えると思います。いまデータのまとめに入っています。しかし、この試作品に少し改良を加えれば、さらに良くなります」

「その改良にはどのくらい時間がかかる」

「一週間もあれば、十分です」

「一日でやれないか。改良品の検査も含めてだ。デビッドソンは今日の夜、北京で契約書にサインする」

「今すぐ取り掛かります」

鳴海は若者たちに指示を出し始めた。

「何時だと思ってる。もう翌日だ。デビッドソンは直接北京に行くんだろう」

戸塚が瀬戸崎の耳元で囁く。

「どうせ家に帰っても、眠れないでしょ。ベンチャー魂です」

「それぞれが分担して作業を始めてくれ。データは三時間ごとに集まって、全員でチェックする。おかしなデータが出たら、すぐに報告すること」

鳴海が怒鳴るように言う。

やがて、窓の外がぼんやり明るくなってきた。新聞配達のバイクの音が響いている。バイクが止まり、足音が近づく。時計を見るとあと少しで午前六時だ。

夏野たちは鳴海を中心に三時間ごとに集まり、得られたデータをチェックした。そのたびに戸塚がコーヒーを淹《い》れている。

「すべて順調です。今のところ、おかしなデータは出ていません」

何度目かのデータチェックの後に鳴海が言う。すでに昼をすぎた。

「あと、どのくらいかかりそうだ」

「五、六時間というところです。順調にいけば」

鳴海が時計を見ながら答える。

「デビッドソンは必ず東京に寄る」

「正確には何時ですか」

瀬戸崎は時計を見た。今頃、デビッドソンは空の上だ。

〈ステラのＥＶに積みたいモノがある。東京で見せてやる〉

メールを送った。デビッドソンはいつもスマホでメールを見ている。

「彼は北京に新工場の契約に行くと言ってるんでしょ。羽田には寄らないで」

「必ず寄る。僕には分かるんだ」

瀬戸崎のスマホが鳴り始めた。

「デビッドソンの衛星電話からだ」

スマホをスピーカーにしてデスクに置いた。全員の目がスマホに注がれている。

〈私のガルフストリームの具合が悪い。羽田で一時間の点検時間を取った。しかし、日本時間、午後二時には離陸しなければならない〉

「北京着は午後七時ではなかったのか」

〈早まったんだ。彼らは契約を急いでる。点検で異常がなければ、直ちに北京に発《た》たなければならない〉

「羽田には何時に到着する」

〈あと、一時間ほどだ〉

「必ず待っていてくれ」

瀬戸崎はスマホを切ると、今まで出ているデータをまとめるように言った。

「ガルフストリームってなんです」

「デビッドソンの自家用ジェットだ。故障などしそうにない新型機だ」

機体の点検を装って、羽田に緊急着陸するのだろう。

「改良型の試験は続けるんだ。新しいデータは沢村さんのタブレットに送ってくれ」

瀬戸崎は矢継ぎ早に指示を出しながら、テーブルの上の試作品をウエスで包み、データシートをかき集めた。三十分が経過した。デビッドソンが羽田に着くまでに、あと三十分余り。

瀬戸崎は沢村の腕をつかんで、マンションを飛び出した。

通りに出て、タクシーに手を上げた。

「羽田まで行ってくれ」

タクシーに乗り込むなり言うとスマホを出した。デビッドソンからのメールが入っている。プライベートジェット専用ゲートの地図と伝言が表示されている。

読み終わると同時にスマホが鳴り出す。

〈今、羽田に到着した。点検時間が三十分に削られた。管制塔の指示だ。空も過密ダイヤらしい〉

「三十分で行く」

瀬戸崎は英語と日本語で怒鳴った。

「お客さん、どんなに急いでも三十分は無理だ。三十五分だ」

タクシーのスピードが上がった。

羽田空港の国際線ターミナルが見え始めた。

「第三ターミナルだ。ロイヤルパークホテル側に回ってくれ」

「近道なのか。第三ターミナルなんて聞いたことがない」

「ゲートを開けてくれている。プライベートジェットの客専用の入口だ。メールに書いてある」

タクシーはゲートを抜け、滑走路を走った。

プライベートジェットのタラップに腰を下ろした男が見える。

「デビッドソンだ」

タクシーはデビッドソンの前にブレーキ音を響かせて止まった。

沢村がデータと試作品、さらに改良型の試作品をデビッドソンに見せた。

デビッドソンはデータと試作品を手に取り、食い入るように交互に見つめている。

やがて顔を上げて試作品を瀬戸崎の手に押し付けると、自分はデータをめくり始めた。

「誰がどこで作った」

「沢村さんたちが、彼の工場で作った」

デビッドソンは秘書に何かを告げると、沢村を抱くように引き寄せ、ジェット機から離れて止めてあるバンの方に歩き始めた。

「あなたも一緒に行ってください」

秘書が瀬戸崎に告げる。

「きみは」

「ジェット機の飛行中止の手続き後に、東京本社に向かいます。飛行不能の故障が見つかりました」

瀬戸崎ら三人は後部座席に乗り込んだ。デビッドソンは隣に沢村を座らせ、しきりに話しかけている。沢村も片言の英語で必死に答えている。

「これから、東京の実験室に行って、ステラのエンジニアにこの試作品をチェックさせる。うまくいけば、中国野郎に一泡吹かせることができる」

デビッドソンが瀬戸崎に向き直って告げた。

「このデータはいつ取った。そもそもこの部品は何なんだ。似ているが、かなり違うぞ」

「データを取ったのは数時間前。改良型は今もデータの収集中です。本来はプラグインハイブリッド車の蓄電池に使うものですが、形状を変えることには問題ありません」

「データが間違いないとして、生産体制は整っているのか」

「我々の仲間でなんとかします。政府の援助も得られると思います」

デビッドソンの矢継ぎ早の質問に、沢村は時折、瀬戸崎に視線を向けながら懸命に答えている。

沢村の答えに大きく頷いたデビッドソンが、カバンからタブレットを出して操作した。その画面を瀬戸崎たちの方に向ける。

「ステラの内部資料だ。極秘資料に当たるが、よく見てくれ。きみたちの試作品のデータは、我々が採用している物に近い。しかし、ある値はまだ低い。上げることは可能か」

「低いものもあれば、勝っているものもある。改善できる値だと思う」

沢村が必死で答えている。時折、瀬戸崎の方を見るので、続けるよう合図した。

「思うではだめなんだ」

デビッドソンの声と表情が鋭くなった。世界トップレベルの企業経営者の顔になっている。

「現在、改良型のデータを取っている。これよりいい数値が出るはずだ」

瀬戸崎が沢村に代わって答えた。

瀬戸崎は鳴海に電話して、取れたテストデータを送るように言った。

タブレットに送られてきたデータをデビッドソンに見せた。

デビッドソンは考え込んでいる。

「これをステラの検査室に送っていいか」

デビッドソンの言葉を沢村に伝えると、しきりに頷いている。


ステラの東京本社の検査室には、呼び出された研究者とエンジニアが十人以上集まっていた。

沢村には日本人研究者が付いて通訳と世話をするという。

沢村が検査室に入った後、デビッドソンが瀬戸崎に向き直った。

「これからステラの研究者が総力を挙げて、テストをする。きみらを疑っているわけじゃない。社内規則だ。不備が起こると、会社の存亡に影響する。結果は半日もあれば出る。最終結果はアメリカと電話会議をして、明日中には結論を出す」

デビッドソンは早口の英語で言うと、瀬戸崎について来いと言う。

二人は検査室の横に回った。壁がガラスになっていて、中の様子が見える。

検査室内ではすでに検証テストが行われている。

沢村が中央に立ち、試作品を持って説明をしている。横のホワイトボードには、ネクストから新しく送られてきたデータがぎっしりと貼《は》られていた。

瀬戸崎は大学時代の実験室を思い出していた。夢と情熱、野心と希望、様々な感情が溢れていた部屋だ。

「ネクストも彼らの実験室で追加検査をしている。そのデータも送るように頼んでみる」

「結果はできるだけ早くほしい。中国からは日本を発ったかと、問い合わせの電話があったそうだ。契約を急いでいる」

瀬戸崎はデビッドソンに断って、ネクストの鳴海に電話を入れた。

「鳴海君も来てくれないか。ネクストのエンジニアを数人連れて。沢村さんには、ステラにしばらくいてもらいたい。デビッドソンもステラの研究者も聞きたいことがあるだろう。きみも彼らに質問があるはずだ」

〈願ってもないことです。三十分でそっちに行きます〉

瀬戸崎は鳴海と入れ違いに、ステラの東京本社を出て、ネクストに戻った。


テストはまだ続いていた。

ネクストの研究者が夏野を中心に総力を挙げて取り組んでいる。

「昨日から寝てないんだろ。交代で仮眠を取ってくれ」

「寝てなんていられませんよ。ステラの連中との競争です。絶対に負けません」

夏野の声が返ってくる。

「出た結果は随時、ステラに送ってくれ。鳴海君が彼らとの間に入っている。最終的に彼らの結果と比べたい」

瀬戸崎は戸塚にこれまでのことを話した。戸塚は無言で聞いている。

「アメリカ本社の会議にかけているようです。最終的にはデビッドソンの一声で決まるようですが」

「さすがアメリカだ。結論が早い。従来パーツの入れ替えの決定だ。ヤマトだと最短でも二か月はかかる。それが二日だ。それもこんな異常な状態で」

戸塚が呆れたような顔で言う。

本来ならば何か月、場合によっては何年もかけて出す結論だ。しかし、今回はすでに使用されている製品の改良型だ。耐久性試験などは大幅に省くことができる。

「感謝しています。あなたは日本とアメリカの自動車業界を中国の脅威から救った」

瀬戸崎は改まった口調で言って、戸塚に深々と頭を下げた。

「大袈裟《おおげさ》なことを言うな。たまたま沢村のところの製品を知ってただけだ」

「おそらく、同じような事例はこれだけじゃないと思います。各社の製品をもっとオープンにすれば、自動車以外の分野にも、汎用《はんよう》性のある部品が多くあると思います」

「この話がまとまったら、他にも働きかけてみる。しかし、あんたもよく我々に相談したね。あんな写真や図面まで見せて」

「国生さんと最後に会ったとき、彼が特許を取っている部品と図面の写真を撮らせてくれました。その時、世の中には様々なやり方がある。問題はそれに気付くかどうかだ。新しいものにこだわるのもいいが、周りを見て過去を再考することも重要だ、って言ったんです。初めは、何のことか分かりませんでしたが」

「あんたが、気付くと思ったんだろう」

「僕があなた方と勉強会を開いているのを知ってました。おそらく彼は、沢村さんの製品が自社の製品に近いことに気付いていた。だから私にヒントを与えた」

瀬戸崎の脳裏にスーツを着込んで赤いフェラーリの横に立つ国生と、油に汚れたつなぎ姿の国生の姿がダブった。国生の真の姿は、つなぎの方だろう。

ネクストとステラの両方で、お互いのデータを共有しながら、徹夜でテストは続けられた。

翌日の昼前には、データは問題なしと認められた。しかし今後、当分の間はステラ、沢村金属加工、ネクストの三社共同の研究開発が続けられる。とりあえず、デビッドソンの中国行きは中止になった。

夕方にはステラと沢村金属加工との半年間の仮契約が結ばれた。

沢村と鳴海が品川インターシティにあるステラ東京本社の検査室に出向き、追加のデータ採取と本格的な生産までの手順が決められることになった。大きな問題がなければ、そのまま本契約に移行される。

それらの経緯はステラの意向で、逐一マスコミに流されることになった。〈ステラ新蓄電池の開発成功か〉の見出しとともに。


夜、瀬戸崎はステラの社長室でデビッドソンと会っていた。

彼は翌日の朝、アメリカの本社に帰ると言う。至急、役員会を開いて、本格的に蓄電池の生産体制の見直しにかかるとのことだ。

ステラとネクストの研究者とエンジニアたちは、銀座に食事を兼ねて飲みに出ている。

大きめの窓からは都内の高層ビルの明かりが見えた。その間には、色とりどりの光が敷き詰められた光の絨毯《じゅうたん》となって広がっている。

瀬戸崎とデビッドソンは夜の東京を眺めながら、コンビニで買ってきた缶ビールを飲んでいた。

「夢のような数日間だった。しかし、久し振りに充実した日々だった」

デビッドソンが感慨を込めて言う。

「問題はこれからだ。世界が変わるまでに十年もない。その前に、やることが多すぎる。時々頭が混乱する」

「真面目《まじめ》すぎて面白みのない男だと思っていたが、当たりだな。もっと単純に考えろ。人生を楽しめ。その方が先が見える」

デビッドソンが笑いながら、瀬戸崎をいたわるように言う。

「EV業界はますます競争が激しくなる。あらゆる業界が参入を狙っている。リチウムイオン電池で画期的なものは、当分ないだろう。部品の一部が新しくなる程度だ。ステラは燃料電池の開発も進めてるんだろ。全固体電池や水性ハイブリッドイオン蓄電池だってある」

瀬戸崎は新しい缶ビールを開けた。

「ステラは虚構の企業だと言っただろ。しかし、あながち虚構とも言えなくなった。鳴海の蓄電池も可能性を秘めている。ステラと共同開発すれば新しいものが生まれる。これもきみのおかげだ。感謝している」

さて、と言って、デビッドソンが瀬戸崎に視線を向けた。

「現在、世界で動いているエンジン車がすべてEVに変わると、どれだけの電力が必要か考えたことがあるか」

「日本でも問題になっている。百万キロワットの原発十基分だという試算がある」

「膨大な電力が必要になる。現在使われているガソリンと同じエネルギー換算の電気だ。電気を生み出すのは、発電所だ。火力発電、原子力発電、そして循環型発電だ。太陽光、風力、地熱、バイオ燃料で生み出した電力を効率よく使って、車を動かすことが必要になる。こういうことまで考えているEV推進派がどのくらいいると思う」

デビッドソンが自問するようにボソリと言った。

瀬戸崎も計算しかけたことはある。さほど難しい計算ではないが、ある程度結果が分かった段階で止《や》めてしまった。現在の仕事がバカらしくなっては困ると思ったのだ。

「現在ある発電所が作る電力の多くが、車の蓄電池を充電するのに使われることになる」

電気自動車化に必要な電力は、現在の総電力量の十四パーセントだ。これだけの電力を循環型のエネルギーから生み出さなければならない。ハードルは高い。車社会であるアメリカでは、さらに大量の電力が必要になるだろう。

「政府も政治家も技術的問題、それに関係したシステムとしての問題を考えずに、結論だけをありがたがる。地球温暖化防止、二酸化炭素削減、環境問題の改善、EVの推奨。これらがセットになって天から降りてくると信じている。現実はもっと複雑で一筋縄では行かない」

デビッドソンは酔いの回った口調で話している。

「結論ありきで、それに向かって突っ走る。それも悪くはない。時にはだが」

「実は私もそう思ってる。彼らは科学技術を知らない。思いつきで、勝手なことを言うだけだ。夢のような目的を平気で掲げる。だから私たちは、必死になって夢を実現仕様にでっち上げていく」

デビッドソンは、瀬戸崎の肩を叩いて笑い出した。

「スーパーシティ」

二人が同時に声を出した。

「僕が作ろうと思ってるスーパーシティは、将来的には完全に自立型の町だ。まずは、エネルギー供給を他からは頼らない町を考えている」

「それは無理だ」

デビッドソンがスマホを出すと、何度かタップして瀬戸崎に見せた。

こぢんまりした美しい町の写真だ。

「カリフォルニア、パームスプリングスの近くに作りつつあるスーパーシティだ。砂漠の中の町だ。完全自立型を目指したが無理だった」

「砂漠だから電気は太陽光でまかなえるだろう。問題は水か」

「当たりだ。地下水は五年で枯渇するという結果が出た」

「面積と人口は」

「二万エーカー。人口は百五十万人」

ビル・ゲイツが二〇一七年からアリゾナ砂漠でスマートシティ計画を進めている。規模は二万五千エーカー、人口二十万人だ。日本のスーパーシティは人口は七万人、デビッドソンのスーパーシティと比べると、二十分の一にも満たない。しかし、問題は人口密度だ。

「面積はいいとして、人口はもっと多い方がいい」

「人も消費だけでなく様々なものを生み出すということか」

「その通り。自立型はそこに住む人間自体も資源になる。つまり、人が歩けば電気を生み出すことも可能だし、人の排泄物《はいせつ》も利用できる」

「バイオテクノロジーか」

「車が走り、人が歩く。これらはすべてエネルギー。つまり、電力を作り出すのに使われる。家の屋根と壁には太陽光パネルを埋め込み、人が集まる場所には圧電素子を敷いて電気を生む。電気はすべて自動車と住宅に置いた蓄電池に溜《た》められて、最適な場所に分配される」

瀬戸崎は自分の思い描くスーパーシティを脳裏に浮かべながら話した。人と自然と町、そして車が一体となった空間だ。

「EVが人を運ぶだけでなく、電気も運ぶということか」

「電気は地産地消がベストだ。効率のいい小規模火力発電所を町の中心に置き、さらに太陽光による小規模発電を各家庭で行う」

「家の屋根と壁に太陽パネルをつけて、発電した電気は家とEVの蓄電池に溜め込む。いちばんの地産地消だ」

「『エネルギー、自立型スーパーシティ』ハーバードで書いた論文の一つだ」

「頭の隅に残っていたんだ。その執筆者と飲んでいるとはな」

「あれから四年になるが、どれだけ現実になったか」

「EVに移行するまでにまだ十年近くある」

「もう、十年もないんだ」

「ペシミストなんだな。そうは見えないんだが。各国がそれぞれ、自国に合った最適方法をそれまでに考える。私は国を信じるたちなんだ」

デビッドソンが笑いながら言う。

この男のことだ。おそらくすでに考えているのだ。

真剣に考えなければならないのは、日本のように大手の電力会社に頼りきっている国だ。ここ何十年も恒常的な電力不足も、大停電も経験したことはない。震災や、台風による局所的な停電はあったが、アメリカのように長期間続くことはなかった。

近年で最大の停電は二〇一八年の台風二十四号によるものだ。静岡県の八割、のべ二百五十四万戸が停電し、復旧まで七日間かかった。

「しかし、今後は国単位よりも、地球単位で考えなければならない」

デビッドソンが眼前に広がる光の輝きに目を向けて言う。

時計の針が翌日を指す前に二人は別れた。

デビッドソンはビルの出入口まで送ってくれた。

地下鉄の駅に向かって歩きながら、瀬戸崎の脳裏からデビッドソンの言葉が離れなかった。「EVの燃料は電気だ。その電気は発電所が作り出す」。

「問題はそこだ」

瀬戸崎は誰にともなく、呟《つぶや》いた。

翌日、瀬戸崎は九州のスーパーシティ候補地に飛んだ。デビッドソンがやり始めたスーパーシティの二十分の一の規模だが、新しい試みとしてはやりやすい。

九州に二泊した後、瀬戸崎はマンションに帰った。

マンションに入ろうとした時、スマホが震えた。

「連絡がないと思ったら、随分、充実した日々を送ってたのね」

由香里の、感情を抑え気味の声がする。

「仕事だ。官僚がこき使われているのは知ってるだろ」

〈北京に飛んでいるはずのデビッドソンを銀座で見かけたって情報がある。三日前の話だけど〉

「誰の情報だ。きみが見たのか」

〈ネクストの鳴海さんが、デビッドソンと一緒だったという情報もある。二人を結びつける者といえば、あなたでしょ。私が独占インタビューをする前にも、あなたは鳴海さんを連れてデビッドソンに会っている〉

「あれはたまたま、鳴海君がウィリーに──」

〈ウィリー。デビッドソンのファーストネームの愛称ね。あなたたち、そういう仲になってるのね。だったら、ステラの東京本社で会ってるという情報も本当のようね〉

「きみを出し抜こうなんて気はない。我々は単なる友人だ」

〈もう、友人になってるんだ。だったら、かなりいろんなことについて話してるわけね〉

「いずれ、きみにも話そうと思ってた。近いうちに会えないか。いつがいい」

〈今じゃダメなの〉

瀬戸崎は慌てて振り向いた。通りの反対側にライトブルーのコートを着た長身の女性が立っている。

二人はマンション前のコーヒーショップに入った。

「僕を待っててくれたのか」

「そうよ。取材でスーパーシティのグループに電話したら近藤君がでて、今日、飛行機で帰ってくると言ってた。羽田の到着時間を教えてくれたのよ」

「直接、僕に電話をくれればいいのに」

おそらく羽田からの時間までは分からなかっただろう。かなり待ったに違いないが、瀬戸崎は聞かなかった。

「私だって仕事があるのよ。それで、デビッドソンは今はアメリカね」

「多分ね。彼にとって、自家用ジェットは車代わりだ。世界中を飛び回ってる」

「今度、彼と会う時は必ず同行させて。私には、今までさんざん世話になってるでしょ」

「僕がEVを外されたことをデビッドソンに話したのはきみか」

「彼に聞かれたから、冷静に話しただけ」

「かなり落ち込んでると」

「言ったかもしれない。彼ならあなたを慰めてくれるかもしれないと思って」

「銀座の江戸寿司に誘ってくれた。ありがたかったよ」

瀬戸崎は由香里に今までのいきさつを話した。由香里は無言で聞いている。時々、深いため息のような息を吐いた。

「きみを信じて話したんだ。まだ書かないでほしい」

「私にも分別はある。話が落ち着いて、あなたとウィリーの許可が出たらね」

由香里はしばらくうつむき加減で考え込んでいた。やがて、顔を上げて瀬戸崎を見た。

「今後の日本の自動車メーカーの動向は、驚くほど激しくなるってことね。ヘタをすると沈没」

「だから経産省は軟着陸を狙ってる。大手自動車メーカーばかりではなく、関連企業を含めてね。プラザ合意やバブル崩壊のような悲劇を起こさないために」

「ミライ自動車の竜野社長を知ってるでしょ。あなたは渋谷で一度会ってる」

瀬戸崎はなぜ知っているのか聞こうとしたが止めた。それがプロの仕事だ。

「物事を公正に冷静に見ることができる人だと思った」

「その意見には賛成。でも、経営者としては弱すぎるところもある」

「優しすぎるか。ヤマト自動車ほどドライではないということか」

「経営者として、どちらが優れているか分からない。でも、私は竜野社長が嫌いじゃない」

「彼がどうかしたのか」

「たまには自分で調べてみたら」

二時間ほど話して、新聞社に寄るという由香里と別れ瀬戸崎は部屋に帰った。

そのままデスクに向かいパソコンを立ち上げた。

由香里に聞いた話が脳裏を離れなかったのだ。

第六章　未来に向けて

（1）

翌日、瀬戸崎は新橋に出た。東京駅寄りに、ミライ自動車の本社ビルがある。名前と所属を告げ、竜野社長に取り次ぐよう頼んだ。

社長室に通された。

竜野が座っているが、疲れの滲《にじ》んだ表情をしている。この半月余りでかなり痩《や》せたようだ。顔色も悪い。しかし、瀬戸崎を見るとわずかに笑みが浮かんだ。

「大丈夫ですか。体調が悪そうです」

「昨夜、広島の工場から帰ってきました。日帰りは私の年では疲れます。ところで、瀬戸崎さんはEVから外れたようですね」

「皆さんが心配してくれますが、完全に外れるということはありません。何をやっても、どこかで関係しています。EVのすそ野は、それほど広がりを持っているということです」

「私もそう思います。社会はある時、突然、大きく変革するというのは本当のようだ」

竜野はしみじみとした口調で話した。

「スマホ、AI、コロナ、EV。ここ数年で日本と世界は大きく変わりました。乗り遅れた企業は大きく後退する。倒産も覚悟しなければならない。人も国家も同じです」

「今日は何事ですか。突然なので、悪い事でなければと気をもんでいます」

竜野は冗談とも思えないような顔をして、瀬戸崎を見ている。やはり経産省官僚の突然の訪問は、普通では考えられないのだろう。

「広島工場ですが、本格的に閉じるのですか」

「どこから聞きましたか。まだ正式発表したわけではありません」

「仕事ですから」

瀬戸崎は言ったが、昨夜、由香里の話から調べて驚いて来たのだ。

「今のうちに絞れるものは絞っておかないと。しかし、従業員の整理というのは非情なものです。いくら、生き残るためとはいえ。この整理が終わり、会社の存続にメドがつけば私は退くつもりです」

「もし、広島の工場を閉じる必要がないとすれば、今からでも撤回は可能ですか」

竜野の視線が止まった。何を言っているという顔で瀬戸崎を見ている。

「車を作り続けるということですか」

「広島工場生産の車のブランド名は変わります。従業員の待遇は現状維持。その他の条件は交渉次第です。ミライ自動車本体にも、相応の利益は見込めます。代理生産とでも言えばいいのかな」

「願ってもない条件ですが——」

竜野の顔にも声にも半信半疑の様子が感じられる。

「工場売却の契約などはすでに決まっているのですか」

「いくつかのオファーは来ています。公にはできませんが。しかし、まずは人件費の削減です。昨日は希望退職の話をしてきました。やはり工場は地元従業員がほとんどですから、ミライ自動車内の他工場への配置転換は辞退者が多いでしょう」

「すべてを内密に進めているということですね」

「瀬戸崎さんの提案は、工場の稼働を続け、人員整理も工場の売却も必要ないということですか」

竜野が念を押すように聞いてくる。

「言った通りです。多少の変更はあるかと思いますが、工場の生産ラインは今まで通りに稼働させることはできると思います」

「申し訳ない。混乱していて」

竜野は興奮を隠せない表情で言う。

「心当たりがあるのですか」

「まだ、詳しいことは話せません。まず、ミライ自動車の状況と意向が知りたくて、伺いました」

「決定はもっと詳しい内容が分からなくては下せません。ただ、お聞きした限りでは、我々がお断りする理由はありません」

「現状のままで、来週まで、いや二日間待つことは可能ですか」

竜野は考え込んでいる。

「銀行と役員会にかける必要がありますが、なんとか待つように説得します」

竜野が瀬戸崎の前に来て、両手で瀬戸崎の手を握り締めた。その顔には涙が流れ落ちている。

ミライ自動車の本社を出た瀬戸崎は、近くのコーヒーショップに入りスマホを出した。

時計を見ると午前十時、パロアルトは午後六時すぎだ。

「きみが大洋自動車を買い取ろうとしたのはどうなった。あれから何も聞いてないが」

大洋自動車は日本で第四位の自動車メーカーだ。

〈話はそこまで進まなかった。ステラのＣＥＯというだけで毛嫌いされたようだ〉

デビッドソンの不満を含んだ声が聞こえる。

「会って話をしたと聞いている。公にはされなかったが」

これも昨夜、由香里から聞いた話だ。

〈会ってはくれた。私一人で大洋自動車の東京本社に乗り込んでいった。役員が全員そろってたよ。全員で珍しい動物でも見るように私を見ていた〉

「誰《だれ》でも世界一の金持ちは見たいものだ」

〈だから、金の話はしたさ。株価の三倍を提示した。株式交換の話だ。しかし、返事はノーだ。端《はな》から彼らに売却の意思はなかったんだ。ただ私を見たかっただけだ。私はやる気をなくしたね〉

「きみはビジネスは分かってるだろうが、日本人は分かっていない。彼らにとって、会社は自分たち自身なんだ。自分自身を金で売るような人間はいないだろう」

〈いや、大勢いるね。少なくとも私の周りには〉

スマホの向こうから含み笑いが聞こえてくる。瀬戸崎はかすかにため息をついた。

「ミライ自動車を知っているか」

〈日本の自動車会社で業界三位。社長は竜野宗規でエンジニアだ。伝統もあるし、技術力もある。いい会社だ。車のデザインもいい〉

「調べたのか」

〈ビジネスの原則だろ。だが、日本企業を買うのはやめにした。金では解決できない問題が多そうだ〉

「賢明な選択だ。買うより協力し合わないか。ずっと安くつくし、お互いにメリットが多い」

〈お前はミライ自動車の話をしているのか、それとも大洋自動車か〉

「ミライの方だ」

〈業界三位だぞ。四位に蹴《け》られたんだ。日本企業を買うのは諦《あきら》めた〉

「売るとは言ってない。ミライが車体を作って、ステラがモーター、蓄電池、その他の部品を取り付けて、ステラ製の車として売る。つまり分業体制をとる」

スマホから音が消えた。スマホの向こうでデビッドソンが固まっているのが感じられる。ステラは歴史が浅い分、自動車本体に弱い。特にボディには問題が多い。これはデビッドソン自身が言っていたことだ。

〈ミライ自動車が受け入れたのか〉

デビッドソンの驚きの声が返ってくる。

「竜野社長に会ってきた。ステラの名前は出してないが、乗り気だった」

〈どんな魔法を使った〉

「誠実に協力の提案をしただけだ。彼は前向きにとらえてくれた」

〈私が会って話す。乗り気だったのは間違いないんだな〉

「最終的には役員会とか銀行に話を通さなければならない。スタンドプレーができないのが日本流だ。しかし、高いハードルじゃない」

〈ビジネスにはスピードが大事だ。私が直接伝えたい〉

「明日、テレビ会議に出ることができるか」

〈もちろんだ。二十四時間、いつでも言ってくれ。日本時間で考えてくれればいい〉

スマホを切ってから、瀬戸崎は経産省に戻った。

瀬戸崎はスーパーシティ開発室に入った。

全員が慌ただしく働いている。

「みんな、優秀です。予定通り進行しています」

瀬戸崎に気付いた近藤が寄ってきて言う。

「あと二日、僕の我がままを許してほしい。それが終わったら、スーパーシティに全力投球する」

「EVですね。デビッドソンとはうまくいってるんですね。頑張ってください。スーパーシティが成功するかどうかは、EVにかかっているんです。核になる部分ですから」

でも、と言って声を低くした。

「何が起こってたか、終わったら必ず教えてください。それを楽しみに頑張ってます」

「もちろんだ。きみがいて助かったよ。安心して任せられる」

「瀬戸崎さんの予定表がしっかりしてましたからね。それに、全員が『人と町の未来』を読み込んでいます。今じゃ、文句を言う者はいません。全員、やる気満々です」

「間に合いそうか」

「なんとか。企業の連中も自分たちの役割をきっちり認識して、実装と折り合いをつけてくれています。何と言っても人選がよかったです」

心が軽くなった気がした。デビッドソンとの関《かか》わりの中で、常に気持ちの奥にあったものだ。

瀬戸崎は財務省の友人に頼み、ミライ自動車の財務状況をチェックした。想像したほどは悪くはなかった。竜野社長は彼の言葉通り、将来を見据え、体力の残っているこの時期に企業体制を整えておこうとしたようだ。これなら強気に出ても、デビッドソンは要求を飲むだろう。

翌日の午後、瀬戸崎は再度ミライ自動車を訪ねた。

「相手側の了解が取れました。電話では大いに乗り気でした」

「もう相手の名前を聞くことができますね」

「ステラです。CEOのウィリアム・デビッドソンとは友人です。詳細は直接話すと言っています」

竜野の顔がわずかながら輝いた。懸命に冷静さを保とうとしているが驚きと喜びは隠せないようだ。竜野の身体《からだ》が揺らいだ。瀬戸崎はその腕をつかんで支えた。

「申し訳ない。年とは思わないでください」

薄々は感付いていたはずだ。しかし、実際に名前を聞いて気が緩んだのだろう。

「デビッドソンとはウェブ会議を予定しています」

「願ってもないことです。教えを乞《こ》うことが多数ありそうです」

「もっと強気に出るべきです。ミライ自動車の強みを打ち出して、より良い条件を引き出してください。今の財務状況ならそれができます。申し訳ないが調べさせてもらいました」

その時、瀬戸崎のポケットでスマホが震えだした。

「かまいません、出てください」

瀬戸崎はスマホを出して、窓の方に行った。

〈竜野社長とのアポは取れたか〉

デビッドソンの声が飛び込んでくる。パロアルトは午後七時のはずだ。

「ぜひ話したいと言ってる。今、アメリカは――」

〈あと、二時間で羽田につく。広島の工場を見たい。竜野社長と羽田に来ることはできないか〉

「後で電話する」

〈おまえ、衛星電話を持ってるのか。私の方から電話する〉

待つように言うと、竜野にデビッドソンの言葉を伝えた。

驚きながらも竜野は頷《うなず》いている。

「竜野社長は羽田で会うそうだ」

〈一緒に広島に行って、工場を見たい。その旨も伝えてほしい。羽田で待っていてくれ。いつものところだ〉

到着時間を言うと、デビッドソンからの電話は切れた。

「彼のプライベートジェットで広島に行きたいと言っています。かなりせっかちな人間ですから」

「今から準備をします。申し訳ないが、座って待っていてくれませんか」

そう言うと秘書を呼んで、今後の予定を説明した。秘書も半信半疑で戸惑いを隠せない。

「彼の本を読んだことがありますが、人の何倍も生きているような人だ」

竜野は自ら広島工場に電話をして、用件を話した。

一時間後には三人は羽田に向かうタクシーの中にいた。竜野、瀬戸崎、秘書の三人だ。竜野が社の車ではなく、あえてタクシーを指定したのだ。

「今回は役員を連れて行くのはやめます。私一人で対処します」

「それがいい。金なら余るほど持っていて、目先の利く人物です。誇りを持って交渉してください。ミライ側が要求を吹っ掛けても、将来的に自社の利益になると思えば拒否はしない」

「そのようですね。長期的視野で考えることのできる人だ」

タブレットを操作しながら竜野が答える。

羽田につくまで、竜野はタブレットを熱心に見ていた。

瀬戸崎が気にしているので、竜野が見せてくれた。ステラのウェブサイトだった。彼は英語にも堪《たん》能《のう》なようだ。

飛行場の片隅に、デビッドソンのプライベートジェットが見える。

タラップの下段に座っているのはデビッドソンだ。ジーンズにTシャツ姿だった。

竜野と瀬戸崎、そして秘書が乗り込むと、ジェット機は離陸した。

機内にはデビッドソンの秘書と、ステラの弁護士が二人に会計士が乗っていた。

テーブルには数冊のファイルが置いてある。ステラとミライ自動車の概要説明だ。

「あなたの会社の概要はここに来るまでに勉強しました。現状はおおむね理解しています。ステラの概要説明のファイルです。機内で見ていただきたい」

Tシャツの上にブレザーを着たデビッドソンが言う。

「私もステラは理解しています」

竜野が流暢《りゅうちょう》な英語で言って、タブレットをデビッドソンに見せた。

「話はどこまでした」

デビッドソンが瀬戸崎を見て聞く。

「ミライ自動車の広島工場の生産ラインが余ってる。ステラ社が最高の車体を作るラインを探している。そこまでだ」

デビッドソンが竜野に向き直った。

「ステラのデザイナーとミライのデザイナーで、新しいEVのボディを作りたいと思っています。新しいデザインが決まるまでは、従来のステラのボディをミライの技術で作ってほしい。ミライの技術を全面的に信頼しています。それに見合う対価はお支払いします」

「従業員の雇用条件は現状か、それ以上と思って大丈夫ですか」

「そう考えています」

デビッドソンが竜野の手を握り締めた。

二時間後、瀬戸崎たちはミライ自動車の広島工場にいた。

「さすが日本の自動車メーカーだ。悔しいが、我々のところより、品質管理、効率、従業員の意識、すべてにおいて優れている。アメリカ工場にも、ぜひとも技術指導してほしい」

デビッドソンがしきりに感心しながら工場を見学した。

見学が終わった時、デビッドソンが改まった表情で竜野に向き直った。

「この工場では燃料電池の研究もやっていますね。前々から興味を持っていました」

「将来に向けての研究です。十年前のＥＶ用の蓄電池と同じです。値段、容量、効率など、どれをとってもまだまだです」

「正直に言ってくれて有り難い。しかし、ミライの車と論文にはステラの科学者とエンジニアも注目しています」

デビッドソンが瀬戸崎に向き直った。

「ここには燃料電池の研究施設もあるんだ。ぜひ見せてくれるように頼んでほしい。まだパートナーの契約も結んでいない。アメリカでは絶対に無理な話だが、無理を承知で頼んでいる」

瀬戸崎が竜野を見ると、工場長と話している。すでにデビッドソンの言葉を理解しているのだ。

「いずれは共同開発まで持っていければいいと思っています」

デビッドソンが竜野を促すように言う。

「普通は見せないが、例外的措置を取ります。ただし、写真は禁止ということでお願いします」

デビッドソンが大きく頷き、スマホを竜野に渡した。竜野は恐縮しながらも受け取った。

すぐに研究施設の燃料電池の責任者が呼ばれた。

デビッドソンはかなり専門的な質問をした。見学に一時間、その後の質問に一時間かかった。

「アメリカに帰って、さっそくステラの科学者に共同研究を相談してみます。ミライの科学者にもステラのラボを見てもらいたい」

「喜んで申し出を受けます。この研究はどうしても続けたいと思っています。ただ、資金的にかなり厳しい状況でした」

東京で急遽《きゅうきょ》役員会を開いて、細かい詰めをするという竜野の要請で、その日の夜にデビッドソンのジェット機で羽田に戻った。


その夜、瀬戸崎はデビッドソンに誘われて、ステラ東京本社近くのホテルのラウンジに行った。

窓の外には東京の夜景が広がっている。

「うまくいきすぎているのが怖い気がする」

デビッドソンが呟《つぶや》くように言う。この男にもそういう繊細さがあるのだ。見かけより、ずっとナイーブな人間かもしれない。大胆に突っ走るだけで細やかさがなければ、ここまでの成功は望めない。

「すでに、燃料電池車を考えているのか」

瀬戸崎にはデビッドソンが車体の生産より、ミライの燃料電池研究施設に興味を持っているように思えたのだ。

「EVは、すでに町を走ってる車だ。燃料電池車は、技術的にはEVの蓄電池部を燃料電池と水素タンクに置き換えるだけだ。走行距離と環境問題は解決できる。後はいかに安全に、いかに安くできるかだ。大量生産になれば値段は自然に下がる」

「要するに、早い者勝ちか」

「EVと同じだ」

瀬戸崎の言葉にデビッドソンが肩をすくめた。

「それに資本の力だ。資本は社会のニーズが決めてくれる。ステラがいい例だ。これからは環境の時代だ。環境の重大性なんか知らなくていい。いかに環境に配慮したものを作り上げるかが問題になる。分かりやすい世の中だ」

デビッドソンは皮肉を含んだ言い方をした。

「水素はその点、最高だ。燃やしても水ができるだけだ。誰も文句は言わない。いずれは火力発電所、製鉄所、ゴミ焼却炉、飛行機や船はもちろん、あらゆる燃料に使われる」

「水素が石油にとって代わるか」

デビッドソンが笑みを含んだ顔を瀬戸崎に向けている。

燃料電池は車に使うだけではない。燃料電池と水素のタンクさえあれば、空でも海でも、どんな所ででも電気を作ることができる。二酸化炭素も出さず、出来るのは水だけだ。

「地球環境に一番の敵は何か知っているか」

デビッドソンが瀬戸崎に聞いた。

「きみが考えていることは分かっている。本気かどうかは、疑問だが」

瀬戸崎はデビッドソンを指さし、次に自分を指さした。地球にとって最大の敵は人間だ。

「もちろん本気だ。しかし、いずれ共存はしたいね。人間は地球の片隅を借りて、ひっそりと生きていく。地球にもそのくらいはゆるす寛大さはほしいね」

デビッドソンが穏やかな声で言った。


瀬戸崎は経産省に戻った。

エレベーターを降りると、スーパーシティ開発室の明かりがついているのが見えた。

すでに午後十時を回っている。

部屋に入ると、近藤とほとんどの若手が残っていた。

「どうしたんですか、まだ一日残っていますよ」

「予定より早く済んだ。きみらこそ、働き方改革に反するだろう」

「この仕事、けっこう面白いです。学生時代に戻った気分です。仕事をしてるというより、新しいものを作り出している気分です」

国交省の若手が瀬戸崎に笑みを見せた。

「そうだ、きみらはまだ誰も見たことのない新しい町を生み出そうとしている。僕もきみらに負けないように、スーパーシティに全力投球する」

「EVは片付いたんですね。デビッドソンと国生はどうなったんですか。国生は中国に発ったと聞きましたが」

近藤が好奇心いっぱいの顔で聞いてくる。

瀬戸崎は二人についてかいつまんで話した。近藤は頷きながら聞いている。

若手たちも手を止めて二人の話を聞いている。

「いずれにしても近い将来、EVが主流になるということですね。ということは、スーパーシティは日本にとって重要なプロジェクトになります」

「重要性と緊急性を帯びてきた。ＥＶに移行するまでには、多くの問題が生まれる。スーパーシティでそれらの問題も解決しておきたい」

「充電スタンドや自然エネルギーの供給ですね。すでに洗い出して取り入れています。瀬戸崎さんの計画書にありました」

「あと一週間で完成させます」

若手の一人が声を上げた。

（2）

デビッドソンが帰国する前日、瀬戸崎は銀座のバーに呼ばれた。

スツールだけの静かなバーだ。デビッドソンは奥のスツールで一人バーボンを飲んでいた。すでにかなり飲んでいるらしく、顔中の筋肉が緩んでいる。

瀬戸崎は横に座って、同じものを注文した。

一口飲んで、むせそうになった。デビッドソンが笑いをこらえている。

「特別なバーボンなんだ。日本人には強すぎる」

デビッドソンが水の入ったコップを瀬戸崎に押し出した。

「きみに会えて、感謝している。きみは私のラッキー・パーソンだ。これからも連絡を取り合っていきたい」

瀬戸崎を見つめ、改まった口調で言う。

「僕もそれを望んでいる」

「明日、アメリカに帰る。どうせ、すぐに来ることになるだろうが」

「まだ何か、問題が」

「すぐに分かる。悪い話じゃないと思う」

瀬戸崎に向かって、ウインクした。

二人はしばらく無言でグラスを傾けた。

デビッドソンはかなり酔っていた。動きは緩慢だが、言葉使いはしっかりしている。いつもより、かなり饒舌《じょうぜつ》になっていた。

「私が作ろうとしているのは、車というより、私たちの生活の一部なんだ。生活において、なくてはならないもの。つまり、身体のパーツだ」

デビッドソンは瀬戸崎を見据えて真剣な表情で話している。

ステラの最近の研究体制を見ていれば想像がつく言葉だ。車だけでなく、住宅、家電、町のシステムにまで手を広げている。

「たかが自動車を作ってなんになる。人間には足がある。歩けばどこにでも行ける。遠くに行くには電車がある。車より早くて安全だ。もっと遠くに行くには、飛行機がある。時速千キロ近くなる。寝ていても、人を運んでくれる。近い所には自転車を使えばいい。オートバイだってある。車が必要なわけは何なんだ」

デビッドソンが問いかけてくる。

瀬戸崎には即答できなかった。自動車の意義、今までは突き詰めて考えてみたこともなかった。たしかに彼の言う通りだ。

「プライベートな空間の存在。車に乗れば、移動ができ、仕事ができ、リラックスでき、考えることができ、生き返ることができる」

「その通り。プライベートな空間。プライベートな乗り物だ。そして生活の一部だ。私はそれを作ろうとしている」

「自動運転でかなり近づいた。寝ていても目的地に運んでくれる」

「いや、まだまだだ」

デビッドソンは軽い息を吐いた。

「スマートフォンを電話だと考える人はいないだろ。多機能ツール。電話機能が付いた携帯型のコンピュータだ。カメラ、メール、検索、銀行、音楽プレイヤー、多くの機能を兼ね備えている。電話はその機能の一部にすぎない。すでに多くの人の身体の一部になっている」

デビッドソンが瀬戸崎を見据えた。

「車もそうなりつつある。単に人を移動させるだけではない。それも重要な機能だが、いずれ多くの機能のうちの一つにすぎなくなる」

「リラックスできる快適空間も機能の一つだ」

瀬戸崎は自分の声が、酔ってたどたどしいのに気付いた。

「そんなものじゃない」

デビッドソンが笑みを浮かべた。

「町中の車にカメラを搭載する。そこに映る情報のすべてが、ビッグデータになる。人の移動や行動が、メインサーバーに送られ保存される。つまり、町を行く人のすべての個人情報がね。性別、年齢、職業、経歴、家族構成——。いつどこへ行き何をしているか。すべてが記録され、分析される。犯罪は極端に減るだろう。犯罪が起こっても、数分以内に犯人は逮捕される。まるで映画の世界のようだろう」

犯行がより、巧妙になるだけだ。瀬戸崎は出かかった言葉を飲み込んだ。

「今後は、車が町の人たちの情報をキャッチするということだ。リアルタイムで流行《はや》っている服や、時間のすごし方も把握できる」

「現在の防犯カメラでもそのくらいは可能だ」

「何倍もきめ細かい情報を得ることができる。死角もゼロに近くなる」

「住みにくい時代だ」

今度は瀬戸崎は声に出した。

「私もそう思う。だから、全面的な賛成はしない」

「しかし、中国と組むということは、賛成したと同じだ。いずれ、警察の中央制御室で各人の車の監視もできるようになる。車をハッキングして、車ごと警察署に誘導さえもできる」

「究極の監視国家の誕生だ。そんな町に誰が住みたいと思う」

デビッドソンは両腕を広げて声を上げた。他の客が二人を見ている。

瀬戸崎は自分が目指すスーパーシティはそんなものじゃないと言いたかった。しかし、そうならない保証はない。

「車が人の一日を支えてくれる。車の常識を超えたものだ」

「自動運転、カーナビ。僕にはこれだけでも十分常識を超えている」

「ジョブズはスマートフォンで人の生活を変えた。車も同じだ。いや、もっと大きく人も町も社会すら変えることができる」

「スマホは人を変え、車は町を変えるか。まずは、安全に人を運ぶだけでいい」

瀬戸崎は言い切った。

デビッドソンはしばらく瀬戸崎を見つめていたが、突然大声で笑い始めた。かなり酔っている。

「その通りだ。まずは安全で便利な乗り物であればいい」

「後の機能はいずれ付いてくる。必要に応じて」

ところで、と言って瀬戸崎はデビッドソンを見据えた。

「中国は二〇三〇年に、国内の自動車をすべてＥＶに切り替える計画を実行するのか」

デビッドソンの顔から笑みが消えた。

瀬戸崎を見つめていたが、視線を外した。

「彼らの目標と、私の夢が一致したら、私は何を選択すべきかね」

「より、自由な方をあなたは選ぶ必要がある。それが、あなたの使命だ」

「使命か。大きく出たもんだ。しかし、そうかもしれない」

「あなたの決断で、今後の世界の自動車産業の動きが大きく変わる」

デビッドソンは手に持っているグラスを飲み干した。

「さて、一時間後、私は飛行機に乗らなければならない。今回のフライトは時間厳守だ」

「急がなきゃならない。羽田だろう」

「バーを出れば、車が待っている。この時間、羽田までは四十分だ」

瀬戸崎はデビッドソンを支えてバーを出た。まだ暗い通りには、人影は見えない。

通りに黒塗りの大型車が止まっている。

車から出てきた秘書がデビッドソンを後部座席に座らせた。

瀬戸崎は車が角を曲がるまで立ち止まって見ていた。

瀬戸崎はタクシーでマンションに帰った。

ベッドに横になったが、眠れそうになかった。デビッドソンの酔った声が脳裏を流れてゆく。車がスマートフォンになる。人や荷物の移動は、車の機能の一つにすぎない。それが時代の流れ、科学技術のもたらすものだ。

起き出してパソコンを立ち上げた。

ステラのウェブサイトを開いた。

美しい森に囲まれた町の写真だ。森には湖がある。

一見田舎町だが、ここはハイテクで運営されている町だ。建物の屋根にはソーラーパネルが設置され、防犯カメラで町中のすべての通りの様子が、中央コントロールセンターに送られる。町中の店の商品の流れも必要となればチェックできる。すべての情報がＡＩによって管理され、最適な運営がされている。未来社会、まさにその名がふさわしいモデル都市だ。

「僕はこんな町には住みたくない」

思わず漏れた言葉だ。書かれてはいないが個人情報もほぼ完全に管理できる体制になっている。

「だったらどんな町に住みたいんだ」

自問したが答えは出ない。

なぜか、父真太郎の姿が浮かんだ。ガソリンとオイルの匂《にお》い。エンジンオイルが沁《し》み込み黒ずんだ手の指。いつも爪《つめ》の間は黒かった。そんな父親に触られるのが嫌だった。

車に対しては、絶対的な自信を持っていた。エンジン音を聞いただけで、故障箇所や整備の必要な部品を言い当てた。寡黙な父親だったが、何を思って車と向き合っていたのか。父は、電気自動車を受け入れるのだろうか。どんな町に住みたいのだろう。

デスクの端に置いたスマホが鳴り始めた。

午前三時。こんな時間に電話してくるのは決まっている。

〈デビッドソンが日本に来てるの〉

由香里の声が飛び込んでくる。

「きみの方がよく知ってるはずだ」

〈昨日の午後に羽田についた。その先の行方が分からない〉

「僕に探偵の真似《まね》はできない。何かあったのか」

〈銀座のバーに日本人と現れたって情報がある。それって国生さんじゃないよね。彼、中国だもの。だとすると、あなたじゃないの。ウィリーとケイの仲でしょ〉

「それっていつの話だ。彼がどうかしたのか。プライバシーに立ち入るのはいい趣味じゃない」

〈あなたもデビッドソンの動向を探って、私に聞いてきたこともあるでしょ〉

「きみには、きみが思っている以上に感謝している。でも、官僚としての守秘義務もある」

〈私は良心的なジャーナリストでありたいと思ってる。でもあなたは誠実な官僚でありたいと思ったことはあるの〉

「いつも思ってる。だから、答えられないものもある」

〈やはり、ギブ・アンド・テイクの方が早そうね〉

由香里の冷ややかな声が返ってくる。

「僕はきみに対して――」

言葉の途中でスマホは切れた。

しばらくの間、瀬戸崎はスマホを見つめて鳴り始めるのを待った。しかし、期待は裏切られた。

諦めてスマホをデスクに置くと、再びパソコンに向かった。

（3）

どこかで低いうなり声が聞こえる。

得体のしれない黒い腕が瀬戸崎の身体をつかみ、漆黒の穴に引き込もうとする。

必死に腕から逃げようとする。誰か、助けてくれ。叫ぼうとするが、声が出ない。うなり声が脳をえぐるように響いてくる。

その音がスマホの呼び出し音だと気付くと同時につかんでいた。

〈インドネシアの工場の状況を知りたいと言ってましたね〉

鳴海の声が聞こえた。彼にしては珍しく、声が興奮している。

いつの間にかデスクに突っ伏して眠っていたのだ。窓の外は明るくなっているが、一時間ほどしかすぎていない。

「建設が始まったのか」

〈逆です。中国人労働者の引き上げが始まっているそうです〉

「誰からの情報だ。こちらには入っていない」

一瞬、声が途切れたが、すぐに話し始めた。

〈柏木由香里さんです。喧嘩《けんか》でもしたんですか。僕に話せば瀬戸崎さんに伝わると思ったんじゃない

ですか。だから、こんな時間に電話しました〉

鳴海は少し前に由香里から電話があったことを話した。

瀬戸崎の脳裏に由香里の電話が甦《よみがえ》った。時計を見ると午前五時だ。由香里から電話があったのは三時間前。

「インドネシアでは、コロナが長引きそうだから、ということはないのか」

〈二か月前にほとんどの国民がワクチンを打ち終わり、国内感染者は先月以来ゼロか一桁《けた》です〉

「インドネシア工場の建設をやめるということは、中国国内に絞るつもりか。あるいは――」

〈ハイブリッド車を中止する〉

瀬戸崎がためらった言葉を鳴海が言う。

「つまり、ハイブリッド車の生産をやめて、ＥＶに集中するということか」

〈そうでしょうね。欧米に足並みをそろえる。だとすると、日本に対する風当たりも強くなるでしょうね。唯一、ハイブリッド車の生産国になるんですから〉

瀬戸崎は言葉が出ない。

〈どうかしたんですか〉

「やはり想像の域を出ていない。明確な証拠がなくては」

やっと声を絞り出した。

〈中国相手に証拠なんていりませんよ。実際の生産現場を見て、やはりそうなのか、で手遅れになるだけです〉

鳴海の言葉には苛立《いらだ》ちが混じっている。日本政府の動きの鈍さに苛立っているのか。

「中国本土のハイブリッド車工場は、どうなっているか分からないか」

〈調べてみます。でも、日本政府の情報網はないんですか〉

瀬戸崎には返す言葉がなかった。

〈柏木さんと喧嘩したのなら、早く仲直りしてください。彼女、瀬戸崎さんのことすごく気にしてる感じでした。だから、僕に電話してきたんです〉

一方的に言うと、電話は切れていた。

瀬戸崎は由香里に電話をしようとした。

番号を出して押そうとした指を止めた。何を話すべきか、頭が混乱している。今電話すると、余計なことまで話しそうだ。

スマホを置くと布団にもぐりこんだ。

しばらく目を閉じていたが、眠れそうにない。

ベッドを出ると、シャワーを浴びるためバスルームに入った。


大臣室は静まり返っていた。

小笠原事務次官、そして平間と瀬戸崎が、阪口大臣を囲むように座っていた。

瀬戸崎がここ数日のデビッドソン、国生などの動きを説明したばかりだった。

「中国の真意が分かりません。彼らは二〇三〇年に国内すべての車をEVに切り替えるのか、ハイブリッド車は残すのか」

瀬戸崎は阪口に視線を向けて言った。

「欧米は、ほぼ確実にEVにシフトする。ハイブリッド車は認めていない。残るは中国だけだった」

「インド、インドネシアも迷っているようです。しかし最終的には、中国に追随するでしょう」

「中国がハイブリッド車の生産を続けると、二〇三〇年までにハイブリッド車はさらに世界に広がる。そうなれば、日本も欧米に従うこともない。今後二十年はハイブリッド車を作り続けることができる」

それが政府の方針なのだろう。そのために瀬戸崎を電気自動車から外し、スーパーシティ計画に追いやった。

「そう言い切ることは危険です。中国の動向はさらに注視すべきです」

「二〇三〇年までに、あと何年あると思ってる。十年を切っている。日本の自動車メーカーが全面的にEVにシフトする。そんなことできるはずがない。日本の産業界ではパニックが起こる」

阪口の言葉に苛立ちが混ざった。

「中国は、それを狙《ねら》っているとしたら」

瀬戸崎の言葉に、阪口は答えない。

「中国がハイブリッド車を捨て、EVにシフトすると、日本の自動車メーカーはどうなる」

「欧米と中国の市場を失います」

「それだけか」

「アジア、中東、アフリカの大部分の国は、中国に従うでしょう。つまり海外では、EV以外の新車販売はできなくなります。ハイブリッド車の新車販売は日本国内だけになります。同時に、世界の自動車産業の序列が大きく変わります。中国が飛躍的に上位へ進出するでしょう」

中国は、電気自動車でトップを走るステラを取り込もうとしたのだ。しかし、それはなんとか防ぐことができた。

「それだけか」

阪口が再度聞いてくる。

「国内の産業構造に大きな変化が起こります。さらにガソリンスタンドは不要となり、石油業界にも大打撃です。ガソリンの代わりに電気が使用され、電力の逼迫《ひっぱく》も起こる可能性があります」

「充電スタンドの設置状況は」

「現在の数ではまったく足りません。充電スタンドの新規設置と同時に、電力の再編成が必要です」

瀬戸崎は阪口たちに視線を向けた。

「中国はやる気です。アメリカとここまでこじれれば、躊躇《ちゅうちょ》する理由は何もありません。さらに、環境問題を理由に挙げれば、世界は大歓迎で中国を支持します」

阪口が不安そうな顔で瀬戸崎を見ている。

「コロナ禍でも中国はマスク、ワクチン外交を進めてきました。コロナウイルスでは明らかに不手際を起こしました。しかしそれを追及されることもなく乗り切りました。利用すらしています。今度は環境保護を理由に、自動車産業の世界制覇を狙っています」

「すべては中国の計画通りに進んでいるというわけか」

阪口がため息とともに言う。

「世界の弱点をうまくついています」

「今回の強硬策もその延長だというのか」

「ＥＶへのシフトは、世界にとって多くの痛みを伴うことになります。しかし、止めることのできない流れでもあります。それをいかに乗り越え、流れに乗るか、産業の転換期でしょう」

「次の国会の前に、政府として今後の自動車産業のあり方を決定しなければならない。それを総理は国の内外に公表する。ハイブリッド車を捨てて、ＥＶに移行すべきだとは、とても言えない」

「総理とはいつ会われますか」

「来週の初めだ。いま、時間のすり合わせをやっている」

阪口は瀬戸崎に視線を向けた。

「瀬戸崎君も付き合ってくれ。私には総理を説得する自信がない」

阪口が弱々しい声を出した。

（4）

瀬戸崎はテーブルに置かれた中国の衛星写真を見ていた。

防衛省で中国本土に建設されているスーパーシティの衛星写真を見てから、日に一度は衛星写真をチェックすることにしている。

目の前のタブレットに映っているのは建設中の大型スーパーの写真だ。屋上には太陽光パネルが設置され、その前は数百台が駐車できる駐車場になっている。

瀬戸崎は昨夜テレビニュースで見たマラソンの場面を思い出していた。

集団で走っているランナーの列が、給水所に近づくと長くなる。各自が給水ボトルを取るためだ。画面にはコースとともに、給水所の位置が示してあった。その時、給水所と電気自動車の充電スタンドが重なって見えたのだ。人は水を補給し、車は電気を補給する。

「何を見てるんですか」

声とともに近藤が覗《のぞ》き込んでくる。

「中国の衛星写真だ。ネットに出回っている写真だが、車までが鮮明に写っている。車種が分かるほどだ」

「車の車種を調べているんですか」

瀬戸崎は写真の駐車場を拡大した。

「駐車スペースの右上を見てくれ」

「各駐車場の端に黒い影が見えますね」

「おそらく充電スタンドだ。日本のものより、はるかにシンプルだ」

「僕には黒い棒にしか見えません。たしかに、どの駐車スペースの角にもあります」

近藤が指でたどっていく。隅にいくつかある大型のボックスは、数百ある充電スタンドに電力を送る配電盤なのだろう。

「すべての駐車スペースにあるとすると、すごい数ですね。でも、隣の駐車場には何もない」

「マラソンと同じだ。一度で人が飲める水は限られている。こまめに水分補給するためには、給水所を多く作ればいい。ＥＶも同じだ。日本では一回の充電で三百キロも走れたら十分だ。充電スタンドが多くあれば、バッテリーが上がって走れなくなることはない」

「たしかに、中国やアメリカのような広大な土地を走る車と、日本のように狭い国土を走る車を一緒に考える必要はないです。コンビニも日本中にあり、充電スタンドを作ることができます」

「高性能電池の開発より、充電スタンドを増やし、充電時間のスピードを上げる方が楽だ」

「ＥＶとセットで考えなければならないのは、蓄電池と充電スタンドの整備ということですか」

「おそらく、中国は両方の路線を取っている。高性能の蓄電池開発と充電スタンドの数を増やすことだ。そうすれば、お互いを補塡《ほてん》できる」

「蓄電池の質の向上と充電スタンドの数で、現在のＥＶの走行距離の欠点を補える」

「賢いやり方だ」

「充電スタンドがどれだけできているか。公式発表はされてないんですか」

「僕が調べた限り出ていない」

瀬戸崎はもう一度、衛星写真を見た。写真は北京近郊のものだ。都市開発とともに、郊外に広がっている。

「都市の囲い込みかもしれない。北京、上海、広州、重慶《じゅうけい》など人口一千万単位の都市は、ＥＶしか乗り入れを許さない。そうなると、必然的にＥＶが主役になる。後は充電スタンドを増やせばいい」

「農村部や山岳地帯はどうするんです。電気も来てない地域があるって聞きました。ウソですよね」

「広大な国だ。あるかもしれない」

「だとすると、やはり三〇年改革はエンジン車もありということですか」

「地域によっては仕方がない。だが急いでいることは間違いない」

中国全土を考えると、エンジン車は必要だ。しかし、都市部では電気自動車だけでやっていける。

瀬戸崎はタブレットの写真を移動させた。

「何を探してるんです」

「他の建物の状況、他の町の状況も知りたい」

「無理ですよ、ネットの写真じゃ。解像度が低いんです」

「ここを見てみろ」

瀬戸崎は写真の移動を止めて指さした。

ホテルの屋外駐車場だ。白線の引かれた区画の角に、棒状のものが立っている。

「これもＥＶの充電スタンドだというんですか」

「他に何がある」

近藤は考え込んでいる。

「はっきりさせるべきです。防衛省に行きましょう」

近藤がタブレットを置いて立ち上がった。


一時間後、瀬戸崎と近藤は市ヶ谷の防衛省にいた。

二人はテーブルを囲んで速水と向き合っていた。近藤がガールフレンドに望んでいた女性自衛官だ。

「北京市内といくつかの地方都市の衛星写真を見せてほしい」

「ついでに、説明をしてくれよ。前に言ってただろ、専門家が見れば航空写真から財布の中身まで分かるって。専門家なんだろ」

「写真のアングルがよければってことよ」

速水は十六インチのラップトップパソコンを立ち上げた。中国全土の都市の写真が見たいと言っておいたのだ。

画面には中国全土の衛星写真が現れた。

「まず北京です。いくつかのビルには屋上駐車場があります。拡大したものです」

キーボードを叩《たた》くたびに、国から町へ、町から通りへと衛星写真が拡大されていく。

「一枚は北京の都心の衛星写真です」

ディスプレイには高層ビルが整然と並んでいる。

「二枚目はビルの屋上にある駐車スペースを拡大した写真です」

速水が駐車スペースの角を指さす。棒状の物体が見える。

「高さ一メートル二十センチほどの直径約十センチの円柱です。これが電話でお聞きしたポール型の普通充電スタンドと思われます。この円柱が各スペースの端に立っています」

三枚目の写真を表示した。棒状の物体をさらに拡大したものだ。先に円筒状の膨らみが見える。

「防水構造なのでこの円筒の中にソケット付きケーブルを収納するのでしょう」

「完全に充電スタンドですね」

さらにと言って、速水は屋上の端を指さした。自動販売機ほどの大きさの箱型が数台並んでいる。

「こっちが急速充電用のスタンドでしょう。公共駐車場やコンビニ、レストランなどの駐車場にも必ず数台置かれています」

「他の都市のビルはどうなっていますか」

速水は三枚の写真を開いて並べた。一枚には棒状のものが見えている。他の二枚には駐車スペースを示す印だけで何もない。

「北京と同じなのは重慶です。他の二枚は上海と広州です。大都市の衛星写真を選びました」

速水はディスプレイ上を指先でなぞっていく。

「これは二年前の写真です。駐車場には何もありません。去年の新造ビルには、すべての駐車スペースに充電スタンドが建てられています。おそらく、この一年で義務化されたのでしょう」

「なるほどね。現在建設中の建物の駐車場、今後新しく作られる建物の駐車場には、すべて充電スタンドが設置されるわけか」

「しかし、それでは二〇三〇年に間に合わない。特に田舎は必要なはずだ」

瀬戸崎は拡大鏡を持ってディスプレイに顔を近づけた。

「ガソリンスタンドはどうなっている」

「大都市では新規のガソリンスタンドは建設されてないです。だから、時に車の行列ができているところもあります。増えているのは充電スタンドだけです。それも急速に」

速水が新しい写真を出した。

「北京市内の中心部の一部の拡大写真です。古いビルですが、充電スタンドが立っています」

さらにもう一枚の写真を並べた。

「近藤さんに相談を受けて、調べてみました。今年に入って、古いビルにも追加工事として、充電スタンドが建てられ始めています」

瀬戸崎は写真を覗き込んだ。駐車場の半分の駐車スペースに充電スタンドが立っている。

「増え方は早くなっています。もちろん、地方のビルにも作られています」

最後ですと言って、写真を出した。

「スーパー、マンション、ホテル、レストラン、屋外の駐車場にも充電スタンドは増えています」

「車で来た宿泊客は、寝ている間に充電できる。レストランに来た客も、食事中に充電できる。買い物に来た客もだ」

もう一つ聞きたい、と言って瀬戸崎は表情を引き締めた。

「充電車について分からないか。軍関係で増産されていないか」

速水は考え込んでいる。

「それはまだ調べていません」

「他に何か気になることはないか」

瀬戸崎の言葉に速水は考え込んでいる。

「どんな些細《ささい》なことでもいい。車や人の動きの変化、新しい建物や工場の建設、道路の新設でもいい」

「最近、中国では火力発電所や、一時建設が中止されていた原発が造られ始めました。今年だけで、火力発電所が全土で七基、原発は三基が着工しました。火力発電所は一年余りで完成しているようです」

「中国は電力需要は増えていますが、工場や家庭の省エネが進んでいます。そんなに急激な増設は必要ないはずですが」

近藤が瀬戸崎に言う。

「ここ数年は、かなり急ピッチで発電所を建設しています」

速水がマウスを動かしてクリックすると、画面上に複数の赤丸と青丸が現れる。

瀬戸崎は覗き込んだ。どれも、大都市に比較的近い。このような原発の立地は、中国だからできることだ。

「青丸が新設中の原発です。百万キロワットが三基です。赤丸は火力発電所です」

瀬戸崎と近藤は顔を見合わせた。

「引き続き、充電スタンドの増え方と充電車を調べてくれないか。発電所の増設についてもだ。ただし、まだ内密に頼む」

横で近藤が両手を合わせて拝むしぐさをしている。

速水が頷いた。

経産省に帰ると、瀬戸崎は平間の所に行った。

「中国はやはり二〇三〇年に、すべてＥＶに切り替えるつもりです。ハイブリッド車は作らない」

「どこからの情報だ」

瀬戸崎はタブレットを出して、衛星写真を出した。防衛省で見た衛星写真の民間用だ。解像度がわずかに低いだけで、概要は大体同じだ。

「去年あたりから、新しい建築物にはすべて、EVの充電スタンドが義務化されているようです」

「だからと言って、EV切り替えにはつながらないだろう」

「ここ半年、中国全土での新規ガソリンスタンドの建設は十二件です。それも僻地《へきち》に限られています。都市部の建設はゼロです。都市では給油のために車の渋滞ができているところもあるようです」

平間は食い入るようにディスプレイを見ている。

「充電スタンドの義務化と言うと」

「駐車スペースがあるところには、必ず充電スタンドの設置が必要だということです」

「どこにいても駐車している間に、充電できるということか」

「街中では、コンビニ、レストラン、スーパー、ホテルなどの駐車場でプラグを差し込めば充電できます。乗っている者は食事をしたり、買い物をしていればいい。ちょっとした遠出には、郊外の充電スタンドを把握していれば、問題はありません」

「間違いないか。しかしこれでは、衛星写真からの推測にすぎない」

瀬戸崎はタブレットの横に防衛省でコピーしてきた用紙を置いた。中国に建設されている火力発電所と原発の位置が示されている。

「発電所の建設も急いでいます。急激な電力需要の増加を見越したものです。おそらくEV用の電力増強と考えられます。こうした事実を政府は把握しているのでしょうか」

「もちろんだ。だからプラグインハイブリッド車も——」

平間の声は上ずっている。初めて聞く話なのだ。

「至急、報告して対策を取らないと手遅れになります」

「分かっている。この件に関しては、当分誰にも話さないように」

念を押すと、出かけるところがあると立ち上がった。


瀬戸崎が店に入って奥の席を見ると、由香里がタブレットを見ている。

昨日から何度か電話したが、由香里は出なかった。

新聞社の顔見知りの記者に電話して、由香里の居場所を聞いた。記者は自分が教えたと言うなと念を押して、新聞社の近くにある喫茶店の名前を教えてくれた。

瀬戸崎は由香里の前に行った。

「何の用よ。今日中に書かなきゃならない記事があるの」

由香里はタブレットから顔を上げずに言う。

「十本分の記事より、すごいネタになるかもしれない」

「期待させるのはいつもうまいのね」

「二〇三〇年になっても中国がハイブリッド車を作り続けるというのは、フェイクの可能性が強い」

由香里が顔を上げて、瀬戸崎を見た。

瀬戸崎は高山環境大臣に聞いた話をした。

「スーパーシティにはEVしか走らせない。二〇三〇年には中国国内でも新車販売は、EVしかできなくなる。つまり、ヨーロッパやアメリカと同じだ」

「スーパーシティ内での話でしょ」

「スーパーシティを中国全土で作っているし、計画している。いずれ、全土に広がる」

「それは推測でしょ。記事にするには根拠が薄すぎる」

瀬戸崎は中国で作られている膨大な数の充電スタンドについて話した。由香里は無言で聞いている。

「じゃ、中国でもハイブリッド車は売れないってこと」

瀬戸崎は頷いた。由香里はさらに念を押すように聞いた。

「ハイブリッド車を作り続ける日本は、世界で完全に孤立するということ」

「日本の自動車産業は終わりってことだ」

「裏取りなんてできてないでしょ。衛星写真による、単なるあなたの推測」

「そうには違いないが――」

あとの言葉が続かない。たしかに由香里の言葉通りなのだ。明確な裏付けは何もない。

「私も調べてみる。どうやればいいか分からないけど」

由香里が考え込んでいる。


その日の夜、瀬戸崎は官邸の総理執務室にいた。

突然、総理秘書官から、首相官邸に来るように電話があったのだ。

正面のデスクに座っているのは波多野総理だ。瀬戸崎はその前に立っていた。

「私が知りたいのはXデイだ。中国はいつ、EVに切り替える」

「明確な情報はありません。ただ、それほど遠い未来ではないと思います」

「来週には国会で、EVについて述べたい。エンジン車との切り替え時期についてだ。来月の国連での演説で、我が国の取り組みについて発表するつもりだ」

「三〇年以後もハイブリッド車を作り続けるかどうかですね」

「きみは反対だったね」

「世界の流れから反対しただけです。現在のところ、主要国でＥＶへの完全移行を明言していないのは日本と中国だけです。その中国もいつ、ハイブリッド車を排除するか不明です」

「中国は今後、本格的にハイブリッド車の生産に乗り出すとも聞いているが。ハイブリッド車でエンジン車とＥＶの切り替えの間を埋める。現在、その準備でノウハウと人員を集めていると」

「私もそう聞いています。しかし、そう単純に考えることは危険です。一気にＥＶに舵《かじ》を切ることもあり得ます」

「簡単に切り替えることができるものなのか」

総理はデスクの上の数枚の用紙に目を落とした。中国本土の駐車場に建設されている、様々なタイプのＥＶ用充電スタンドと、新設の発電所を記した地図だ。

「すべての準備が整っているわけではありません。普通なら、何年もかけて少しずつ変えていく変革です。それを一気にやろうとしています。この膨大な数の充電スタンドと新設の発電所で明らかです。コロナの伝染力と一緒です。気が付けば、一瞬で世界中に蔓延《まんえん》している。中国でなければできない急激な変化です」

「国家体制が特殊な国だからだろう。しかし、準備不足の点も多いはずだ。無理をすると大混乱が起こるだけだ」

「強引に抑え込むでしょう。それができるのは中国だけです」

総理は黙り込んだ。

「そうだな。中国は予定通りやるだろう。慌てるのは欧米諸国、そして日本だ。自分たちが長年培ってきた技術が突然消えるのだ」

「新しい時代の幕開けと捉《とら》えることもできます。うまく移行できればの話ですが」

「中国の動向がもっと知りたい。彼らも欧米や日本より十年遅れの二〇六〇年までにカーボンニュートラルを実現すると宣言したが、可能性はどうなんだ」

「秘策があるのかもしれません。しかし、ないかもしれません。二〇三〇年にＥＶに舵を切るのもその秘策かもしれません。ただ、何をやるにしても名目ができました。地球温暖化防止、環境保護、カーボンニュートラル実現のために、何でもできます」

それより、と言って瀬戸崎は総理を見つめた。

「中国の動向ばかりを推測しても意味がありません」

「愚かだというのか」

「そうではありません。彼らの上をいくべきです」

「きみはどうすべきだと思っている」

「我が国独自の計画を作るべきです」

「すでに作っているではないか」

「世界が驚くような計画です。二〇二〇年に、日本は二〇五〇年までにカーボンニュートラルを実現すると宣言しました。世界は歓迎しましたが、この言葉を信じる諸外国はあまりありません」

「来月の国連での演説で、世界に向けて宣言する。今年中に明確な計画書を作成して、目標達成までの道筋を述べるつもりだ。国民も企業も協力してくれるだろう」

「その中に二〇三〇年までに、新車はすべてＥＶとする条項を盛り込むべきです」

「つまり、ハイブリッド車を捨て、欧米諸国に足並みをそろえるということか。企業が黙っていない」

「そうしなければ、我が国の自動車産業は潰《つぶ》れます」

「EVにはまだ蓄電池という問題が残っている。走行距離は依然として、ガソリン車には劣る」

「現在の蓄電池でも三百キロ、四百キロは走れます。全国の駐車場に充電スタンドを作ればいい。コンビニ、レストランに充電スタンドを作り、公共施設には充電スタンドを義務付ける。我が国ではそれで十分でしょう。中国やアメリカは国土が広い。まだガソリン車の出番はあるかもしれませんが」

総理は無言で聞いている。

「今後の戦略はモーターを含めた車体部分と、蓄電池部分を別に考えるべきです。とりあえず、世界最高のEVの車体を作る。蓄電池は研究開発を続けながら、世界の情勢を見ていく」

総理は考え込んでいる。

瀬戸崎はさらに続けた。

「我が国は充電スタンドの充実と、高速充電の研究開発に重点を置いてはどうでしょう。これなら世界トップを狙えます」

「やはり無理な話だ。EVとハイブリッド車の両輪、現状が精いっぱいだ」

「自動車メーカーと関連企業には政府支援を充実させ、日本の産業転換を表面に出すべきです」

再び、総理は黙り込んだ。苦渋に満ちた表情をしている。

たしかに難しい判断だ。産業界を敵に回すことになる。

「現在行っているスーパーシティで、できるかぎりのシミュレーションをやるつもりです。新しいEVの役割の開発です。我々は二百兆円の財政出動をして、コロナ危機を乗り越えました。それを思えば、未来に希望を持てる財政出動です」

瀬戸崎は総理を見据えた。

「一週間で新しい計画をまとめることができるか」

「分かりました」

「政治家、官僚、企業、さらに国民を納得させるものだ。特に企業には過去の歴史を捨てさせるのだ。十分説得力のあるものが必要だ」

「分かっています」

瀬戸崎は軽く息を吐いた。気分が次第に落ち着いてくる。

「もう一つあります」

「言ってくれ」

「今後の車には自動運転は必須《ひっす》のものになります。残念ながら、日本は欧米に比べかなり遅れています。技術的な遅れというより、法的な問題が大きい。日本では公道で試験するのは大きな制約があります。特区を作って自由に研究開発する場所が必要です」

「それが、スーパーシティというわけか。何か要求があるのか」

「現在の規模では小さすぎます。ＥＶだけでなく、町とＥＶ、そして新しいエネルギー循環システムなど、様々な実験が必要です。必ず将来役に立ちます」

「どのくらいの規模が必要なのか」

「現在の三倍、いや五倍は必要です」

瀬戸崎はアメリカのステラやビル・ゲイツのプロジェクトについて説明した。

「中国はスーパーシティを国中に作ることを計画し、進行中です」

総理は考え込んでいる。

「即答はできかねる。場所の選定、人材、予算、多くの準備が必要だ」

「時間は待ってはくれません。欧米、中国はもとより、世界ではすでに行われています」

気が付くと、一時間がすぎていた。

ノックとともに秘書官が総理の耳元で何か囁《ささや》いた。

「イギリス大使が待っているそうだ。いろいろ勉強になった。また、話してほしい」

瀬戸崎は一礼をして部屋を出た。

その夜、瀬戸崎は小西に電話した。

瀬戸崎が挨拶《あいさつ》をする前に明るい声が聞こえる。

〈有り難うございました。ステラとミライ自動車の提携については、小出しに書かせてもらいます。その他、日本のベンチャーとの提携についても〉

時々お互いに情報交換という名目で連絡を取り合っていたのだ。

「中国経済の専門家として、総合的に見て何か変わった動きはありませんか」

〈二〇四九年を目指して着々と進んでいます。しかし、国民、世界の状況次第で、突然大型調整のできる国です〉

「その大型調整について、何か情報があれば知らせてください」

瀬戸崎はいくつかの具体的な頼みごとをして、電話を切った。


翌日、迷った末、瀬戸崎はヤマト自動車の新垣を訪ねた。

いつもと同じように芝生の見える会議室で待っていると、新垣が現れた。

新垣の身体が一回り小さくなったように見える。顔色も悪い。

「モーターショーの反応はどうでした」

「いろいろやってるらしいな。僕のところにも聞こえてくる」

新垣は瀬戸崎の問いには答えず言った。

「迷惑をかけて、申し訳ありません。自動車メーカーには、かなり恨まれているようです」

新垣がかすかに笑った。

「きみみたいなのがいてもいいと思う。ただ、問題なのは私の身内ということか」

笑みが消え、深刻そうな顔に変わった。

「極力気は使ってるんですが。日本流に言えば、もっと配慮が必要なのかもしれません」

「僕個人は気にしてないが、彼女がね。僕に気を使ってるんだ」

新垣の顔に、再度笑みが浮かんだ。

「それで、今日は何の用だ。ただの挨拶じゃないんだろ」

瀬戸崎は座り直した。

「中国の千人計画はご存じですね。日本人の科学者、エンジニアも多数声がかかりました」

「大学、研究所関係が多いんだろ」

「自動車関係だと、企業の方が遥《はる》かに進んでいます」

新垣の表情がわずかに変わった。瀬戸崎から視線を外したが、すぐに顔を上げた。

「実は僕にも話があった。去年の夏ごろだ。男から会いたいと電話があった」

「突然ですか」

「そう。初めはかなり胡散臭《うさんくさ》かった」

「初めと言うと、何度か電話があったんですか。まさか、会ったとか――」

「興味本位だ。相手も絶対に秘密は護《まも》るからと、しつこく電話があったんだ」

新垣は堅実そうに見えるが、時に無鉄砲なところがある。瀬戸崎はそんな新垣の方に魅力を感じる。

「条件を提示されたんですね」

「向こうでのポジションと年俸だ」

「具体的には――」

「破格の条件だった。僕も独り身だったら、行ってたかもしれないな」

新垣には七歳と五歳の女の子がいる。

「教えてくださいよ。国家機密でもないでしょう。口外は絶対にしません」

「仕事はハイブリッド車の製造。待遇はプロジェクトリーダー。三年契約で年俸は――日本円で三千七百万だ。家も車も用意すると言われた。一人で来ても家族で来てもいいと。三年後はさらに年俸を上げると言われた」

声がわずかに低くなった。

「何で断ったんです。僕だったら行ってる」

「そりゃあ、家族もいるだろ。第一、ヤマトを裏切ることは分かっていたからな。それに、下手をすると犯罪だ」

新垣がかすかにため息をついた。

「守秘義務違反は目に見えてる。いずれ、必ず都合の悪いことになる」

「賢明でしたよ。いろいろ問題が起こっています。ハイブリッド車の研究分野で山田俊男《としお》って人を知りませんか。自動車エンジンの研究をしていました」

新垣が一瞬、驚いた表情を見せた。

「知ってるよ。大学の同期だ。大学に残ったが、私立大学の准教授になってる。今は知らない。もう、何年も会っていない。彼も千人計画に関わり合いがあるのか」

「北京工業大学の講師で中国に一年半いました。今は、帰国しています。大学を退職という形で」

「クビになったのか」

「おそらく。彼が持っていた技術のすべてを中国が取り込んだのでしょう。用済みになったのです」

「しかし、山田によく声がかかったな」

「どういうことですか」

新垣はしばらく考え込んでいたが、腹をくくったように話し始めた。

「そこそこ優秀だが際立ってはいない。彼程度の研究者、技術者は、中国では溢《あふ》れてるだろ。僕が申し出を受けた時には条件があった。年に数件の特許申請を求められた。研究者であれば、世界的な雑誌への論文投稿だ。かなりなプレッシャーであり、難しい」

自然科学系の論文数では中国、アメリカ、ドイツ、日本の順位だ。特許数では中国、アメリカ、日本の順番だが、中国の出願数はアメリカの三倍近い。日本は減少傾向にある。

「山田さんは、ハイブリッド車の研究開発でしたよね」

「そうには違いないが、わざわざ高給で雇うほどのエキスパートではない」

新垣は納得のいかない顔をしている。

「自動車業界は大きな変動期です。将来を見誤ると、すべてがゼロに、いやマイナスになってしまいます。政府も正しい道をつかみかねています」

一時間ほど話して、瀬戸崎は立ち上がった。

入口のホールまで送ってきた新垣が、瀬戸崎を呼び止めた。

「俺はハイブリッド車を愛している。十五年間、ハイブリッド車一筋に研究開発を続けてきたんだ。今だって、続けている。数年前なら夢だったような燃費も可能になった。排ガスも三分の一以下にした。俺たちの必死の努力の結果だ。それを突然、ＥＶに切り替えろって言われても納得できない。分かるだろ」

瀬戸崎は新垣に向き直ると、頭を下げて何も言わず、ヤマトを出た。

瀬戸崎は電車に乗ると、迷ったが由香里にメールを送った。

仲直りをするいい機会と思ったのだ。

〈山田俊男という人物を覚えているか〉

〈千人計画で中国に行ってた人でしょ。今はプータロー〉

すぐに返事が返ってきた。

〈彼の住所を調べられないか〉

〈何かあるの〉

好奇心満々の顔が浮かんでくる。

〈彼が中国で何をしていたか知りたい〉

〈いつまでに〉

〈今すぐだ〉

〈会うのね。私も一緒に行くからね〉

十分後、電車を降りたとたん、由香里から電話があった。

〈今どこなの〉

「東京駅だ。山田の住所を教えてくれれば――」

〈メモをして。待ち合わせ場所を言うから〉

瀬戸崎の言葉を遮って、場所と時間を言うと電話は切れた。

待ち合わせ場所は豊洲《とよす》公園の入口だった。

由香里を探したが姿は見えない。

二十分がすぎ、瀬戸崎が電話しようとスマホを出した時、目の前の通りにタクシーが止まった。由香里が降りて来る。

「山田の住所はどこだ」

由香里の視線を追うと、通りを隔てたタワーマンションだ。

「すごいところに住んでるな」

「先週買い手がついた。今週には出ていくはず。だから急いだの」

「彼、どこに行くんだ」

「私が知るわけないでしょ。中国に行く前に購入してる。半年前に離婚して、奥さんと子供は実家に帰ってる。不動産屋の話だと、一億二千万円で購入して、八千万円で売ってる。中古だけど、億ション。売り急いだのね。ローンは残ってないらしいけど、入ってきたお金は離婚の慰謝料と二人の子供の養育費で消えるらしい」

由香里はマンションに目を向けたまま、淡々とした口調で言う。

「我々は警察じゃないんだ。話は慎重にしなきゃならない」

「やってることは、警察並みでしょ」

皮肉を込めて言うと通りを渡り、マンションの方に歩いていく。

「マンションはセキュリティが付いていて入れない」

「部屋番号は分かってるのか」

「番号は押さないで。経産省の官僚と新聞記者。入れてくれるとは思えない」

「じゃ、どうするんだ」

子供連れの女性がマンション入口に向かって歩いている。

由香里がダッシュした。瀬戸崎も慌てて後を追っていく。

二人はドアが閉まる前にマンションに滑り込んだ。

「部屋番号は二五六八。二十五階の山田さんよ」

由香里が子供連れの女性に頭を下げて、声を出して言う。


由香里が山田の部屋のドアホンを押した。

返事がある前に、瀬戸崎はカメラの前に押し出された。

〈どなたですか〉

気の弱そうな声が聞こえる。マスコミにはかなり叩かれているのだろう。

由香里が瀬戸崎の腕をつかみ、横に並んだ。

「不動産屋の者です。ご挨拶にまいりました」

由香里が顔を突き出して言う。

しばらく沈黙が続いた。もう一度、押そうと手をかけた時、ドアが開いた。

小柄で白髪混じりの髪の男が立っている。写真で見た男は白髪などなかった。

男は胡散臭そうな顔で瀬戸崎と由香里を見た。

由香里が瀬戸崎の脇《わき》をすり抜けるようにして中に入った。

「申し訳ありません。こうでも言わないと、会ってくれないと思って」

由香里がしきりに頭を下げながら言う。

「経済産業省の瀬戸崎です。山田さんですね。少し聞きたいことがあって」

瀬戸崎は名刺を出して言う。

山田の顔には狼狽《ろうばい》と怯《おび》えに似た表情が浮かんでいる。

「もう警察にすべて話しています。これ以上、何を聞きたいというのですか」

「EV関係の部署にいます。技術的なことで話を聞きに来ました」

「何ですか。手短にしてください」

「ハイブリッド車に関することです」

山田は開きかけた口を閉じ、瀬戸崎を睨《にら》むように見ている。

「とりあえず、中に入ってもいいですか。ゆっくり話を聞いた方が良さそうなので」

由香里はそう言うと、返事を待たず靴を脱いで奥に入っていく。

山田が慌てて後を追った。

リビングからは東京湾が見えた。

広い部屋にはソファーがあるだけで、他の家具はなかった。すでに引っ越しは終わっている。

「ソファーは私のマンションには入り切らないので、次の人に買ってもらいました」

山田が言い訳のように言う。

「それで、何が聞きたいんですか」

山田は覚悟を決めた様子で瀬戸崎と由香里を交互に見た。

由香里はまだ名刺を出していない。山田は瀬戸崎の同僚と思っているのだろう。

「中国では何をやってたんですか」

山田はしばらく考えていたが、覚悟を決めたように口を開いた。

「週の半分は国営の〈天津汽車〉の自動車工場でハイブリッド車の設計のアドバイスです。残りは北京工業大学で、学生の教育です」

「中国の自動車産業はどうですか。これからのことを含めて」

「私が携わった限りにおいては、かなり進んでいました。ハイブリッド車の生産もいつでも始められる体制を取っていました」

「しかし、まだ始めてはいなかった」

「準備段階でした。ゴーサインが出れば、いつでもスタートできる」

「あなたはなぜ、大学で学生を教えていたのですか。ハイブリッド車の生産のために雇われたんじゃないんですか」

「技術的にはほぼ完成していました。日本ほどではないですがね。彼らは、若者の教育にかなり熱心でした。若者も優秀で、自分たちが祖国を造るという気概がありました。彼らを教えることは、実に楽しかった」

初めて山田の顔に笑みが現れた。

「ではなぜ、辞めて日本に帰ってきたのですか」

由香里の質問に山田の顔が曇った。

「突然、クビになったのですか」

山田は答えない。数秒後、顔を上げて由香里を見た。

「一年半の間、ありがとうと言われました。すごく役に立ったと。学生たちも感謝してくれました」

山田の目はうるんでいる。

「最後に一つ。特許の出願や論文のノルマはなかったのですか」

「私にはありませんでした。あくまでハイブリッド車の開発の助言と若者の育成です」

山田はなぜそんなことを聞くのかという顔で答えた。


マンションを出たときには陽《ひ》は傾いていた。

由香里が立ち止まって海の方を見ている。

「東京湾の夕焼け、初めて見た。ああいうのを見ると、お金があるってことは最高ね」

マンションの高層階からは東京湾が一望できるのだ。赤く染まった風景はたしかに由香里の言葉を納得させる。

「どうかしたの」

無言でやはり海に視線を向けている瀬戸崎に聞いた。

「彼程度の研究者、技術者は、中国では溢れてるだろ」瀬戸崎の脳裏には、新垣の言葉が甦っていた。中国は山田の能力を評価したのではない。

「金のために、山田は一生を棒に振った」

「それは考えすぎなんじゃない。彼は四十歳。人生これからよ」

「以前の職を失い、家族までも失ってる。大きすぎる代償だ」

「離婚が千人計画に参加したせいだというの。そんなの分からないでしょ。国生さんだって、似たようなものでしょ。でも、彼は前向き。その人、本人の責任よ」

「すごくドライなんだな」

「あなたが、感傷的すぎるんじゃない」

瀬戸崎と由香里は血を流したような赤い東京湾を見ながら、駅に向かって歩いていった。

東京駅で二人は別れた。

瀬戸崎は山田の言葉を考えながら歩いた。

彼の役割は、中国が将来ハイブリッド車を本格的に製造することを日本に信じさせることではないか。中国は裏でＥＶへの移行を決めている。ふっと考えが浮かんだ。その考えは、経産省に近づくにつれて膨れ上がってくる。

省内に入ると、その思いはますます強いものとなった。

（5）

総理に自分の考えを話すべきかどうか、瀬戸崎は決めかねていた。今後の日本の自動車産業を大きく左右することだ。

今までに得られた情報と状況からすれば、中国がハイブリッド車を見切っていることは間違いない。早急に総理に進言すべきだろう。しかし、今一つ何かが足らない気がする。それは、何なのか。

スマホが鳴り始めた。二十二世紀経済ラボ副所長の小西だ。

〈周主席のお孫さんが回復に向かっているそうです。これだけでいいんですか〉

「ありがとうございます。こういう情報は政府間だと、なかなか手に入りにくいんです」

〈それにもう一つの件ですが——〉

小西は数字は公にしないでほしいと前置きして話し始めた。話は五分程度だったが、瀬戸崎の腹を決めさせるには十分だった。

〈あと一つ、気になる話を聞きました〉

切ろうとした瞬間、小西の声の調子が変わった。

〈北京の北に大々的なＥＶの蓄電池工場を作るという計画が始まっています〉

「世界で同様な動きがあります」

〈今年中には稼働を始めるそうです。トップはクオ・ション。初めて聞く名前です。小柄な男で、経歴がつかめないそうです〉

「有り難うございました。すごく参考になります。引き続き、何かあれば教えてください」

〈役に立てれば嬉《うれ》しいです。私はあなたを応援しています〉

小西からの電話が切れた。

瀬戸崎はスマホを持ったまま、しばらく考えていた。

「この状況をどう解釈すればいいのか」

呟いてみたが迷いは大きくなるばかりだ。

由香里に電話をかけた。

「周主席の孫娘が快方に向かっている。きみならどう思う」

〈そりゃ嬉しいでしょうね〉

「幸先《さいさき》がいいととらえて、ハイブリッド車に突き進むか。それとも——」

〈美しい空気と自然。とりわけ孫娘さんに効いたのは美しい空気。北京の空気をこれ以上汚したくな

い。北京ばかりじゃなくて、中国、世界の空気をよりきれいにしたい。単純に、自然への感謝の気持ちよ。老人の孫娘への愛情〉

「分かった、ありがとう。こんど、食事に誘ってもいいか。いろいろと話したい」

〈お互いの時間が合えばね〉

「時間なんて合わせるものだ」

笑い声とともに電話は切れた。少し明るい気分になった。耳の奥に由香里の笑い声が残っている。


そのまま小笠原の部屋に向かった。

ノックをすると、「どうぞ」という声が返ってくる。

「聞いていただきたいことがあります」

「急ぎかね」

「そうです」

瀬戸崎は言い切った。その真剣な表情を見た小笠原は、開いていたファイルを閉じ、横にずらした。

瀬戸崎は今まで感じていたことと、一時間前のことを話した。

「中国は二〇三〇年に中国国内ではエンジン車の新車販売を禁止します。それに伴い、国内のエンジン車の税率を上げるつもりです。このエンジン車にはハイブリッド車も含まれます」

さらに、と付け加えた。

「その分、ＥＶの税率を下げます」

小笠原の顔色が変わった。税率が上がると分かると同時に、ハイブリッド車は売れなくなるだろう。売れない車を中国が作るはずはない。

「確かなことかね」

「間違いありません」

「税率はどのくらい上げるつもりだ」

「そこまでは分かりません」

瀬戸崎は嘘《うそ》をついた。小西は税率も具体的な数字を言った。ただし公にはしないでほしいと。かなり上の者からの情報なのだろう。

「今まで言っていた中国の言葉はどうなる」

「地球温暖化防止と環境を重視して欧米と肩を並べる、と言えば済むことです。世界は歓迎します」

「日本のみが道化となるか。世界で売ることのできない車を作り続ける」

「早急に手を打つべきです」

考え込んでいた小笠原が顔を上げた。

「まず、きみの言葉の検証がいる。今の話では推測の域を出ていない」

「承知しています。しかし、次官もそう思っているはずです。手遅れにならない間にしかるべき手を打つ必要があります」

「しかるべき手とは」

「日本の国内産業の転換です。二〇二五年までに国内の新車販売をＥＶに移行することです」

「世界よりも五年も早い。できるのか、そんなことが。産業界を巻き込む大変革だ」

「やらなければ、日本の基幹産業がまた一つ消えていくことになります」

小笠原が再度考え込んでいる。

「明日中に資料はできるか。前に総理がおっしゃっていた、万人が納得できる資料だ。それを持って、総理に話してみる」

「大臣を飛び越してですか」

「時間がないんだろ」

「明日の朝、こちらに持ってきます」

瀬戸崎は一礼してドアに向かった。

ドアが閉まる瞬間、小笠原を見たが、スマホを耳につけた姿が見えた。

瀬戸崎はそのまま経産省を出て、マンションの部屋に戻った。

頭にはここ数か月間のことが交錯していた。どれとどれを結び付ければ、説得力のあるレポートが書けるか。具体的な資料に欠けることは明らかだった。この後も検証は必要だろう。だがまず、上にさらなる検証を行わせるようなレポートが必要だ。

中国千人計画、二〇三〇年問題、ハイブリッド車、ステラ、デビッドソン。コクショウ、ネクスト……。そして中国共産党結党百周年、中華人民共和国建国百周年、二〇二一年と二〇四九年。一つひとつは独立しているようで、すべてはつながっている。

「新しい時代が来る」デビッドソンの視線の先が垣間見《かいまみ》える。「自分で時代を切り開く」国生は中国へ飛び立った。

瀬戸崎はパソコンを立ち上げ、キーボードを叩き始めた。

新聞配達のバイクの音が聞こえ、窓の外が明るくなり始めたころ、瀬戸崎はパソコンを閉じた。

翌朝、瀬戸崎はレポートを持って小笠原のところに行った。

小笠原は無言でレポートに目を通している。

「時間がないな」

時計を見て言った。

「ついてきてくれ、官邸に行く」

そう言って立ち上がり、小笠原はスマホを出して何ごとか話した。

「きみも総理のスマホの番号は聞いてるんだろう」

驚いた顔で小笠原を見ている瀬戸崎に言う。

「私が話すより、きみが直接話す方がいい。ただし、これは非公式だ。いずれ、手順を踏んで総理の耳に入ったことになる」

まだ躊躇している瀬戸崎を促した。

「この前、総理に呼ばれて会ったんだろ。省内で噂《うわさ》になってる。ハイブリッド車の扱いを聞かれたはずだ」

「私は何も勝手に――」

「いいから早く用意しろ」

二人は連れだって経産省を出て、官邸に向かった。

瀬戸崎は小笠原について、総理執務室に入った。

緊張した表情の波多野総理がデスクに座っている。

挨拶もなく、小笠原に促されて瀬戸崎はデスクの前に行き、レポートを総理に渡した。

「二十分後に閣議が始まる。それまでに私も理解しなければならない」

「始めたまえ、瀬戸崎君」

小笠原の声で、瀬戸崎は半歩前に出た。

「中国は、二〇三〇年には国内での新車販売をＥＶに限定するつもりです。その予定で、すべての計画を進めています」

「彼らの言う環境対応車にはハイブリッド車も入っていると聞いている」

「今はそうかもしれませんが、二〇三〇年にはハイブリッド車は新車販売から外されます。彼らの充電スタンドの建設速度、発電所の建設計画はすべてその方向に向かっています」

さらに、と瀬戸崎は息を吐いて総理を見つめた。

「二〇四九年、中華人民共和国は、建国百年を迎えます。すべての行動はその時のためです」

瀬戸崎の声が総理執務室に響いた。

「建国百年。この時、中国共産党率いる中国は、経済、軍事、産業すべてにおいて世界一となることを目指しています」

総理は言葉を失って瀬戸崎を見ている。

「コロナ禍により経済成長は予定より落ちています。しかし主要国で唯一のプラス成長を維持しています。建国百年に名実ともに世界一となるためには、大きな改革が必要なのです」

「しかし、早急すぎるとは思わないか。世界経済にも大きな問題が生じる。その影響は中国にもあらわれる」

「少しくらいの問題に、ひるむような国ではないことはご存じでしょう。むしろ、国民を鼓舞するために利用するはずです」

「我が国も、いや世界もそのつもりでやれということか」

「この波に乗り遅れると自動車業界、メーカーはもとより関連企業に多大の影響が出ます。日本経済はさらなる凋落《ちょうらく》の一途をたどります」

「分かっている。それを防ぐ手立てはないのか」

「地球温暖化防止、環境重視の世界の流れには逆らえません。我が国は早急にEVに舵を切り、その部門でのシェア拡大を図るしかありません」

「それでも十分とは思えない。関連企業を入れれば雇用は五百万人以上と聞いている。その半分以上が失業するとも」

「日本の産業構造が変わるでしょう。なんとか軟着陸を考えないと、バブル崩壊以上、コロナ禍を上回るダメージをこうむります」

「何としても、そんなことがあってはならない。このことは当分、伏せておくように。早急に手立てを考えるんだ」

「回避の手立てが一つあります」

総理が顔を上げて瀬戸崎を見た。小笠原も瀬戸崎に視線を向けている。

「日本での新車販売をEVにする時期を早めることです。それを世界に向けて発信する」

「何年だ」

「二〇二五年です」

総理と小笠原が一瞬息を呑《の》む気配が伝わる。

「無理な話だ。自動車業界が黙ってはいない。EVへの移行準備など、何もできていない」

「すでに関連会社では準備を始めています」

小笠原が驚きの表情を見せている。

「先月の自動車部品関連業界での話か」

「それもあります。スーパーシティ構想も、基本を脱エンジン車、中心にEVを置いています」

瀬戸崎は、新しいスーパーシティではＥＶとエネルギーが一体となる自立型の都市を目指していることを強調した。

「充電スタンドなど、ＥＶへの社会インフラがまだ整っていない。電力需要も大幅に伸びると聞いている」

「スーパーシティ計画に盛り込んでいます。実証実験を行い、将来の規模拡大につなげます」

瀬戸崎は、ＥＶに転換した場合の全国試算を作りつつあることを告げた。

「具体的な移行計画書はいつできる。自動車関連産業、充電のインフラ整備も含めての移行だ」

「電気自動車移行準備室がまだ残っています。予定していた者たちは皆優秀です。彼らの助けを借りれば、次の国会までにはできます」

ドアが開き、秘書が入ってきた。

「閣議の開始時間です。急いでください」

総理のそばに来て秘書が告げた。

「三十分待つように言ってほしい」

総理はそう言うと、瀬戸崎に続けるように言った。

十分ほど瀬戸崎が話すと、総理は自分の理解を確かめるように同じ内容を繰り返した。

「私の理解に間違いはないかね」

「大丈夫だと思います」

「思うでは困るんだ。完璧《かんぺき》にしておきたい」

「問題ありません」

「来月の国連での演説までには、私の理解もさらに深まると思う。この声明を目玉にするつもりだ。

きみも一緒に行ってもらうことになる。よろしく頼む」

総理が立ち上がって、瀬戸崎に頭を下げた。

執務室を出ると小笠原が瀬戸崎に近づいてくる。

「忙しい男だ。おとなしくスーパーシティ構想をやってると思ったら、そんなことを考えていたのか」

「行きがかり上です。EVは、スーパーシティにエネルギーを与える血液となるでしょう」

「日本の自動車関連企業の具体的な救済策はあるのか」

「これから考えます」

言ってから、鳴海、戸塚、沢村、そしてデビッドソンの顔が浮かんでくる。

すでに動き出したプロジェクトもある。彼らなら、さらなる新しい道を見つけるだろう。


夕食を取りながら、テレビニュースを見ていた瀬戸崎の手が止まった。

アメリカ大統領と握手をしているのは、三日前別れたデビッドソンだ。羽田から、ワシントンD.C.に飛んだのだ。三日前は何も言っていなかった。

〈ステラのデビッドソンCEOは、二〇三〇年までに必ず民間人を月に降り立たせると、大統領に約束しました〉

女性アナウンサーが興奮気味に話している。

〈彼はステラモーターズで世界一の富豪になりました。もはや、EVへの興味を失ったのでしょうか〉

画面にはステラが開発中というロケット、ムーンショット1が紹介されている。スペースシャトルをスマートにした形だ。次に、デビッドソンのタブレットで見たスーパーシティの映像が流れた。未来の車から未来の町へというキャッチフレーズが使われている。

〈ステラ社は次の段階に入ったとも報じられています。また、デビッドソンCEOは、車はすでにスマートフォンの領域に入ったと言っています。従来の機能を遥かに超えたものという意味だそうです。動かすものから動くものへ。すでに、自動運転は確立されたと言っているのでしょうか〉

〈スマートフォンは電話だけじゃないだろ。パソコン、カメラ、財布などすべての集合体だ。健康管理もできる。車もすでにその域に入ったということだ〉

デビッドソンは笑みを浮かべ、弾んだ声で話している。

〈あなたが次に目指しているのは、燃料電池車とも聞いていています〉

〈水素を使って発電し、モーターを動かす車です。後に残るのは水だけ。再来年《さらいねん》には普通乗用車として、売り出します〉

「あいつ、勝手なことを言って」

その時突然、瀬戸崎の脳裏に一人の男の姿が浮かんだ。〈北京の北に大々的なEVの蓄電池工場を作るという計画が始まっています〉〈トップはクオ・ション。初めて聞く名前です。小柄な男で、経歴がつかめないそうです〉小西はたしかにそう言った。

国生、中国語読みでクオ・ション。

瀬戸崎は笑い出した。笑いながら、クオ・ションと声に出してみた。「国境なんて、クソくらえだ」国生の呟きが全身に甦ってくる。

スマホが鳴り始めた。

〈テレビを点《つ》けてよ。デビッドソンが出てる〉

由香里の声が鼓膜を直撃する。

「今見てるよ」

〈なんだか、勝手なことを言ってるわね。燃料電池車、スーパーシティ、宇宙旅行、あなたの受け売りじゃないの。それとも受け売りはあなたの方なの〉

「彼に言わせれば、僕たちはよく似てるって。同じことを考えているそうだ」

〈スマートフォン、自動運転、燃料電池。似てるだけだといいんだけど〉

「世界で開発をしているテーマだ。誰が言ってもおかしくない」

〈寛大なのね。だから日本人は世界に羽ばたけない〉

「一緒にテレビを見ないか。それから――」

最後まで言わないうちに電話は切れた。果たして由香里はどこまで聞いたのだろう。

「燃料電池車か」

瀬戸崎は呟いていた。

ステラで開発を始めていることは事実だろう。ミライ自動車と共同開発を進めることを竜野社長から聞いている。将来性のある分野には、金と人と時間を惜しみなくつぎ込む。デビッドソンのやり方だ。そして、おそらく中国もすでに着手しているだろう。

（6）

「きみに頼みたいことがある。きみにとっては、ほんのチョットしたことだ」

〈待ってたよ。やっと分かり始めたな。私に提案するのがベストだと。テレビ通話に切り替えろ〉

声とともにディスプレイにデビッドソンの顔が現れた。笑いを含んだ表情を瀬戸崎に向けている。

「沢村の金属加工技術、鳴海の蓄電池技術。なかなかのモノだろう」

〈さすが過去の技術立国だと思ったね。まだ余韻は残っている。まともな最先端企業と組めば世界が狙える〉

「ここに同じレベルの技術を持った企業の会社紹介がある。業種別にまとめたものだ。過去の製品リストと得意分野を紹介してある。もちろん英文だ」

〈何社だ〉

「今のところ三十七社。すぐに十倍、二十倍になる」

〈まずはステラで精査してみる。我が社で必要な技術とそうでないものを〉

「彼らの技術を世界の企業に紹介したい。手助けしてほしい」

近いうちに経産省で、日本の中小企業の技術を紹介する英語のサイトを開くつもりだ。そのための企業集めと資料作成はすでに取り掛かっている。日本の技術の海外流出を招くと消極的な者もいたが、まずは技術の継承と生き残ることが重要だ。

〈日本の特殊技術は魅力的だ。ハイブリッド車を作った技術だ。役所なんて辞めて、おまえの仕事にすればいい。そうだ、それがいい。日本の特殊技術斡旋《あっせん》会社だ。顧客は紹介する〉

「僕はスーパーシティに集中したい」

〈やはり、経産省の役人だな。個人の儲《もう》けより公か。スーパーシティはどうなってる〉

「やっと目途《めど》がついた。当初の三倍の規模になる。ステラの七分の一ほどだが」

〈大きさなんて問題じゃない。中身だろ。私を驚かせてくれ〉

「もちろんだ。それに、もう一つ。ステラの蓄電池のことだが――」

ステラの東京本社に試作品を持ち込んでから、沢村と鳴海には会っていない。お互いに忙しすぎたのだ。

〈来週、鳴海と沢村がステラ本社に来る。アメリカの方だ。ただしこれは、まだ誰にも言うな〉

「彼らの部品に決めたのか」

〈ステラの研究所で最終テスト中だ。不都合が出れば、共同して直していけばいい。来年から、ステラの新車に搭載する。問題は次だ〉

「次はというと――」

〈EVなんて、大した技術じゃない。すぐに世界が追いつき、追い抜こうとする。我々はその先を行く準備をする〉

「その先って、なんだ」

〈その先だよ。企業秘密だ。いいアイデアがあれば教えてくれ〉

笑い声が響いてくる。おそらく、すでに動き出している。

「燃料電池車か。一週間ほど前、大統領と話してたな」

〈見たのか。気楽に話もできないな。世界が聞き耳を立ててる〉

「世界が注目してるんだ。悪い気分じゃないだろ」

〈中国といろいろあったからな。頻繁に北京に行ってたのが大統領にバレてね。夕食に招待された。何があったか、聞きたかったんだろ〉

「何と答えた」

〈ありのままだ。きわどかったと。救ってくれたのは、日本の若き官僚だと言っておいた。きっと近

い内に大統領から夕食の招待がある。そのときは私のジェット機で迎えに行く〉

今度も笑いをこらえた声と顔だ。

〈きみの頼みには十分答えたかな。疑問があれば言ってくれ〉

デビッドソンが話題を変えるように言う。

「ミライとは、いい選択をしたと思う。きみは伝統と最先端技術を融合させた。世界一を狙える。鳴海と沢村も有望だ」

〈当然、そうなるための第一歩だ〉

「燃料電池車の開発はどこまで進んでいる」

〈順調だ。これもこれ以上は企業秘密だ〉

「日本もかなり進んでいる。こういうのは、お互い協力して一日でも早く実用化した方がいい。それだけ早く環境への負荷が軽減される」

〈おまえは口が堅いか。たとえ政府の内部でも〉

「言うなと言われれば――」

〈ミライとの合弁会社を広島に作るのは、そのためだ。アメリカでは目立ちすぎる。これ以上、株価を上げて騒がれたくないんだ〉

笑みが消え、真顔になっている。

〈アメリカに来ないか。一緒に遠くに行こう〉

「僕にとっては、アメリカも十分に遠くだ」

一瞬、瀬戸崎を見たデビッドソンは声を上げて笑い始めた。

「何がおかしい」

〈私とおまえはお互い顔を見ながらリアルタイムで話してる。しかし、お互い地球の反対側にいるんだ。距離なんて感じないだろ〉

たしかにその通りだ。これが科学技術だ。

〈おまえと私とはいろんな点で正反対だ。だから、私にはおまえが必要なんだ」

真顔になって言った。

「今度、いつ日本に来る」

〈来週だ。もっと速いジェット機を買った。そのテスト飛行を兼ねて。その時には一番に連絡する〉

「日本一、うまいそばを御馳走《ごちそう》する」

瀬戸崎の脳裏に、初めて会った時コンビニのそばを食べていたデビッドソンの姿が浮かんだ。

〈うおっ、楽しみにしてる〉

奇声とともにスマホは切れた。

「おかしな奴《やつ》だ」

瀬戸崎は呟いた。

天才と狂人は紙一重、たしかにその通りだ。日本ではデビッドソンのような者は叩かれる。そして国生も。

ステラやアップル、アマゾンのような企業が生まれないのも理解できる。

エピローグ

「日本は二〇二五年か。我が国はもっと前倒しにはできないのか」

「難しいでしょう。ＥＶへの完全移行計画は二〇二九年の予定でしたから。電力も充電スタンドも足りません。大混乱が起こることは必至です。日本も言葉だけで、移行が可能かどうか」

「あの国ならやるだろう。国民も一体になってな。変に律儀な国だからな」

周はため息をついた。世界にとっては、これでよかったのかもしれない。アメリカもヨーロッパ諸国も、のんびりしていられない。言葉だけでなく、本気で取り組むことになるだろう。これで中国の、いや世界の大気が今より良くなれば。孫娘、秋華の顔が浮かんだ。

「しかし、日本がよく決心できたな。自国の技術にあれだけ自信を持っていた国が」

「ハイブリッド車は素晴らしい技術です。日本だからこそ生み出せたのでしょう。しかし、しょせんは過去の技術の発展にすぎません。新しい技術とは世界の流れを変えるものです。我が国には過去にそういったものが多くありました。火薬、印刷術――。５Ｇもそうなるかもしれません。ステラに関してはもっと慎重に事を運ぶべきでした。もし我が国が――」

「もうやめよう。二〇四九年は我が国、中華人民共和国、建国百年の年だ。百年の間にここまで来た。それでいいではないか。国民とともに祝おう」

周は北京北方に建設途中の新しいＥＶ用の蓄電池工場〈世界能源〉のことを思った。世界にエネルギーを供給する工場だと聞いている。今年中には操業を始める。

クオ・ション。着工式で初めて会ったCEOだ。ここで作った蓄電池を世界に広める。いずれ、ステラも使うことになる。安くていいものは世界に広がる、と強調していた。

「中国にも若者が育っている。彼らを大事に育てれば、我が国独自のものを生み出すこともできる」

周は自信を込めて言った。

「これが時の流れというものだな」

大統領がしみじみとした口調で言う。

「ステラの一人勝ちということでしょう。アメリカのビッグスリー、GMもフォードもクライスラーも大きく後退することは間違いありません」

「先週、デビッドソンと会った。彼に大統領専用車もEVになるのか聞かれた」

「何と答えましたか」

閣僚たちが興味深げな顔で大統領を見ている。

「もちろんだと言った。一号車を寄贈するから、仕様を教えてほしいと言われたよ」

「そのことだったんですね。ファーストレディがシークレットサービスと話していたのは」

「いろいろ、要求が多くてね」

「デビッドソンは、他に何か言ってませんでしたか。かなり長く話し込んでいましたが」

「飛行機と船も第一号を寄付したいと。エアフォースワンだ。電気で動くのかと聞いたら、もちろんだと答えた」

「電気飛行機に、電気船か。冗談がきつい」

「彼は真面目《まじめ》な顔だったぞ。その次は、と聞くと、人差し指で上を指した。宇宙旅行だそうだ」

大統領はポケットから折り畳んだ写真と、ミニチュアの赤い車を取り出した。

「サイン入りのステラ一号の写真と、ステラ1だ。孫が欲しがっているんだ。賄賂《わいろ》には当たらないな」

言い訳のように言う。

「それに、日本の若い官僚のことも言ってた。一度会ってみろと。調べておいてくれ」

「彼のような男がいる限り、アメリカは過去にこだわる時間はありません」

「問題は電力だ。火力発電は石炭、石油、ガス、どれも二酸化炭素を出す。自然エネルギーばかりでは、限度がある。エネルギーの再構築が必要だ」

「EVが増えると、ニューヨークなどすぐに停電になりそうです」

財務長官は冗談で言ったのだろうが、誰《だれ》も笑わない。現実味を帯びた言葉だからだろう。

「二〇三〇年に向けてやるべきことは山ほどある。デビッドソンを呼ぶことにならなければいいが」

大統領は独り言のように言って、深いため息をついた。


「始まったぞ。全員、注目しろ」

平間の声で、全員の視線が部屋の隅に置かれているテレビ画面に集まった。

〈私は総理就任の時、日本は二〇五〇年にカーボンニュートラルを実現することを約束しました。そのためには多くの二酸化炭素削減の方策を打ち出さなければなりません。その一つとして、我が国は、EVの導入を約束します。二〇三〇年には、欧州諸国は、EV以外の新車販売を中止します。我が国はそれよりも早い、二〇二五年までには、EVのみの新車販売を国内各メーカーと話し合い、実現を

約束いたします〉

総理は顔を上げ、テレビカメラを凝視した。自分を落ち着かせるように、大きく息を吸い、ゆっくりと吐いた。

国連での各国首脳による地球温暖化防止会議が行われていた。日本からは波多野総理と高山環境大臣が出席している。

会議は、波多野総理の演説から始まった。

〈そのためには日本ばかりではなく、世界の各自動車メーカー、その関連企業の皆様、また石油燃料に関《かか》わる企業の皆様にも多大なる困難を与えると思います。さらに、エンジン自動車に乗られている方たち、愛着をお持ちになっている皆様にも、残念な思い、また悲しい思いをさせてしまうことになります。さらに、技術、生活面でも大いなる変化をもたらすでしょう。しかし日本国民は断固として耐え抜くでしょう。それは世界を導く道となることを信じているからです。地球に優しくの言葉とともに、頑張りたいと思います〉

総理は自分の言葉の行方を探るように顔を上げ、会場の人々を見回した。

会場は日本の総理の言葉を信じかねるように静まり返っている。しかし十秒後には拍手に包まれていた。

「瀬戸崎さんも同行するように言われてたんでしょう。なぜ断ったんですか。政府専用機に乗れたんですよ」

近藤が思い出したように言って、瀬戸崎に視線を向けた。

「僕にはここの仕事がある。資料は最高のものを渡した。だから、あれだけしゃべることができた」

「しかし、二〇二五年に新車販売はＥＶのみとするとは。欧米と中国は腰を抜かしている」

瀬戸崎はそれとなく辺りの様子を見た。事前にこの発言を知る者は、省内にも多くはいない。経済、産業界にもトップに近い者にしか伝えていない。必ず潰《つぶ》されるからだ。

「だったら、爆弾発言しかないでしょ。発表すればこっちのものよ。誰も自分の国が嘘《うそ》つき呼ばわりされるのはイヤでしょ。国民は味方に付いてくれる」

渡米直前の会議のとき、高山環境大臣がさらりと言って、決着がついたのだ。

室内には様々な声が飛び交い始めた。

「あと、二年余りだ。本当にエンジン車の製造を中止することができるのか」

「できなければ、世界への公約を破った上、欧米、中国や韓国などの自動車メーカーに追い抜かれるだけだ」

「今ごろ、中国やアメリカは大慌てよ。先を越されたと」

「日本のメーカーもだ。ハイブリッド車をほんとに捨て去ることができるかどうかが、カギになる」

「転換は早ければ早いほどいい。市場に出回るエンジン車が多ければ、それだけアフターケアの期間が長くなり、過去が尾を引くことになる。今年の生産体制は決まっている。それを完全にストップさせて、すべての製造工程をＥＶ専用に変えるくらいのことはやらなきゃ」

「無理ですよ。従業員数十名の町工場とは違います。関連企業を含めて、五百四十万の従業員の配置転換です。それが世界に及んできます」

「まずは日本国内だけでいい。国内の車をすべてＥＶに転換する。そのために政府補助を充実させる」

「無茶な話だが、そうでもやらなきゃできませんね」

室内の会話を聞きながら、瀬戸崎はアメリカに発《た》つ前の、総理とのやり取りを思い出していた。

「問題は関連企業の生き残りです。自動車産業のすそ野は広い。頂点の自動車メーカー本体より幅広い企業で構成されています。それが、日本国内だけでなく世界に及んでいる」

「それは、企業の仕事だ。彼らがいかに効率よく、自社製品の生産調整ができるかにかかっている」

「エンジン関係の企業がなくなるんです。数年は損失分を政府が補塡《ほてん》する必要があります」

瀬戸崎はさらに続けた。

「しかし、問題はそれだけじゃありません。炭素国境調整措置も検討されています」

瀬戸崎は続けた。

これは各国の二酸化炭素排出量に応じて、輸出入品に関税をかける制度だ。

「影響を受けるのは、自動車メーカーだけじゃありません。日本の多くのメーカーが、多かれ少なかれ影響を受けます」

すでに、二酸化炭素排出量の少ない国への移転を口にする企業も出ている。今後、地球温暖化はますます世界で問題視されるだろう。

「我が国に問題が多いのは承知している。それだけ政府の責任も重くなる。一致団結して、この難局を乗り切っていこう」

総理は同席した閣僚たちを一人一人見ながら強い決意を込めて言った。全力を尽くしてくれるはずだ。

瀬戸崎は、部屋の片隅に置いたスーパーシティの模型に目をやった。その中央に、ステラの一号車の模型が置いてある。この町の中を電気自動車が電気エネルギーの運搬車として走るのだ。

「一歩一歩だ。世界はコロナ禍も乗り切った。今後の問題も乗り切ることができる」

瀬戸崎は自信を込めて言い切った。

その夜、瀬戸崎は由香里と会って食事をした。

新宿の高層ビルの最上階にあるレストランだ。眼下は色とりどりの輝きに満ちている。その光の一つ一つが寄り添い、同調しながら、一塊の調和を醸し出している。一見バラバラなものが集まり、穏やかな調和を生み出す。スーパーシティもこのようなものかもしれない、瀬戸崎はふっと思った。

「デビッドソンの発表、あなた知ってたんでしょ」

由香里がフォークとナイフの手を止めて言った。

「日本が、いや世界が驚いてる。ステラとミライが手を組むんだ。新旧の合体だ。それも国境を越えてだ。世界の自動車産業が変わる」

「ヤマトも大慌てらしい。あなたの義理の兄さんもヤマトのエンジニアだったわね」

「多分慌ててる。でもすぐに切り替えのできる人だ。過去にとらわれて、潰されるような人じゃない。ヤマトだって同じだ」

現在、経産省は国内の大手IT企業とヤマトとの技術協力を進めている。自動車メーカーとIT企業の大規模提携など考えられなかった。しかし、将来的に大きな戦力になるはずだ。いずれは、化学や医学関係の企業も合流する可能性がある。由香里を含めてマスコミはまだ知らない。

電気自動車、EVがもたらすものは、単に自動車だけの変革ではないのだろう。人と地球、未来と環境、町と国、様々なものに影響を与え、新しいものへと変えていく。

「これからはすべて、環境にシフトしていくんでしょうね。なんだか怖いみたい」

「僕だって同じだ。人間って、いつもやりすぎるからね。正しい舵取《かじと》りがより重要になる。マスコミも責任が重大だ」

「これ、知ってる」

由香里がスマホを操作して、ユーチューブの映像を瀬戸崎に見せた。

巨大なノズルから轟音《ごうおん》とともに、凄《すさ》まじい火炎が噴き出している。ロケットエンジンのテストだ。

画面が変わり、スマートなロケットが打ち上がっていく。

「ステラの次の取り組みだそうよ。デビッドソンは月を目指してる。民間人初の月旅行よ」

瀬戸崎の脳裏にデビッドソンの声が響いた。「一緒に遠くに行こう」

「月のことだったのか」

瀬戸崎は呟《つぶや》いた。

「どうかしたの」

瀬戸崎は答えず空に目を向けた。

高層ビルの輝きの間に満月が輝いているのが見える。

「飲みに行かないか」

瀬戸崎は何気なく聞いた。どうせ彼女は仕事だろう。

「いいわよ」

一瞬、瀬戸崎の動きが止まった。由香里の言葉を反芻《はんすう》した。

「ほんとうか」

由香里はすでに立ち上がり、歩き始めている。

瀬戸崎は慌てて後を追った。

〈参考文献〉

『イーロン・マスクの野望　未来を変える天才経営者』（竹内一正、朝日新聞出版）
『決定版ＥＶシフト　１００年に一度の大転換』（風間智英編著、東洋経済新報社）
『自動運転＆MaaSビジネス参入ガイド　周辺ビジネスから事業参入まで』（下山哲平、翔泳社）
『人工知能が変える仕事の未来』（野村直之、日本経済新聞出版）
『スマートモビリティ革命　未来型ＡＩ公共交通サービスＳＡＶＳ』（編著者：中島秀之・松原仁・田柳恵美子、発行：公立はこだて未来大学出版会、発売：近代科学社）
『トヨタ物語』（野地秩嘉、日経ＢＰ）
『都市5.0　アーバン・デジタルトランスフォーメーションが日本を再興する』（東京都市大学総合研究所未来都市研究機構、翔泳社）
『２０２２年の次世代自動車産業　異業種戦争の攻防と日本の活路』（田中道昭、ＰＨＰ研究所）
『まるわかりＥＶ』（日経ＢＰ）
『よくわかる人工知能』（清水亮、ＫＡＤＯＫＡＷＡ）
その他、官公庁をはじめ関連するウェブサイト等本書は書き下ろしです。
また本書はフィクションであり、
実在の個人・団体等は一切関係ありません。

著者略歴

高嶋哲夫（たかしま・てつお）
1949年岡山県生まれ。慶応義塾大学工学部卒。同大学院修士課程を経て、日本原子力研究所研究員に。1979年、日本原子力学会技術賞受賞。カリフォルニア大学に留学し、帰国後作家に転身。『メルトダウン』で第1回小説現代推理新人賞、『イントゥルーダー』で第16回サントリーミステリー大賞の大賞・読者賞をダブル受賞。2010年に発表した『首都感染』が2020年の新型コロナウイルス感染症拡大を予言していたと話題になった。著書に『M8』『首都崩壊』など多数。

Kadokawa Haruki Corporation

高嶋哲夫

E《イ》 V《ブ》

*

2021年9月18日第一刷発行

発行者 角川春樹
発行所 株式会社 角川春樹事務所
〒102-0074 東京都千代田区九段南2-1-30 イタリア文化会館ビル
電話03-3263-5881(営業) 03-3263-5247(編集)
印刷・製本 中央精版印刷株式会社

ISBN978-4-7584-1391-6 C0093
http://www.kadokawaharuki.co.jp/